LE CRIME EST NOTRE AFFAIRE

Paru au Livre de Poche :

A.B.C. contre Poirot
À l'hôtel Bertram
L'Affaire Protheroe
Allô, Hercule Poirot…
Associés contre le crime
Le Bal de la victoire
Black Coffee
Cartes sur table
Le Chat et les pigeons
Le Cheval à bascule
Le Cheval pâle
Christmas Pudding
Cinq heures vingt-cinq
Cinq petits cochons
Le club du mardi continue
Le Couteau sur la nuque
Le Crime de l'Orient-Express
Le Crime d'Halloween (Mystère à Venise)
Le Crime du golf
Le crime est notre affaire
La Dernière Énigme
Destination inconnue
Dix brèves rencontres
Drame en trois actes
Les Enquêtes d'Hercule Poirot
Le Flambeau
L'Heure zéro
L'Homme au complet marron
Ils étaient dix
Les Indiscrétions d'Hercule Poirot
Je ne suis pas coupable
Jeux de glaces
La Maison biscornue
La Maison du péril
Le major parlait trop
Marple, Poirot, Pyne et les autres
Meurtre au champagne
Le Meurtre de Roger Ackroyd
Meurtre en Mésopotamie
Le Miroir du mort
Le miroir se brisa
Miss Marple au club du mardi
Mme McGinty est morte
Mon petit doigt m'a dit
La Mort dans les nuages
La mort n'est pas une fin
Mort sur le Nil
Mr Brown
Mr Quinn en voyage
Le Mystère de Listerdale
La Mystérieuse Affaire de Styles
Le Mystérieux Mr Quinn
N. ou M. ?
Némésis
Le Noël d'Hercule Poirot
La nuit qui ne finit pas
Parker Pyne enquête
Passager pour Francfort
Les Pendules
Pension Vanilos
La Plume empoisonnée
Poirot joue le jeu
Poirot quitte la scène
Poirot résout trois énigmes
Pourquoi pas Evans ?
Les Quatre
Rendez-vous à Bagdad
Rendez-vous avec la mort
Le Secret de Chimneys
Les Sept Cadrans
Tant que brillera le jour
Témoin à charge
Témoin indésirable
Témoin muet
Le Train de 16 h 50
Le Train bleu
Les Travaux d'Hercule
Trois souris…
La Troisième Fille
Un cadavre dans la bibliothèque
Un meurtre est-il facile ?
Un meurtre sera commis le…
Un, deux, trois…
Une autobiographie
Une mémoire d'éléphant
Une poignée de seigle
Les Vacances d'Hercule Poirot
Le Vallon

AGATHA CHRISTIE

Le crime est notre affaire

TRADUCTION RÉVISÉE DE ROBERT NOBRET

ÉDITIONS DU MASQUE

Titre original :

PARTNERS IN CRIME
Publié par HarperCollins*Publishers*.

ISBN : 978-2-253-93963-4 – 1re publication LGF

1

UNE FÉE DANS L'APPARTEMENT

Mme Thomas Beresford changea de position sur son canapé et, mélancolique, regarda par la fenêtre. La vue n'était pas très étendue, elle se bornait à un petit immeuble de l'autre côté de la rue. Mme Beresford soupira.

— J'aimerais tant qu'il se passe quelque chose...

Son mari lui jeta un coup d'œil réprobateur.

— Fais attention, Tuppence, ton besoin excessif de sensations fortes m'inquiète.

Tuppence soupira et, rêveuse, ferma les yeux.

— C'est ainsi que Tommy et Tuppence se marièrent et qu'ils vécurent heureux à jamais, récita-t-elle. Et, six ans après, ils étaient encore heureux... C'est incroyable ce que les choses peuvent être différentes de ce qu'on attendait...

— Judicieuse remarque, Tuppence. Mais pas vraiment neuve. D'éminents poètes et d'encore plus éminents hommes d'Église l'ont dit avant toi ; et mieux, sans vouloir t'offenser.

— Il y a six ans, poursuivit Tuppence, j'aurais juré qu'avec de l'argent pour le superflu et un mari comme toi, la vie ne pouvait être qu'un chant grandiose et mélodieux, comme dit un de ces poètes que tu sembles si bien connaître.

— C'est de moi ou de mon argent que tu te lasses ? demanda Tommy.

— Lasse n'est pas exactement le mot, répondit Tuppence. Je suis habituée à mon bonheur, voilà tout. Avant d'être enrhumé, on ne songe pas à bénir le ciel de pouvoir respirer par le nez...

— Peut-être as-tu besoin d'être un peu délaissée ?... Je pourrais courir les boîtes de nuit avec d'autres femmes, ce genre de choses...

— Peine perdue. Tu ne ferais que m'y rencontrer avec d'autres hommes. Et tandis que moi je saurais très bien que les autres femmes ne t'intéressent pas, toi tu ne pourrais jamais être tout à fait sûr de mes sentiments envers les autres hommes. Les femmes sont tellement plus consciencieuses...

— Les hommes ne marquent des points qu'en matière de modestie, murmura Tommy. Mais qu'est-ce qui t'arrive, Tuppence ? D'où te vient tant d'insatisfaction ?

— Je ne sais pas. Je voudrais qu'il se passe quelque chose. Quelque chose d'excitant. Tu n'aimerais pas te remettre à traquer des espions allemands, Tommy ? Rappelle-toi ces journées follement dangereuses que nous avons vécues. Oh ! bien sûr, je sais que tu es plus ou moins dans les Services secrets, maintenant, mais c'est du travail de bureau...

— Si je comprends bien, tu préférerais qu'on m'expédie au fin fond de la Russie, déguisé en contrebandier bolchevique ?

— Non, parce qu'on ne me laisserait pas t'accompagner, et c'est moi qui ai terriblement besoin de quelque chose à faire. C'est ce que je me répète du matin au soir.

— Et les tâches ménagères ? suggéra Tommy.

— Vingt minutes de travail tous les matins après le petit déjeuner suffisent pour tenir un appartement. Aurais-tu des plaintes à ce sujet ?

— Tu t'occupes de la maison de façon si exemplaire que cela en devient monotone.

— Que j'aime la reconnaissance, remarqua Tuppence. Toi, bien sûr, tu as ton travail... Mais n'as-tu pas, au fond de toi, une envie secrète d'aventure, d'événements imprévus ?

— Non. Du moins, je ne crois pas. C'est bien beau de vouloir que des événements surviennent, mais ils peuvent se révéler désagréables.

— Les hommes sont d'une prudence..., soupira Tuppence. Tu n'as jamais de rêves fous ? D'aventures, d'exploits, que sais-je, moi ?

— Mais qu'est-ce que tu peux bien lire en ce moment, Tuppence ?

— Imagine comme ce serait palpitant, poursuivit-elle, d'entendre tout à coup cogner à la porte, d'aller ouvrir et de voir un mort entrer en titubant !

— S'il est mort, il ne peut pas tituber, répliqua sèchement Tommy.

— Tu sais très bien ce que je veux dire. Ils titubent toujours avant de mourir, et tombent à vos pieds en murmurant des paroles énigmatiques : « Le léopard tacheté », par exemple, ou quelque chose du même acabit.

— Je recommande comme remède un cours sur Schopenhauer ou Emmanuel Kant.

— Ça, c'est à toi que ça ferait le plus grand bien. Tu deviens gras et pantouflard.

— Pas du tout ! s'écria Tommy, indigné. D'ailleurs, toi-même tu fais des exercices pour garder la ligne.

— Tout le monde en fait. Mais quand je dis que tu es gras, c'est une métaphore : tu te laisses vivre comme un coq en pâte.

— Je me demande quelle mouche te pique.

— L'esprit d'aventure, murmura Tuppence. Ça vaut toujours mieux que de rêver d'amour. D'ailleurs, ça m'arrive aussi. J'imagine que je rencontre un très bel homme...

— Tu m'as rencontré, dit Tommy. Ça ne te suffit pas ?

— Un homme brun et mince, d'une force redoutable, le genre d'homme qui peut maîtriser n'importe quelle monture, attraper un cheval sauvage au lasso...

— Ajoutons-lui des culottes de peau et un chapeau de cow-boy, intervint Tommy, sarcastique.

— ... et qui a vécu dans des contrées sauvages, continua Tuppence. Je voudrais juste qu'il tombe fou amoureux de moi. Bien sûr, je le repousserais et resterais fidèle à mon mari, mais mon cœur s'envolerait vers lui.

— Eh bien, moi, je rêve souvent de rencontrer une fille vraiment belle. Une fille blonde comme les blés, qui tomberait éperdument amoureuse de moi. Seulement, moi, je ne pense pas que je la repousserais... En vérité, je suis même sûr que non.

— Ça, dit Tuppence, c'est du dévergondage.

— Mais qu'est-ce que tu as, Tuppence ? C'est la première fois que je t'entends tenir de tels propos.

— Oui, mais il y a longtemps que je bous intérieurement. Comme tu vois, il est très dangereux de posséder tout ce qu'on désire – y compris l'argent. Évidemment, il y a toujours les chapeaux...

— Tu en as déjà au moins quarante. Tous pareils.

— C'est le propre des chapeaux d'avoir *l'air* pareil. Mais il y a d'importantes nuances entre eux. J'en ai justement vu un très joli chez Violette ce matin.

— Si tu n'as rien de mieux à faire que d'aller acheter des chapeaux dont tu n'as aucun besoin...

— C'est ça ! dit Tuppence, c'est exactement ça ! Si seulement j'avais mieux à faire ! Je devrais peut-être m'occuper d'œuvres de charité... Oh ! Tommy, je voudrais tellement qu'il nous arrive quelque chose d'excitant ! Je suis sûre que cela nous ferait le plus grand bien. Si une fée nous apparaissait...

— Tiens ! C'est curieux que tu dises ça.

Il se leva, alla ouvrir un tiroir du bureau et en sortit une photographie.

— Ah ! Tu as fait développer les photos que nous avons prises dans cette pièce ? Laquelle est-ce ? La tienne ou la mienne ?

— La mienne. La tienne était mal cadrée. Comme toujours.

— Tu devrais t'estimer heureux de pouvoir penser qu'il y a au moins une chose que tu fais mieux que moi.

— Remarque stupide, dit Tommy, mais je ne m'y attarderai pas pour l'instant. Voilà ce que je voulais te montrer.

Il pointa le doigt sur une petite tache blanche.

— La pellicule a été abîmée, dit Tuppence.

— Pas du tout. Ça, Tuppence, c'est une fée.

— Tommy ! Ne fais pas l'idiot.

— Regarde toi-même.

Il lui tendit une loupe. Tuppence examina attentivement la photographie. Grâce au miroir grossissant, et avec un léger effort d'imagination, on pouvait voir dans cette éraflure une petite créature ailée, perchée sur le garde-feu.

— Elle a des ailes ! s'exclama Tuppence. Quelle merveille, une fée, une vraie, dans notre appartement ! Faut-il en aviser Conan Doyle ? Oh ! Tommy, tu crois qu'elle va réaliser nos souhaits ?

— Tu le sauras bientôt, dit Tommy. En tout cas, ce ne sera pas faute d'avoir suffisamment souhaité que quelque chose arrive. Tu y as passé tout l'après-midi.

À cette minute, la porte s'ouvrit devant un grand garçon de quinze ans qui, hésitant entre le rôle de groom et celui de valet de pied, demanda en grande pompe :

— Madame est-elle chez elle ? La cloche vient de sonner.

Sur un signe de Tuppence, il se retira.

— Si seulement Albert allait un peu moins au cinéma ! dit-elle en soupirant. En ce moment, il se prend pour un valet de chambre américain. Dieu merci, j'ai réussi à lui faire passer la manie de réclamer leur carte aux visiteurs et de me l'apporter sur un plateau.

La porte s'ouvrit de nouveau et Albert annonça, comme s'il s'agissait d'un titre royal :

— M. Carter...

— Le chef ! murmura Tommy, très surpris.

Tuppence poussa une exclamation de joie et bondit sur ses pieds pour l'accueillir. L'homme était grand, avec des cheveux gris, des yeux perçants et un sourire las.

— Que je suis heureuse de vous voir, monsieur Carter !

— Tant mieux ! Dites-moi, madame Beresford, comment donc trouvez-vous la vie ?

— Acceptable, mais un peu ennuyeuse, répondit Tuppence avec une lueur dans les yeux.

— De mieux en mieux, s'exclama M. Carter. De toute évidence, vous êtes dans un état d'esprit propice.

— Voilà qui s'annonce intéressant, dit Tuppence.

Toujours dans son rôle de valet de chambre, Albert apporta le thé. La manœuvre achevée sans incident et la porte refermée sur lui, Tuppence s'exclama de nouveau :

— Vous avez une idée derrière la tête, n'est-ce pas, monsieur Carter ? Avez-vous l'intention de nous envoyer en mission au fin fond de la Russie ?

— Pas exactement, répondit M. Carter.

— Il y a bien quelque chose pourtant...

— Oui, il y a quelque chose... Vous n'êtes pas de celles qui reculent devant le risque, n'est-ce pas, madame Beresford ?

Les yeux de Tuppence brillaient d'excitation.

— Le département d'État a besoin qu'on fasse pour lui un certain travail et l'idée m'est venue – oh ! c'est juste une idée – que ce travail pourrait vous convenir à tous les deux.

— Continuez, dit Tuppence.

— Je vois que vous avez le *Daily Leader*, déclara M. Carter en s'emparant du journal qui traînait sur la table.

Il chercha la page des petites annonces et tendit le journal à Tommy.

— Lisez celle-là..., dit-il en désignant une des annonces.

Tommy obéit :

— « Agence internationale de détectives. Theodore Blunt, directeur. Enquêtes privées. Personnel nombreux, sûr et hautement qualifié. Discrétion absolue. Consultation gratuite. 118, Haleham Street. Londres. »

Tommy lança un regard interrogateur à M. Carter, qui hocha la tête.

— Cette agence n'allait pas très bien depuis quelque temps, murmura-t-il. Un ami à moi l'a rachetée pour une bouchée de pain. Nous aimerions la remettre sur pied ; en tout cas... faire un essai pendant six mois. Bien entendu, il lui faudra un directeur.

— Et M. Theodore Blunt ? demanda Tommy.

— Je crains que M. Blunt ne se soit montré fort indiscret... En fait, Scotland Yard s'est vu obligé d'intervenir. M. Blunt est désormais logé aux frais de Sa Majesté, et il n'est pas disposé à nous révéler le quart de ce que nous aimerions savoir.

— Je vois, dit Tommy. Enfin, je pense que je vois.

— Je vous suggère de prendre un congé de six mois. Pour raisons de santé. Et, bien entendu, s'il vous prenait la drôle d'idée de diriger une agence de détectives sous le nom de Theodore Blunt, cela ne me regarderait en rien.

Tommy soutint le regard du chef et demanda :

— Pas d'instructions particulières, monsieur ?

— Je crois que M. Blunt faisait affaire avec l'étranger. Voyez si vous recevez des enveloppes en provenance de Russie : un marchand de jambon est à la recherche de sa femme, laquelle se serait réfugiée dans notre pays il y a quelques années. Humectez le timbre, vous trouverez le nombre 16 inscrit dessous. Faites des copies de ces lettres et renvoyez-moi les originaux. Et si quelqu'un se présente à votre bureau en faisant allusion au nombre 16, prévenez-moi aussitôt.

— Très bien. Et hormis ces instructions ?

M. Carter ramassa ses gants, prêt à prendre congé.

— Vous pouvez diriger cette agence à votre guise. Il me semble que cela pourra amuser Mme Beresford de s'essayer à un petit travail de détective…

2

UNE TASSE DE THÉ

Quelques jours plus tard, M. et Mme Beresford s'installaient dans les bureaux de l'Agence internationale de détectives, à Bloomsbury, au deuxième étage d'un immeuble en piteux état. Albert avait abandonné son rôle de valet pour celui d'employé, qu'il jouait à la perfection. Des bonbons dans un sac en papier, des mains pleines d'encre et les cheveux en bataille, telle était sa conception du personnage.

Deux portes donnaient sur la réception. Sur la première était inscrit « Employés », sur l'autre « Privé ». Derrière celle-ci se trouvait une pièce agréable occupée par un immense bureau digne d'un homme d'affaires – une pile de dossiers soigneusement étiquetés, tous vides – et quelques confortables fauteuils en cuir. Derrière le bureau trônait le pseudo-M. Blunt, s'efforçant d'incarner l'homme qui a passé toute sa vie à la tête d'une agence de détectives. Bien entendu, il avait un téléphone sous la main. Il avait mis au point, avec Tuppence, quelques coups de fil destinés à produire leur petit effet, et Albert avait eu droit aussi à sa part de recommandations.

Il y avait dans la pièce voisine : Tuppence, une machine à écrire, quelques tables et chaises et un petit réchaud à gaz.

En fait, il ne leur manquait que les clients.

Au début, Tuppence s'était montrée très enthousiaste.

— C'est merveilleux ! s'était-elle écriée. Nous allons traquer les meurtriers, retrouver les bijoux de famille égarés, rameuter les disparus et démasquer les escrocs !

À ce stade, Tommy avait senti qu'il était de son devoir de rationaliser les choses.

— Du calme, Tuppence. Oublie un peu les romans que tu as l'habitude de lire. Notre clientèle – si clientèle il y a un jour – va se composer de maris cocus désireux de faire suivre leur épouse, et *vice versa*. Le divorce, voilà bien le seul et unique pilier d'une agence de détectives privés.

— Pouah ! s'était exclamée Tuppence avec une mine

de dégoût. Hors de question de toucher aux divorces. Nous allons redorer le blason de la profession.

— Euh... oui, avait répondu Tommy, sans conviction.

À présent, une semaine après leur installation, c'est avec dépit qu'ils consultaient leurs notes.

— Trois idiotes délaissées par leur mari tous les week-ends, soupira Tommy. Personne n'est venu pendant que j'étais sorti déjeuner ?

— Un bon gros vieillard affligé d'une femme volage, soupira Tuppence. Je lis ça dans les journaux depuis des années, mais c'est seulement cette semaine que j'ai pris conscience du fléau grandissant qu'est le divorce. Je n'en peux plus de répéter toute la journée : « Non, nous ne nous occupons pas de divorces... »

— Maintenant que nous l'avons spécifié dans l'annonce, ça devrait s'arranger, lui fit remarquer Tommy.

— Notre annonce est pourtant plutôt alléchante, soupira Tuppence. Quoi qu'il en soit, je ne m'avouerai pas vaincue. Au besoin, je commettrai moi-même un meurtre, et tu me démasqueras.

— Je ne vois pas très bien l'intérêt... Pense un peu à ce que je ressentirai au moment de te faire de touchants adieux à Bow Street... ou Vine Street, je ne sais plus.

— Ce sont des postes de police qui sortent tout droit de tes souvenirs de célibataire, répliqua Tuppence avec une pointe de perfidie.

— Je voulais dire à l'Old Bailey, au palais de justice...

— Bon, déclara Tuppence, ce n'est pas tout, mais il faut faire quelque chose. Nous sommes là, bourrés de talent et sans aucun moyen de l'exercer.

— Ce qui me plaît chez toi, Tuppence, c'est ton assurance. Quelles que soient les circonstances, tu ne doutes jamais de toi.

— Évidemment ! s'exclama Tuppence, en ouvrant de grands yeux étonnés.

— Dans les circonstances actuelles, tu ne peux pourtant pas te vanter de la moindre expérience.

— Eh bien... j'ai lu tous les romans policiers parus ces dix dernières années.

— Moi aussi, mais j'ai l'impression que cela ne nous sera pas d'un grand secours.

— Tu as toujours été d'un naturel pessimiste, Tommy. Avoir confiance en soi, voilà l'essentiel.

— De ce côté-là, tu n'as pas à te plaindre, observa son mari.

— Évidemment c'est plus facile dans les romans policiers puisqu'on travaille à l'envers, continua Tuppence. On peut disposer les indices à sa convenance quand on connaît la solution. Je me demande...

Elle s'arrêta, les sourcils froncés.

— Eh bien ?

— Je crois que j'ai une idée... Elle est encore vague, mais elle est là... Je vais aller acheter ce chapeau dont je t'ai parlé, dit-elle en se levant soudain.

— Encore un chapeau ! s'écria Tommy.

— Il est très joli, rétorqua Tuppence.

Et elle sortit d'un pas décidé. Dans les jours qui suivirent, Tommy lui posa bien quelques questions sur sa fameuse idée, mais Tuppence se contentait de hocher la tête en lui intimant de se montrer patient.

Puis vint le grand jour où se présenta leur premier client, et le reste fut oublié.

On frappa à la grande porte. Albert, qui venait juste de s'introduire un bonbon acidulé entre les dents, poussa un grognement qui signifiait : « Entrez ! » Ensuite, sa surprise et sa joie furent telles qu'il en avala tout rond son bonbon : devant lui se dressait l'Affaire du Siècle.

Un jeune homme grand, élégant et raffiné, se tenait sur le pas de la porte. Un aristo, ou je n'y connais rien, se dit Albert, qui savait juger de ces choses-là.

Environ vingt-cinq ans, de magnifiques cheveux rejetés en arrière, les paupières légèrement rosées, il était pour ainsi dire dépourvu de menton.

Ébloui, Albert appuya sur un bouton. Presque instantanément, un crépitement de machine à écrire retentit dans l'autre pièce : Tuppence s'était ruée à son poste. Ce bourdonnement ne fit qu'accroître la gêne du jeune homme :

— Dites-moi... c'est bien la... l'agence de détectives... les Fins Limiers de Blunt ? Enfin, vous voyez ce que je veux dire.

— Vous désirez parler à M. Blunt ? lui demanda Albert, avec l'air de quelqu'un qui doute fort que pareil exploit soit réalisable.

— Eh bien, euh... oui, c'est exactement cela. Est-ce possible ?

— Vous n'avez pas rendez-vous, si je comprends bien ?

Le jeune homme sembla encore plus perplexe.

— Euh, non...

— Il est recommandé de téléphoner avant de venir, monsieur. M. Blunt est très occupé. Il est en ce moment même en ligne avec Scotland Yard.

Le jeune homme parut impressionné. Albert baissa la voix pour lui faire une confidence :

— Un vol de documents dans un ministère. Ils voudraient que M. Blunt se charge de l'affaire.

— Vraiment ? Ce doit être quelqu'un !

— Le patron est ce qui se fait de mieux, monsieur.

Le jeune homme prit place sur une chaise inconfortable, sans se rendre compte que deux paires d'yeux l'observaient avec attention à travers des orifices ménagés dans les portes : ceux de Tuppence – quand elle ne tapait pas sur sa machine à écrire – et ceux de Tommy, qui attendait le moment opportun pour se manifester.

Une violente sonnerie retentit tout à coup sur le bureau d'Albert.

— Le patron est libre, maintenant. Je vais voir s'il peut vous recevoir, dit-il.

Il disparut derrière la porte marquée « Privé » et reparut aussitôt :

— Voulez-vous me suivre, monsieur ?

Alors qu'il introduisait le visiteur, un jeune homme roux au visage agréable et à l'air vif se leva pour l'accueillir.

— Asseyez-vous. Vous désirez me voir ? Je suis M. Blunt.

— Vraiment ? C'est-à-dire… vous êtes très jeune, non ?

— Les vieux ont fait leur temps, répondit Tommy avec un geste de la main. La guerre, qui l'a voulue ? Les vieux ! Les responsables du chômage, qui sont-ils ? Les vieux ! Les responsables de tout ce qui va mal, qui sont-ils ? Encore les vieux !

— Vous avez sans doute raison. Je connais un garçon qui est poète – du moins c'est ce qu'il dit – et qui parle toujours comme ça.

— Sachez, monsieur, qu'au sein de mon équipe, pourtant hautement expérimentée, personne n'a dépassé l'âge de vingt-cinq ans.

Étant donné que son équipe se composait de Tuppence et d'Albert, ce n'était que la pure vérité.

— Et maintenant, au fait, dit M. Blunt.

— Je voudrais que vous retrouviez quelqu'un qui a disparu, répondit le jeune homme.

— Bien. Pouvez-vous me donner plus de détails ?

— Eh bien, voyez-vous, c'est plutôt difficile. Je veux dire, c'est une affaire terriblement délicate. Elle pourrait le prendre très mal. Je veux dire... c'est fichtrement difficile à expliquer.

Il lança un regard de détresse à Tommy, qui soupira intérieurement. Soutirer des informations à son client n'allait pas être une mince affaire, et il avait bien envie d'aller déjeuner…

— A-t-elle disparu volontairement ou soupçonnez-vous un enlèvement ? demanda-t-il d'un ton tranchant.

— Je ne sais pas, répondit le jeune homme. Je n'en sais rien...

Tommy s'empara d'un carnet et d'un crayon.

— Commençons par le commencement, voulez-vous ? Comment vous appelez-vous ? Albert a pour ordre de ne jamais poser cette question, ainsi nos entretiens demeurent strictement confidentiels.

— Oh ! Et comment ! Une drôlement bonne idée, dit le jeune homme. Je m'appelle... euh... Smith.

— Ah non ! fit Tommy. Donnez-moi votre vrai nom.

Son visiteur le regarda, stupéfait.

— Euh... St. Vincent, dit-il. Lawrence St. Vincent.

— C'est curieux, mais il existe très peu de Smith, en réalité, fit remarquer Tommy. Personnellement, je n'en connais aucun. Et pourtant, neuf fois sur dix, c'est le nom qu'on choisit lorsqu'on veut dissimuler son identité. Je suis d'ailleurs en train d'écrire une monographie sur le sujet.

À cet instant, une sonnerie discrète retentit. C'était signe que Tuppence voulait prendre les choses en main. Tommy, qui avait faim et qui n'éprouvait aucune sympathie pour M. St. Vincent, se sentait tout disposé à lui laisser la main.

— Excusez-moi, dit-il en soulevant le combiné.

Il parut d'abord surpris, puis consterné, et enfin légèrement excité.

— Vraiment ? Le Premier ministre lui-même ? Bien sûr. Dans ce cas, j'arrive tout de suite.

Il raccrocha et se tourna vers son client.

— Cher monsieur, je suis obligé de vous demander de m'excuser. Je suis mandé de toute urgence. Si vous voulez bien exposer votre cas à ma secrétaire particulière, elle va s'occuper de vous. (Il alla ouvrir la porte de communication.) Mademoiselle Robinson...

Tuppence entra, ses cheveux noirs bien tirés, avec une collerette et des manchettes blanches. Tommy fit les présentations et se retira.

— Une femme qui vous est chère a disparu, si j'ai bien compris, monsieur St. Vincent, dit Tuppence d'une voix douce en s'asseyant et en s'emparant du carnet et du crayon de M. Blunt. Cette dame est-elle jeune ?

— Oh oui ! plutôt, répondit M. St. Vincent. Jeune et... terriblement jolie.

Tuppence devint grave.

— Mon Dieu, murmura-t-elle, j'espère que...

— Vous pensez qu'il lui est arrivé quelque chose ? demanda M. St. Vincent, très inquiet.

— Oh ! Il faut garder espoir, répliqua Tuppence d'un ton faussement enjoué, ce qui ne fit que déprimer davantage M. St. Vincent.

— Écoutez, mademoiselle Robinson... il faut que vous fassiez quelque chose. Et ne regardez pas à la dépense. Je ne voudrais pas qu'il lui arrive malheur pour tout l'or du monde. À vous, je veux bien le dire, vous m'avez l'air terriblement sympathique : je vénère jusqu'à la trace de ses pas. C'est une fille formidable.

— Comment s'appelle-t-elle ? Dites-moi tout ce que vous savez d'elle.

— Elle s'appelle Janet – je ne connais pas son nom de famille. Elle travaille dans un magasin de chapeaux, chez Madame Violette, dans Brook Street, mais elle est tout ce qu'il y a de plus convenable. Elle m'a repoussé un tas de fois. Je suis allé y faire un tour hier... pour l'attendre à la fermeture... tout le monde est sorti, sauf elle. J'ai découvert qu'elle n'était pas venue travailler... et sans prévenir. Cette vieille bique de Madame Violette était furieuse. J'ai appris où elle logeait, et je m'y suis rendu. Elle n'était pas rentrée la nuit d'avant et on ne savait pas où elle était. J'étais complètement affolé. J'ai pensé aller à la police, mais Janet m'en voudra à mort si elle va bien et qu'elle est partie de son plein gré. Et puis je me suis rappelé qu'elle m'avait un jour montré votre annonce dans le journal en me racontant qu'une femme qui leur achetait des chapeaux s'était répandue en éloges sur vos qualités, votre discrétion... Alors je suis venu droit chez vous.

— Je vois, dit Tuppence. Et où habite-t-elle ?

Le jeune homme lui donna l'adresse.

— Je pense que ce sera tout, déclara Tuppence après réflexion. Est-ce à dire... dois-je comprendre que vous êtes fiancé à cette jeune femme ?

M. St. Vincent rougit subitement.

— Eh bien, non, pas exactement. Mais j'ai l'intention de lui demander de m'épouser dès que je la reverrai... si jamais je la revois.

— Voulez-vous profiter de notre service spécial de vingt-quatre heures ? s'enquit Tuppence, très femme d'affaires, en posant son carnet sur le bureau.

— De quoi s'agit-il ?

— Le tarif est double, mais nous mettons tout notre personnel disponible sur l'affaire. Si cette jeune femme est en vie, monsieur St. Vincent, je serai en mesure de vous faire savoir où elle se trouve demain à la même heure.

— Vraiment ? Mais c'est merveilleux !

— Nous n'employons que des experts, et nous garantissons le résultat, déclara Tuppence d'un ton sec.

— Eh bien... Vous devez avoir une équipe du tonnerre.

— Naturellement, dit Tuppence. Au fait, vous ne m'avez pas décrit cette jeune personne.

— Elle a les plus beaux cheveux du monde. On dirait de l'or, mais en plus profond... comme un coucher de soleil à couper le souffle. C'est ça, un coucher de soleil. Jusqu'à présent, vous savez, je ne m'intéressais pas à ces choses-là, les couchers de soleil, la poésie... Dans la poésie aussi il y a plus de choses que je ne pensais.

— Cheveux blonds, nota Tuppence sans s'émouvoir. Combien diriez-vous qu'elle mesure ?

— Elle est plutôt grande, et elle a des yeux sensationnels, bleu foncé je crois. Et un caractère affirmé qui peut parfois vous prendre au dépourvu.

Tuppence écrivit encore quelques mots dans son carnet, le referma et se leva.

— Venez ici demain à 16 heures, dit-elle. Je pense que nous aurons des nouvelles pour vous. Au revoir, monsieur St. Vincent.

À son retour, Tommy trouva Tuppence plongée dans le bottin mondain.

— Je sais tout, lui dit-elle brièvement. Lawrence St. Vincent est le neveu et l'héritier du comte de Cheriton. Si nous tirons cette affaire au clair, cela fera parler de nous dans les plus hautes sphères.

Tommy parcourut ses notes et demanda :

— Qu'est ce qui est arrivé à cette fille, à ton avis ?

— À mon avis, elle s'est enfuie, répondit Tuppence. Son cœur lui aura fait comprendre qu'elle aimait trop ce jeune homme pour pouvoir vivre en paix.

Tommy lui jeta un regard sceptique.

— Je sais bien que les filles se conduisent comme ça dans les romans, mais je n'en connais aucune qui ait fait ça dans la réalité.

— Vraiment ? Ma foi, tu as peut-être raison. Mais je suis sûre que Lawrence St. Vincent, lui, est prêt à avaler ce genre de niaiseries. Il est déjà pétri d'idées romantiques. À propos, je lui ai promis une solution express, grâce à notre service spécial.

— Espèce d'imbécile ! Qu'est-ce qui t'a pris ?

— Une idée comme ça. J'ai trouvé que ça sonnait bien. Fais confiance à Maman, Tommy. Maman ne se trompe jamais.

Elle sortit, laissant Tommy dans un état de profonde morosité. Il se leva, soupira et, tout en maudissant l'imagination débordante de sa femme, sortit à son tour voir ce qu'il pouvait faire.

Quand il revint à 16 h 30, épuisé, Tuppence était occupée à extraire un paquet de biscuits d'un classeur où il était caché.

— Où étais-tu ? Tu as l'air soucieux et tu es en nage.

— J'ai fait le tour des hôpitaux avec la description de cette fille, grommela-t-il.

— Ne t'avais-je pas conseillé de me laisser faire ?

— Tu n'arriveras pas à la retrouver seule avant demain après-midi.

— Non seulement j'y arriverai, mais c'est déjà fait.

— Qu'est-ce que tu veux dire ? Tu l'as retrouvée ?

— Un problème élémentaire, mon cher Watson. Absolument élémentaire.

— Et où est-elle ?

Tuppence pointa un doigt par-dessus son épaule.

— À côté, dans mon bureau.

— Qu'est-ce qu'elle fait là ?

Tuppence se mit à rire.

— L'expérience nous le dira bientôt. Mais quand quelqu'un se trouve confronté à une bouilloire, à un réchaud à gaz et à une demi-livre de thé, le résultat me paraît couru d'avance... Tu comprends, reprit-elle gentiment, l'autre jour, chez Madame Violette – là où j'achète mes chapeaux –, je suis tombée sur une vieille amie de mes années d'hôpital. Après la guerre, elle a abandonné le métier d'infirmière, a ouvert une boutique de chapeaux, a fait faillite et s'est fait embaucher chez Madame Violette. Nous avons tout combiné entre nous. Elle devait attirer l'attention du jeune St. Vincent sur notre annonce, puis disparaître. Ainsi, nous pourrions faire la preuve de la merveilleuse efficacité des Fins Limiers de Blunt. Résultat : de la publicité pour nous et, pour le jeune St. Vincent, le coup de pouce qui l'amènerait à se déclarer. Janet commençait à désespérer.

— Tuppence ! Je n'en reviens pas... Je n'ai jamais entendu d'histoire plus immorale ! Tu encourages ce jeune homme à épouser quelqu'un qui n'est pas de son rang...

— Balivernes ! Janet est une fille épatante, et le plus étrange, c'est qu'elle adore ce mollasson. Il suffit d'un coup d'œil pour voir ce qui fait défaut à sa famille à lui : du bon sang bien rouge. Janet en fera quelque chose. Elle le surveillera comme une mère, mettra le holà sur les cocktails et les night-clubs et lui fera mener une vie saine de gentil campagnard. Viens, je vais te la présenter.

Tommy la suivit dans son bureau. Une grande fille aux cheveux auburn et au visage agréable posa la bouilloire fumante qu'elle tenait à la main et se tourna vers eux avec un sourire qui dévoila une rangée de dents blanches et régulières.

— J'espère que vous m'excuserez, mademoiselle Cowley... Pardon, madame Beresford. J'ai pensé qu'une tasse de thé vous ferait plaisir aussi. Je me rappelle toutes celles que vous prépariez pour moi à l'hôpital, à 3 heures du matin...

— Tommy, je vous présente ma vieille amie, Mlle Smith.

— Smith ? Comme c'est curieux ! remarqua Tommy en lui serrant la main. Quoi ? Oh ! rien du tout... une petite étude que je songe à écrire...

— Remets-toi, Tommy, dit Tuppence.

Elle lui servit une tasse de thé.

— Et maintenant, buvons ensemble au succès de l'Agence internationale de détectives. Les Fins Limiers de Blunt. Puissent-ils ne jamais connaître l'échec !

3

L'AFFAIRE DE LA PERLE ROSE

— Que diable fais-tu là ? demanda Tuppence en pénétrant dans le sanctuaire de l'Agence internationale de détectives (slogan : les Fins Limiers de Blunt) et en découvrant son seigneur et maître allongé par terre, au milieu d'un océan de livres.

— J'essayais de ranger ces livres en haut de l'armoire, mais cette maudite chaise s'est effondrée.

Tuppence attrapa un volume.

— *Le Chien des Baskerville...* Je le relirais volontiers un de ces jours...

— Une demi-heure de temps à autre avec les Grands Maîtres ne nous ferait pas de mal, déclara Tommy en s'époussetant. Vois-tu, je ne peux pas me défaire de l'idée que nous sommes plus ou moins des amateurs dans ce métier... Bien sûr, en un sens c'est inévitable, mais rien ne nous empêche d'acquérir une certaine technique. Tous ces livres sont des romans policiers écrits par les maîtres du genre. Je voudrais essayer différentes méthodes et comparer les résultats.

— Hum..., fit Tuppence. Je me suis souvent demandé comment ces détectives s'en seraient sortis en réalité.

Elle attrapa un autre volume.

— En tout cas, tu éprouveras quelques difficultés à te mettre dans la peau du Dr Thorndyke. Tu n'as aucune expérience médicale, encore moins de notions juridiques et, que je sache, la science n'a jamais été ton fort.

— Peut-être. Mais quoi qu'il en soit, j'ai fait l'acquisition d'un excellent appareil photographique ; je vais relever des empreintes, agrandir les négatifs et ainsi de suite. Maintenant, « mon bon ami », fais usage de tes petites cellules grises : est-ce que cela te rappelle quelque chose ?

Il lui montrait du doigt le bas de l'armoire où, sur un rayonnage, reposaient une robe de chambre aux motifs futuristes, des babouches et un violon.

— C'est l'évidence même, mon cher Watson, répondit Tuppence.

— Exact. La touche Sherlock Holmes.

Il prit le violon et passa négligemment l'archet sur les cordes, ce qui arracha à Tuppence un gémissement de douleur.

Au même instant, une sonnerie retentit sur le bureau, signe qu'un client se trouvait retenu à la réception avec Albert, le commis.

Tommy remit en hâte le violon dans l'armoire et, du pied, poussa les livres derrière le bureau.

— Inutile de se dépêcher, lança-t-il. Albert doit être en train de lui servir l'histoire de ma conversation téléphonique avec Scotland Yard. Installe-toi à ton bureau et tape à la machine... il faut donner l'impression d'une grande activité. Et puis non, réflexion faite, tu prendras des notes sous ma dictée. Allons jeter un coup d'œil à notre victime avant qu'Albert ne la fasse entrer.

Ils s'approchèrent du trou ménagé dans la porte, à travers lequel on pouvait embrasser du regard toute la réception.

Le client était en fait une cliente qui devait avoir l'âge de Tuppence. Grande et brune, elle avait le visage défait et l'air hautain.

— Vêtements bon marché mais qui font de l'effet, déclara Tuppence. Fais-la entrer, Tommy.

Peu après, la cliente serrait la main du célèbre M. Blunt tandis que Tuppence, le regard baissé, était assise à l'écart, carnet et crayon en main.

— Mlle Robinson, ma secrétaire particulière, annonça M. Blunt en la désignant d'un geste. Vous pouvez parler devant elle.

Il s'adossa à son siège, ferma les yeux une minute, puis déclara avec lassitude :

— À une heure pareille, votre autobus devait être bondé.

— Je suis venue en taxi.

— Ah ! fit Tommy.

Il jeta un regard plein de reproches au ticket d'autobus bleu qui dépassait de son gant. La jeune fille, qui avait suivi son regard, le sortit en souriant.

— Oh, ça ? Je l'ai ramassé dans la rue. J'ai un petit voisin qui les collectionne.

Tuppence toussota, et Tommy lui lança un regard oblique.

— Venons-en au fait, dit-il sèchement. Vous avez besoin de nos services, mademoiselle... ?

— Kingston Bruce. Nous habitons Wimbledon. Hier soir, une dame qui vit chez nous a perdu une perle rose de grande valeur. Il se trouve que M. St. Vincent, qui dînait aussi chez nous, nous avait parlé de votre agence pendant le repas. Si bien que ma mère m'a envoyée ici ce matin pour vous demander si vous accepteriez de vous occuper de cette affaire.

Elle s'exprimait d'un ton maussade, presque déplaisant. Il était clair qu'elle était en désaccord avec sa mère, et qu'elle était là contre son gré.

— Je vois, dit Tommy, perplexe. Vous n'avez pas appelé la police ?

— Non. Imaginez que cette maudite perle ait roulé dans la cheminée ou ailleurs, cela serait ridicule.

— Ainsi ce bijou a peut-être été simplement perdu ? demanda Tommy.

Mlle Kingston Bruce haussa les épaules.

— Les gens font souvent beaucoup d'histoires pour rien...

Tommy s'éclaircit la voix.

— Évidemment, je suis très occupé en ce moment...

— Je comprends, dit la jeune fille en se levant.

L'éclair de satisfaction qui était passé dans son regard n'avait pas échappé à Tuppence.

— Néanmoins, continua Tommy, je pense que je peux m'arranger pour faire un saut à Wimbledon. Pouvez-vous me donner l'adresse ?

— Les Lauriers, Edgeworth Road.

— Notez, je vous prie, mademoiselle Robinson.

Mlle Kingston Bruce hésita, puis déclara avec une certaine réticence :

— Alors, à bientôt. Au revoir.

— Drôle de fille, observa Tommy. Je n'arrive pas à la cerner.

— Je me demande si c'est elle qui a volé la perle, dit Tuppence, pensive. Allons, Tommy, rangeons ces livres, prenons la voiture et descendons à Wimbledon. Au fait, qui as-tu l'intention d'incarner ? Encore Sherlock Holmes ?

— Je manque d'entraînement pour le rôle. J'ai eu l'air fin avec ce ticket d'autobus, hein ?

— Eh oui... À ta place, j'essaierais de ne pas trop

en faire avec elle : elle est maligne comme un singe. Et malheureuse avec ça, la pauvre petite.

— J'imagine que tu sais déjà tout d'elle ? riposta Tommy, sarcastique. Il t'a suffi de regarder la forme de son nez ?

— Je vais te dire ce que nous allons trouver aux Lauriers, à mon avis, continua Tuppence. Une maison de snobs ne rêvant que de fréquenter la haute société. Le père – si père il y a – est sûrement un gradé de l'armée. Et la fille s'en veut d'accepter ce genre de vie.

Tommy jeta un dernier regard sur les livres, à présent soigneusement rangés sur une étagère. Puis il déclara, songeur :

— Aujourd'hui, je crois que je serai Thorndyke.

— Je ne pensais pas que cette affaire comportait un aspect médico-légal, fit remarquer Tuppence.

— Peut-être pas, mais je meurs d'envie d'essayer mon nouvel appareil photographique ! Son objectif est, paraît-il, le plus extraordinaire qu'on ait jamais fait et qu'on fera jamais.

— Je vois le genre. Le temps de faire la mise au point, de choisir le diaphragme, de calculer le temps de pose et de cadrer, tu as la cervelle en bouillie et tu n'aspires plus qu'à un simple appareil Brownie.

— Seul un être dépourvu de toute ambition peut se contenter d'un Brownie.

— Eh bien, je te parie qu'avec mon appareil j'obtiendrai de meilleurs résultats que toi avec le tien.

Tommy ne releva pas.

— Il me faudrait un débourre-pipe, déplora-t-il. Je me demande où cela s'achète.

— Tu peux toujours prendre le tire-bouchon breveté que tante Araminta nous a offert à Noël, lui suggéra Tuppence.

— Très juste, dit Tommy. À l'époque, je l'avais pris

pour une machine de guerre. Curieux cadeau de la part d'une tante qui fait partie de la ligue antialcoolique.

— Et moi, je serai Polton, décida Tuppence.

Tommy la regarda avec mépris.

— Polton ? Vraiment ? Tu serais incapable de l'imiter en quoi que ce soit.

— Si : je peux me frotter les mains de satisfaction. C'est déjà un bon début. Et toi, j'imagine que tu vas faire des moulages d'empreintes de pas ?

Tommy ne répliqua pas. Après être allés chercher le tire-bouchon, ils sortirent la voiture du garage et se mirent en route pour Wimbledon.

Les Lauriers était une grande maison agrémentée de pignons et de tourelles. Entourée de massifs de géraniums écarlates, elle avait été fraîchement repeinte.

Avant même que Tommy ait eu le temps de sonner, un homme de grande taille, à la moustache blanche bien taillée et à l'allure martiale leur ouvrit la porte.

— Je vous attendais, expliqua-t-il. M. Blunt, c'est bien ça ? Je suis le colonel Kingston Bruce. Donnez-vous la peine d'entrer.

Il les conduisit dans son bureau, une petite pièce située à l'autre bout de la maison.

— Le jeune St. Vincent ne m'a dit que du bien de votre agence. D'ailleurs, j'avais déjà remarqué votre annonce. Ce service express est une excellente idée. C'est exactement ce qu'il me faut.

— Très bien, colonel, répondit Tommy tout en maudissant intérieurement Tuppence et son inconscience pour sa brillante invention.

— Toute cette histoire est très pénible, monsieur, très pénible.

— Auriez-vous la bonté de m'exposer les faits ? demanda Tommy avec une pointe d'impatience.

— Bien sûr. Lady Laura Barton – une très vieille et très chère amie – fait un séjour chez nous en ce moment.

C'est la fille du défunt comte de Carroway. Son frère, le comte actuel, a fait un discours très remarqué, l'autre jour, à la Chambre des lords. Comme je vous l'ai dit, c'est une amie très chère et de longue date. Les Hamilton Betts, des amis américains qui viennent d'arriver, étaient très désireux de la rencontrer. « Rien de plus facile, leur ai-je dit. Venez donc passer le week-end ici. Elle est justement chez nous en ce moment. » Vous connaissez le goût des Américains pour les gens titrés, monsieur Blunt.

— Pas seulement des Américains, colonel.

— Hélas ! Cela n'est que trop vrai, cher monsieur. Il n'y a rien que je déteste plus que les snobs. Bon, comme je vous l'ai dit, les Betts sont arrivés pour le week-end. Hier soir, alors que nous étions en train de jouer au bridge, le fermoir du pendentif que portait Mme Hamilton Betts s'est brisé ; elle l'a donc enlevé et posé sur une petite table, avec l'intention de le reprendre quand elle monterait se coucher. Mais ensuite elle l'a oublié. Il faut que je vous explique, monsieur Blunt, que ce pendentif était formé de deux petites ailes en diamant et d'une grosse perle centrale. On l'a retrouvé ce matin, à l'endroit où elle l'avait laissé, mais la perle, qui a une valeur considérable, en avait été arrachée.

— Qui a retrouvé le pendentif ?

— La femme de chambre, Gladys Hill.

— Y a-t-il des raisons de la soupçonner ?

— Elle est à notre service depuis quelques années et nous l'avons toujours jugée parfaitement honnête. Mais, on ne sait jamais...

— Exactement. Pouvez-vous me parler des personnes qui composent votre personnel, ainsi que de celles qui assistaient à votre dîner, hier soir ?

— Il y a la cuisinière... elle ne travaille pour nous que depuis deux mois, mais elle n'a aucune raison d'entrer dans le salon. De même pour la fille de cuisine. Et puis il y a la bonne, Alice Cummings. Elle est aussi chez nous depuis plusieurs années. Et, bien entendu, la femme de chambre de lady Laura. Une Française, ajouta-t-il fièrement.

Tommy, que cette révélation concernant la nationalité de la femme de chambre ne paraissait pas avoir ému, poursuivit :

— Très bien. Et qui assistait au dîner ?

— M. et Mme Betts, nous-mêmes – ma femme et ma fille – et lady Laura. Le jeune St. Vincent était là aussi et M. Rennie est passé un instant après le dîner.

— Qui est M. Rennie ?

— Un individu nuisible, un socialiste fini. Beau garçon, évidemment, et capable d'impressionner avec ses arguments spécieux. Mais un homme, je peux vous le dire, à qui je ne ferais pas confiance pour un sou. Un dangereux personnage.

— Autrement dit, c'est M. Rennie que vous soupçonnez, déclara froidement Tommy.

— En effet, monsieur Blunt. Étant donné ses idées, il ne peut avoir aucune espèce de principes. Et rien n'aurait été plus facile pour lui que de subtiliser tranquillement la perle pendant que nous étions absorbés dans notre partie. Nous avons été particulièrement accaparés à plusieurs reprises... Je me rappelle un surcontre sans atout, et aussi une discussion pénible quand ma femme a eu le malheur de faire une fausse renonce.

— Encore une chose, dit Tommy : quelle a été la réaction de Mme Betts ?

— Elle aurait voulu que j'appelle la police, répondit à regret le colonel Kingston Bruce. Enfin, après avoir cherché la perle partout au cas où elle serait simplement tombée.

— Mais vous l'en avez dissuadée ?

— J'étais tout à fait hostile à l'idée de divulguer cette histoire, et ma femme et ma fille ont pris mon parti. Puis ma femme s'est souvenue que le jeune St. Vincent avait parlé de votre agence pendant le dîner, et de votre service express.

— En effet, concéda Tommy.

— De toute façon, ça ne peut pas faire de mal. Si nous sommes obligés d'appeler la police demain, on pourra penser que nous avons cru le bijou égaré et que nous avons perdu tout ce temps à le chercher. À propos, personne n'a été autorisé à quitter la maison ce matin.

— Excepté votre fille, bien sûr, dit Tuppence, ouvrant la bouche pour la première fois.

— Excepté ma fille, reconnut le colonel. Elle s'est tout de suite proposée pour aller vous soumettre l'affaire.

Tommy se leva.

— Nous ferons de notre mieux pour vous donner satisfaction, colonel. Puis-je voir le salon et la table sur laquelle le pendentif avait été posé ? J'aimerais aussi poser quelques questions à Mme Betts. Ensuite j'interrogerai les domestiques... ou plutôt non, c'est mon assistante, Mlle Robinson, qui s'en chargera.

À l'idée d'affronter les domestiques, Tommy sentait son courage faiblir.

Ils sortirent du bureau avec le colonel, qui leur fit traverser le vestibule. En approchant du salon dont la porte était ouverte, ils reconnurent la voix de la jeune fille qu'ils avaient vue le matin.

— Vous savez très bien, mère, qu'un jour elle a emporté une petite cuillère dans son manchon, disait-elle.

Ils entrèrent et on les présenta à Mme Kingston Bruce, dame gémissante aux airs languides. Sa fille, plus renfrognée que jamais, ne leur adressa qu'un petit signe de tête.

Mme Kingston Bruce se montra quant à elle fort volubile.

— ... mais je pense savoir qui l'a prise, conclut-elle. C'est cet affreux socialiste. Que peut-on espérer d'autre de quelqu'un qui aime les Russes et les Allemands, et qui déteste les Anglais ?

— Il ne l'a même pas touchée ! s'écria Mlle Kingston Bruce. Je ne l'ai pas quitté de l'œil de toute la soirée. Il n'aurait pas pu le faire sans que je le voie.

Tête haute, elle les défia tous du regard.

Tommy demanda à interroger Mme Betts, opérant ainsi une heureuse diversion. Une fois Mme Kingston Bruce, son mari et sa fille partis à sa recherche, il se mit à siffloter, songeur :

— Qui a emporté une petite cuillère dans son manchon ? Je me le demande...

— Moi aussi, dit Tuppence.

Suivie de son mari, Mme Betts fit irruption dans le salon. C'était une forte femme, à la voix assurée. Le mari, lui, avait l'air dyspeptique et soumis.

— J'ai cru comprendre, monsieur Blunt, que vous étiez détective privé et que vous débrouilliez les affaires avec la rapidité de l'éclair.

— On me surnomme l'Éclair, madame Betts. Puis-je vous poser quelques questions ?

Tout alla très vite. On montra à Tommy le pendentif endommagé, la table sur laquelle on l'avait posé. Et M. Betts sortit de son silence pour préciser, en dollars, la valeur de la perle volée.

Mais Tommy, agacé, sentait qu'il n'avançait pas.

— Je pense que ce sera tout, conclut-il. Mademoiselle Robinson, pourriez-vous avoir l'obligeance d'aller chercher l'appareil photographique que j'ai laissé dans le vestibule ?

Cette dernière s'exécuta.

— Une de mes trouvailles, précisa Tommy. En apparence, comme vous voyez, rien ne le distingue d'un appareil photographique ordinaire.

Les Betts parurent impressionnés, ce qui lui procura une certaine satisfaction.

Il photographia le pendentif, la table, et prit quelques vues générales de la pièce. Puis il envoya « Mlle Robinson » interroger les domestiques. Mais devant les regards pleins d'espoir du colonel Kingston Bruce et de Mme Betts, Tommy sentit qu'il devait prendre les choses en main.

— La situation est la suivante, dit-il. Soit la perle est encore dans la maison, soit elle n'y est plus.

— Très juste, approuva le colonel, avec peut-être plus de révérence que n'en justifiait cette remarque.

— Si elle n'est pas dans la maison, elle peut se trouver n'importe où, mais si elle est dans la maison, elle doit nécessairement être cachée quelque part...

— ... et une fouille doit être entreprise, acheva le colonel. Très juste. Je vous donne carte blanche, monsieur Blunt. Fouillez la maison de la cave au grenier.

— Oh, Charles ! murmura Mme Kingston Bruce avec des larmes dans la voix. Pensez-vous que cela soit bien raisonnable ? Les domestiques ne vont pas aimer ça du tout. Ils vont nous quitter, j'en suis sûre.

— Nous fouillerons leurs chambres en dernier, dit Tommy pour l'apaiser. Le voleur a certainement caché le bijou à l'endroit le plus improbable.

— En effet, il me semble avoir lu un jour quelque chose de ce genre, reconnut le colonel.

— C'est exact, renchérit Tommy. Vous pensez sans doute à l'affaire du roi contre Bailey : elle a créé un précédent.

— Euh... oui, dit le colonel, perplexe.

— Bon. L'endroit le plus improbable est la chambre de Mme Betts, poursuivit Tommy.

— Ça par exemple ! Voilà qui serait vraiment malin ! s'écria Mme Betts, emplie d'admiration.

Sans plus de cérémonie, elle le conduisit dans sa chambre où, une fois encore, Tommy fit usage de son appareil photographique.

Là-dessus, Tuppence vint les rejoindre.

— Voyez-vous un inconvénient à ce que mon assistante jette un coup d'œil à votre garde-robe, madame Betts ?

— Bien sûr que non. Avez-vous encore besoin de moi ?

Tommy lui ayant assuré qu'il n'avait plus besoin d'elle, elle quitta la pièce.

— Nous pouvons continuer à bluffer, dit Tommy, mais pour ma part je suis convaincu que nous n'avons pas la moindre chance de mettre la main sur cet objet. Toi et ta maudite formule express !

— Écoute, répliqua Tuppence. À mon avis, les domestiques sont hors de cause, mais j'ai réussi à tirer quelque chose de la femme de chambre française. Il paraît que l'année dernière, alors qu'elle séjournait chez les Kingston Bruce, lady Laura est allée prendre le thé chez des amis à eux, et quand elle est rentrée, une petite cuillère est tombée de son manchon. Tout le monde a pensé que cette petite cuillère s'y était glissée par accident. Mais au cours de la conversation, j'en ai appris un peu plus. Lady Laura n'a pas un sou. Elle est obligée de vivre à droite à gauche. Elle s'arrange pour s'installer confortablement chez ceux pour qui un titre signifie encore quelque chose. Or, cinq vols bien distincts ont été commis dans différentes maisons où elle a séjourné, aussi bien d'objets sans grande valeur que de bijoux précieux. Simple coïncidence ?

— Fichtre ! s'écria Tommy, exclamation qu'il fit suivre d'un sifflement prolongé. Tu sais où se trouve la chambre de la vieille chouette ?

— Juste en face, de l'autre côté du couloir.

— Alors nous ferions bien d'aller fouiner un peu par là.

En face, la porte était entrouverte. Ils entrèrent dans une vaste chambre garnie de meubles laqués et de rideaux roses. Une autre porte menait à la salle de bains, d'où surgit une jeune fille brune et mince tirée à quatre épingles. Tuppence ne lui laissa pas le temps d'exprimer sa surprise.

— Je vous présente Élise, la femme de chambre de lady Laura, annonça-t-elle cérémonieusement.

Tommy franchit le seuil de la salle de bains, admirant silencieusement l'intérieur somptueux et moderne. Puis il se mit à l'œuvre afin de rassurer la petite Française qui le regardait avec de grands yeux méfiants.

— Vous êtes très occupée, mademoiselle Élise ?

— Oui, monsieur. Je suis en train de nettoyer la baignoire de Madame.

— Et si vous m'aidiez plutôt à prendre quelques photos ? J'ai apporté un appareil avec lequel je photographie toutes les pièces de la maison.

La porte communiquant avec la chambre à coucher claqua brusquement derrière lui. Élise sursauta.

— Que s'est-il passé ?

— Ça doit être le vent, dit Tuppence.

— Allons dans la chambre, suggéra Tommy.

Élise voulut leur ouvrir la porte, mais la poignée résista.

— Qu'y a-t-il ? demanda vivement Tommy.

— C'est que, monsieur, quelqu'un a dû la fermer de l'autre côté...

Elle s'empara d'une serviette de toilette et essaya de nouveau, et cette fois la poignée tourna sans difficulté.

— *C'est curieux !* s'exclama Élise en français. Elle devait être coincée...

Il n'y avait personne dans la chambre à coucher.

Tommy alla chercher son appareil et entreprit de faire travailler Tuppence et Elise sous sa direction. Cependant, son regard revenait sans cesse se poser sur la porte de la salle de bains.

— Je me demande comment la poignée s'est coincée, marmonna-t-il entre ses dents.

Il l'examina minutieusement, l'ouvrit, la ferma... Elle fonctionnait à la perfection.

— Prenons encore un cliché, dit-il en soupirant. Voudriez-vous écarter ce rideau rose, mademoiselle Elise ? Merci. Tenez-le comme ça.

On entendit le déclic habituel. Puis Tommy demanda à Élise de lui tenir sa plaque, confia le trépied à Tuppence et referma l'appareil avec beaucoup de soin. Après quoi il se débarrassa d'Élise sous un prétexte quelconque et, attrapant Tuppence par le bras :

— Écoute, j'ai une idée. Tu peux traîner un peu par ici ? Fouille toutes les pièces, cela prendra déjà un moment. Essaie d'interroger la vieille chouette – lady Laura – mais sans l'effrayer. Dis-lui que tu soupçonnes la femme de chambre. Arrange-toi comme tu voudras, mais empêche-la de quitter la maison. Je pars avec la voiture. Je reviens le plus vite possible.

— Entendu, répondit Tuppence. Mais attention, ne sois pas si sûr de toi. Tu oublies un détail.

— Lequel ?

— La fille. J'ai découvert quelque chose de bizarre à son propos. Je sais à quelle heure elle est partie de la maison ce matin, et il lui a fallu deux heures pour arriver à l'agence. Quelque chose cloche. Qu'a-t-elle fait entretemps ?

— En effet, c'est à vérifier, reconnut-il. Bon, suis toutes les pistes que tu voudras, mais ne laisse pas lady Laura quitter la maison... Qu'est-ce que c'est que ça ?

Il avait cru entendre un léger bruissement sur le palier. Il ouvrit vivement la porte mais ne vit personne.

— Bon, à tout à l'heure, dit-il. Je fais aussi vite que possible.

Tuppence regarda la voiture s'éloigner avec une certaine appréhension. Tommy était plein d'assurance alors qu'elle n'était sûre de rien. Il y avait un ou deux détails qui lui paraissaient tout à fait inexplicables.

Elle était encore à la fenêtre quand elle vit un homme quitter l'abri d'une porte cochère, sur le trottoir d'en face. Il traversa la rue et vint sonner à la porte.

Tuppence sortit de la pièce et se retrouva en bas de l'escalier à la vitesse de l'éclair. Elle renvoya d'un geste Gladys Hill, la femme de chambre qui venait d'apparaître dans le vestibule, et alla ouvrir.

Un jeune homme efflanqué et mal habillé, aux prunelles noires et ardentes, hésita un instant devant la porte avant de demander :

— Mlle Kingston Bruce est-elle là ?

— Entrez, je vous en prie, dit Tuppence en s'effaçant pour le laisser passer. Monsieur Rennie, je présume ? ajouta-t-elle tout en refermant la porte.

Il lui jeta un regard rapide.

— Euh... oui.

— Par ici, s'il vous plaît.

Elle lui ouvrit la porte du bureau. La pièce était vide. Elle l'y suivit et referma derrière elle.

— Je voudrais voir Mlle Kingston Bruce, déclara-t-il, l'air soucieux.

— Je ne suis pas sûre que cela soit possible, répondit Tuppence calmement.

— Mais enfin, qui diable êtes-vous ? répliqua M. Rennie de façon fort impolie.

— Agence internationale de détectives, répondit Tuppence, qui remarqua le sursaut de M. Rennie. Asseyez-vous, je vous en prie, continua-t-elle. Sachez tout d'abord que nous sommes au courant de la visite que Mlle Kingston Bruce vous a faite ce matin.

L'hypothèse, pour audacieuse qu'elle fût, se révéla payante. Au vu de sa consternation, Tuppence s'engouffra dans la brèche :

— Le plus important, monsieur Rennie, c'est que nous retrouvions la perle. Personne ici ne désire que l'affaire s'ébruite. Pourquoi ne pas envisager un arrangement à l'amiable ?

Il la regarda avec intensité :

— Je me demande ce que vous savez au juste... Laissez-moi réfléchir un instant.

Il se prit la tête dans les mains, puis posa une question des plus inattendues :

— Dites-moi, est-il vrai que le jeune St. Vincent va se marier ?

— Tout ce qu'il y a de plus vrai, répondit Tuppence. Je connais la fiancée.

M. Rennie se montra soudain en veine de confidences.

— C'était horrible, dit-il. On l'invitait matin, midi et soir, pour pousser Beatrice dans ses bras. Tout ça parce qu'il va hériter d'un titre un jour. S'il ne tenait qu'à moi...

— Laissons la politique de côté, intervint Tuppence. Cela vous ennuierait-il, monsieur Rennie, de dire pourquoi vous pensez que Mlle Kingston Bruce a pris la perle ?

— Je... Je n'ai jamais pensé que...

— Bien sûr que si, répliqua Tuppence. Vous avez attendu le départ du détective pour avoir le champ libre et venir demander à la voir. Si vous aviez volé la perle vous-même, vous ne seriez pas aussi inquiet. C'est évident.

— Elle avait un comportement si bizarre..., avoua le jeune homme. Elle est passée chez moi ce matin pour me raconter le vol et m'expliquer qu'elle se rendait à une agence de détectives. On aurait dit qu'elle avait quelque chose sur le cœur qu'elle n'arrivait pas à sortir.

— Bon, dit Tuppence. Tout ce que je veux, c'est retrouver cette perle. Vous feriez mieux d'aller lui parler.

Ce fut le moment que le colonel Kingston Bruce choisit pour ouvrir la porte.

— Le repas est servi, mademoiselle Robinson. J'espère que vous nous ferez le plaisir de déjeuner avec nous. Le...

Il jeta un regard noir à M. Rennie et s'arrêta net.

— Visiblement, je ne suis pas invité, dit celui-ci. N'ayez crainte, je m'en vais.

— Revenez tout à l'heure, lui chuchota Tuppence.

Puis elle suivit le colonel – qui pestait dans sa moustache contre le culot incroyable de certains individus – dans l'imposante salle à manger où la famille se trouvait déjà rassemblée. Tuppence connaissait toutes les personnes présentes, sauf une.

— Lady Laura, je vous présente Mlle Robinson, qui a la gentillesse de nous prêter son concours.

Lady Laura inclina la tête et se mit en devoir d'examiner Tuppence à travers son pince-nez. C'était une femme grande et mince, au sourire triste, à la voix douce mais au regard dur et pénétrant. Tuppence lui retourna son regard et lady Laura baissa les yeux.

Le déjeuner achevé, elle fit montre d'une discrète curiosité. L'enquête avançait-elle ? Tuppence insista comme il convenait sur les soupçons qui pesaient sur la femme de chambre, mais elle n'avait pas vraiment l'esprit occupé par lady Laura. Celle-ci pouvait bien cacher des petites cuillères ou Dieu sait quels autres objets dans ses vêtements, Tuppence était convaincue qu'elle n'avait pas volé la perle rose.

Elle entreprit de fouiller la maison. Le temps passait, et Tommy ne donnait toujours pas signe de vie.

M. Rennie non plus, ce qui était beaucoup plus embêtant. Tout à coup, en sortant d'une chambre, Tuppence se heurta à Beatrice Kingston Bruce qui descendait, habillée pour sortir.

— Je regrette, dit Tuppence, mais vous ne pouvez pas sortir maintenant.

La jeune fille la toisa.

— Ce que je fais ne vous regarde pas, répliqua-t-elle froidement.

— Mais que j'en parle ou non à la police, cela me regarde, riposta Tuppence.

Le visage de la jeune fille devint couleur de cendre.

— Non, non... Je vais rester... Ne faites pas ça ! supplia-t-elle agrippant le bras de Tuppence.

— Chère mademoiselle, dit Tuppence en souriant. J'ai vu clair dans cette affaire dès le début. Je...

Elle fut interrompue. Dans l'émotion de sa rencontre avec la jeune fille, Tuppence n'avait pas entendu la sonnette de la porte d'entrée. Stupéfaite, elle aperçut Tommy qui montait quatre à quatre l'escalier et en bas, dans le vestibule, un grand gaillard qui se débarrassait de son chapeau melon.

— Inspecteur Marriot, de Scotland Yard, annonça celui-ci en souriant.

Beatrice Kingston Bruce poussa un cri, s'écarta de Tuppence et se retrouva en bas des marches juste au moment où la porte s'ouvrait de nouveau, cette fois sur M. Rennie.

— Tu as vraiment tout fichu en l'air, murmura Tuppence avec amertume.

— Hein ? fit Tommy en se précipitant dans la chambre de lady Laura.

Il entra dans la salle de bains et en ressortit avec un gros morceau de savon dans les mains, à l'instant même où l'inspecteur déboulait.

— Elle n'a fait aucune difficulté, annonça ce dernier. Elle connaît la musique, elle sait quand la partie est terminée. Où est la perle ?

— J'ai dans l'idée que vous allez la trouver là-dedans, dit Tommy en lui tendant le savon.

Une lueur admirative brilla dans l'œil de l'inspecteur :

— Un vieux truc... On coupe un savon en deux, on creuse un trou suffisamment grand pour y placer le bijou, on rassemble ensuite les deux morceaux et on égalise la jointure avec de l'eau chaude. Du joli travail, monsieur !

Tommy accepta le compliment avec grâce. Comme il descendait l'escalier en compagnie de Tuppence, le colonel Kingston Bruce lui courut après et lui serra chaleureusement la main.

— Je ne sais comment vous remercier, cher monsieur. Lady Laura aussi voudrait vous exprimer sa gratitude...

— Ravi d'avoir pu vous donner satisfaction, assura Tommy. Malheureusement, je ne peux pas m'attarder. J'ai un rendez-vous important. Un membre du gouvernement...

Il se précipita vers sa voiture et sauta dedans, suivi de Tuppence qui s'installa à côté de lui en s'exclamant :

— Mais enfin, Tommy ! Ils n'ont pas arrêté lady Laura ?

— Je ne te l'ai pas dit ? Non, ils ont arrêté Élise.

Et tandis que Tuppence le regardait, sidérée, il continua :

— Tu comprends, j'ai souvent essayé d'ouvrir une porte avec les mains pleines de savon. C'est impossible. Alors je me suis demandé ce qu'Élise avait bien pu fabriquer pour avoir les mains si savonneuses. Tu te rappelles qu'ensuite elle s'est servie d'une serviette, si bien qu'on n'a trouvé aucune trace de savon sur la poignée. Mais je me suis dit que, pour une professionnelle du vol, une place de femme de chambre auprès d'une dame soupçonnée de kleptomanie et faisant de fréquents séjours chez les uns et les autres, ce n'était pas une si mauvaise idée. Alors je me suis arrangé pour la photographier en même temps que le reste, je lui ai fait prendre en main la plaque photographique, et je suis allé faire un petit tour du côté de ce bon vieux Scotland Yard. Le négatif a été développé en un éclair, les empreintes identifiées, la photo aussi : Élise était une vieille connaissance qu'ils avaient perdue de vue depuis longtemps... Un endroit plein de ressources, Scotland Yard.

— Quand je pense que ces deux imbéciles se soupçonnaient l'un l'autre comme les héros d'un mauvais roman, dit Tuppence qui avait retrouvé la voix... Mais pourquoi ne m'as-tu pas mise au courant de ce que tu cherchais avant de partir ?

— *Primo*, parce que je pensais qu'Élise était sur le palier et nous écoutait. Et *secundo*...

— *Secundo* ?

— Mon éminent confrère a l'air d'oublier que le Dr Thorndyke ne révèle jamais rien avant la fin. Sans compter que toi et ton amie Janet Smith m'avez bien eu la dernière fois. Comme ça, nous sommes quittes.

4

LE SINISTRE INCONNU

— Quelle journée mortelle ! se lamenta Tommy en bâillant à se décrocher la mâchoire.

— Bientôt l'heure du thé, dit Tuppence en bâillant à son tour.

Les affaires ne marchaient pas fort à l'Agence internationale de détectives. La lettre tant attendue du négociant de jambon n'était toujours pas arrivée, et rien de sérieux ne s'annonçait.

Albert, le commis, entra avec un colis qu'il posa sur la table.

— « Le Mystère du Colis », murmura Tommy. Contient-il les fameuses perles de la grande-duchesse de Russie ? Ou la machine infernale destinée à faire voler en éclats les Fins Limiers de Blunt ?

— En fait, dit Tuppence en ouvrant le paquet, c'est mon cadeau de mariage pour Francis Haviland. Pas mal, non ?

Tommy saisit le délicat porte-cigarettes en argent qu'elle lui tendait, lut l'inscription qu'elle y avait fait graver de sa propre écriture : *Pour Francis – Tuppence*, l'ouvrit, le ferma, et eut un hochement de tête approbateur.

— Tu jettes ton argent par les fenêtres, remarqua-t-il. J'en veux un comme ça le mois prochain, pour mon anniversaire, mais en or. C'est du gâchis d'offrir un objet pareil à un Francis Haviland, qui a toujours été et sera toujours le plus parfait crétin que Dieu ait jamais créé !

— Tu oublies qu'il était général et que je lui ai servi

de chauffeur pendant la guerre. Ah ! c'était le bon temps !

— Pour ça oui, reconnut Tommy. Quand je pense à toutes ces femmes plus belles les unes que les autres qui venaient me tenir la main à l'hôpital... Mais je ne leur en envoie pas pour autant des cadeaux de mariage. Je doute que la mariée apprécie beaucoup le tien, Tuppence.

— Il est joli et très plat, non ? observa Tuppence sans relever ses propos.

Tommy le fit glisser dans sa poche.

— Parfait, approuva-t-il. Hé ! Voilà Albert avec le courrier du soir. La duchesse de Perthshire nous charge peut-être de retrouver son pékinois de concours...

Ils entreprirent de trier les lettres. Tout à coup, Tommy en brandit une en émettant un sifflement prolongé.

— Une enveloppe bleue avec un timbre russe... Tu te rappelles ce que nous a dit le Chef ? Voilà ce que nous devions guetter...

— Quelle chance ! s'écria Tuppence. Enfin quelque chose ! Ouvre-la et regarde si elle correspond à ce qu'on attendait. Elle doit venir d'un négociant de jambon, non ? Une minute... Il nous faut du lait pour le thé. On a oublié de nous le livrer, ce matin. Je vais envoyer Albert en chercher.

Quand elle revint, après avoir expédié Albert en courses, Tommy tenait une feuille de papier bleu à la main :

— C'est bien ce que nous pensions, Tuppence. Pratiquement mot pour mot ce que nous a annoncé le Chef.

Elle lui prit la lettre.

Celle-ci était écrite dans un anglais appliqué et maladroit, et se présentait comme émanant d'un certain Gregor Fiodorski, lequel était très désireux de savoir ce qu'était devenue sa femme. L'Agence internationale de détectives était priée de n'épargner aucune dépense et d'apporter le plus grand soin à retrouver sa trace. À cause de la crise qui sévissait en ce moment dans le commerce du porc, Fiodorski n'était pas en mesure de quitter la Russie et de venir lui-même.

— Je me demande ce que ça signifie en réalité, dit Tuppence en défroissant la feuille.

— Un code quelconque, j'imagine, suggéra Tommy. Mais cela ne nous regarde pas. Nous devons simplement la transmettre au Chef aussi vite que possible. Vérifions quand même que le nombre 16 est bien inscrit sous le timbre.

— D'accord, dit Tuppence. Mais à mon avis...

Elle s'arrêta net. Surpris par son brusque silence, Tommy leva les yeux et aperçut, dans l'encadrement de la porte, une silhouette bien charpentée. L'homme était imposant : épaules carrées, tête toute ronde et mâchoire puissante. Il paraissait avoir dans les quarante-cinq ans.

— Excusez-moi, dit-il en pénétrant dans la pièce, son chapeau à la main, il n'y avait personne à l'entrée et cette porte était ouverte, c'est pourquoi je me suis permis d'entrer. Je suis bien à l'Agence internationale de détectives de Blunt ?

— C'est bien ça.

— Et vous êtes sans doute M. Blunt ? M. Theodore Blunt ?

— C'est bien moi. Vous désirez me consulter ? Voici ma secrétaire, Mlle Robinson.

Tuppence inclina gracieusement la tête, tout en continuant d'observer le nouveau venu sous ses paupières baissées. Depuis combien de temps était-il à la porte ? Qu'avait-il vu et entendu ? Elle avait remarqué que ses yeux revenaient sans cesse sur le papier bleu qu'elle tenait à la main, même pendant qu'il parlait à Tommy.

Celui-ci la rappela brusquement à l'ordre.

— Mademoiselle Robinson, veuillez vous préparer

à noter s'il vous plaît. Quant à vous, monsieur, voulez-vous avoir l'amabilité de m'exposer les faits au sujet desquels vous désirez mon avis ?

Tuppence prit son carnet et son crayon.

L'homme commença d'une voix assez dure :

— Je m'appelle Bower. Docteur Charles Bower. Je vis et j'exerce à Hampstead. Il m'est arrivé des choses étranges, dernièrement. C'est pourquoi je suis venu vous voir.

— Ah oui ?

— Par deux fois cette semaine, j'ai été appelé au téléphone pour une urgence – et par deux fois il s'agissait d'une supercherie. J'ai d'abord pensé qu'on m'avait fait une farce, mais un jour, en rentrant, j'ai trouvé tous mes papiers personnels en désordre. Je suis convaincu maintenant qu'on les avait également fouillés la première fois. Après vérification, j'ai constaté qu'ils avaient été examinés minutieusement et remis en place à la hâte.

Le Dr Bower s'arrêta et regarda Tommy.

— Eh bien, monsieur Blunt ?

— Eh bien, docteur Bower ?

— Que pensez-vous de ça, hein ?

— J'aimerais d'abord connaître les faits plus en détail. Qu'y a-t-il dans votre bureau ?

— Mes papiers personnels.

— Très bien. En quoi consistent ces papiers personnels ? Peuvent-ils avoir une valeur quelconque pour un cambrioleur ? Ou pour quelqu'un d'autre en particulier ?

— Pour un cambrioleur, je ne pense pas. Mais mes notes, à propos de certains alcaloïdes inconnus, peuvent intéresser n'importe qui ayant des connaissances techniques dans ce domaine. J'étudie la question depuis quelques années. Ces alcaloïdes sont des poisons virulents, mortels et, de plus, indécelables. On ignore les réactions qu'ils provoquent.

— Un tel secret doit valoir de l'argent, non ?

— Pour des individus sans scrupule, certainement.

— Et vous soupçonnez quelqu'un ?

Le médecin haussa les épaules.

— Pour autant que je sache, il n'y a pas eu effraction, ce qui semble désigner une personne vivant sous mon toit. Et pourtant, je me refuse à croire que...

Il s'interrompit brusquement et reprit, l'air grave :

— Je me vois obligé de m'en remettre entièrement à vous, monsieur Blunt. Je ne peux pas me permettre de m'adresser à la police. J'ai trois domestiques dont je suis pratiquement sûr. Ils me servent avec dévouement depuis longtemps. Évidemment, on ne sait jamais... J'ai aussi des neveux qui vivent avec moi, Bertram et Henry. Henry est un bon garçon, un très bon garçon, qui ne m'a jamais causé le moindre souci. Un jeune homme très travailleur. J'avoue, à mon grand regret, que Bertram est tout différent : violent, dépensier et d'une incorrigible paresse.

— Je vois, dit Tommy, pensif. Vous soupçonnez votre neveu Bertram d'être mêlé à l'affaire. Eh bien, je ne suis pas d'accord avec vous. Moi, je soupçonne Henry, le bon garçon.

— Mais pourquoi ?

— L'habitude... la routine, répondit Tommy avec un geste de la main. Je sais par expérience que les suspects sont toujours innocents – et *vice versa*. Oui, décidément, c'est Henry que je soupçonne.

Tuppence l'interrompit avec déférence :

— Excusez-moi, monsieur Blunt, le Dr Bower nous a bien dit qu'il gardait ses notes concernant ces... euh... alcaloïdes dans son bureau, avec ses autres papiers ?

— Je les garde en effet dans mon bureau, chère madame, mais dans un tiroir secret connu de moi seul.

D'ailleurs, jusqu'à présent, elles ont échappé aux fouilles.

— Et qu'attendez-vous au juste de moi, docteur Bower ? demanda Tommy. Vous prévoyez d'autres incursions dans vos papiers ?

— Oui, monsieur Blunt. Et j'ai les meilleures raisons de le penser. Cet après-midi, j'ai reçu un télégramme d'un patient que j'ai envoyé à Bournemouth il y a quelques semaines. Il prétendait être dans un état critique et me suppliait de venir d'urgence. Les événements dont je vous ai parlé m'ayant rendu méfiant, je lui ai envoyé moi aussi un télégramme, avec réponse payée. C'est ainsi que j'ai appris que mon patient était en excellente santé et qu'il ne m'avait expédié aucun message. L'idée m'est venue alors que si je faisais semblant de tomber dans le piège et de partir pour Bournemouth, nous aurions toutes les chances de prendre ces scélérats la main dans le sac. Ils attendront sans aucun doute que tout le monde soit couché pour opérer. Je vous propose donc de me retrouver devant la maison, ce soir, à 23 heures. Nous mènerons l'enquête ensemble.

— Avec l'espoir de les surprendre en pleine action, compléta Tommy qui tambourinait sur la table avec un coupe-papier. Votre plan me paraît excellent, docteur Bower, sans aucune faille. Voyons... votre adresse ?

— Les Mélèzes, Hangman's Lane. Un endroit plutôt désert, mais nous avons une vue splendide sur la lande.

— Très juste, renchérit Tommy.

Le visiteur se leva :

— Je vous attends donc ce soir, monsieur Blunt. Devant la maison à... disons 22 h 55 ?

— Entendu. 22 h 55. Au revoir, docteur Bower.

Tommy se leva à son tour, sonna, et Albert arriva aussitôt pour raccompagner le médecin à la porte. Celui-ci boitait très nettement, ce qui ne nuisait en rien à l'impression de puissance physique qu'il donnait.

— Un client pas commode, murmura Tommy pour lui-même. Eh bien, Tuppence, qu'est-ce que tu penses de tout ça, ma vieille ?

— Cela tient en peu de mots, répondit Tuppence. *Pied bot.*

— Comment ?

— J'ai dit *pied bot*. L'homme au pied bot. Valentin Williams. Je connais mes classiques. Toute cette histoire ne tient pas debout, Tommy. Des alcaloïdes inconnus ! Je n'ai jamais rien entendu d'aussi peu convaincant.

— Même moi, cela ne m'a pas tout à fait convaincu, reconnut Tommy.

— Tu as vu la façon dont il regardait la lettre ? Il fait partie du gang, Tommy. Ils ont flairé que tu n'étais pas le vrai Blunt et ils veulent notre peau.

— Dans ce cas, répondit Tommy en ouvrant le placard et en jetant un regard affectueux à ses livres, rien n'est plus simple : nous serons les frères Okewood ! Moi, je choisis le rôle de Desmond.

Tuppence haussa les épaules.

— Très bien. Comme tu voudras. J'aime autant être Francis. C'est le plus intelligent des deux. Desmond se retrouve toujours dans le pétrin et Francis surgit toujours à temps pour sauver la situation, déguisé en jardinier ou Dieu sait quoi.

— Oh ! mais c'est que je serai un super Desmond ! Quand j'arriverai devant la maison...

Tuppence l'interrompit brusquement :

— Tu ne vas tout de même pas aller à Hampstead ce soir ?

— Pourquoi pas ?

— Tu vas te jeter dans le piège les yeux fermés ?

— Non, ma chère, je vais me jeter dans le piège les yeux ouverts. Voilà toute la différence. Notre ami, le Dr Bower, va avoir droit à une petite surprise.

— Je n'aime pas ça du tout, répliqua Tuppence. Tu

sais très bien ce qui se passe quand Desmond désobéit au chef et cherche à voler de ses propres ailes. Pour nous, la consigne était très claire : faire suivre les lettres aussitôt et signaler immédiatement tout ce qui arrive.

— Ce n'est pas tout à fait exact, dit Tommy. Nous devions signaler immédiatement tout individu qui arriverait et mentionnerait le nombre 16. Or, personne ne l'a fait.

— Tu chicanes !

— Non, vraiment. J'ai envie de faire cavalier seul. Ne t'inquiète pas, tout ira bien. Je vais y aller armé jusqu'aux dents. Tout repose sur l'idée que je serai sur mes gardes et qu'ils n'en sauront rien. Le chef sera obligé de me féliciter pour le travail que j'aurai accompli ce soir.

— Quand même, cela ne me plaît pas, insista Tuppence. Cet homme est fort comme un gorille.

— Pense au museau bleu de mon automatique...

La porte s'ouvrit devant Albert, qui la referma et s'approcha d'eux, une enveloppe à la main.

— Une visite, dit-il. J'ai commencé mon truc habituel, le coup de la conversation avec Scotland Yard, mais ce gentleman m'a dit qu'il était au courant, qu'il venait lui-même de Scotland Yard ! Il a écrit quelque chose sur une carte qu'il a glissée dans cette enveloppe.

Tommy la prit et l'ouvrit. La carte lui arracha un sourire.

— Cet homme s'est amusé à tes dépens en disant la vérité, Albert. Fais-le entrer.

La carte de visite, qu'il tendit à Tuppence, était celle de l'inspecteur Dymchurch. Celui-ci avait griffonné en travers, au crayon : « Un ami de Marriot. »

L'inspecteur de Scotland Yard entra presque aussitôt. Extérieurement, il ressemblait beaucoup à l'inspecteur Marriot : petit, trapu, l'œil perçant.

— Bonjour, dit-il d'un ton cordial. Marriot est au pays de Galles, mais avant de partir il m'a demandé de garder l'œil sur vous, et sur cet endroit en particulier. Oh ! soyez tranquille, monsieur, ajouta-t-il en voyant que Tommy cherchait à l'interrompre, nous sommes au courant de tout. Ce n'est pas de notre ressort et d'habitude nous ne nous en mêlons pas. Mais l'un de nous a senti que, contrairement aux apparences, il se passait quelque chose d'anormal. Vous avez reçu une visite cet après-midi. J'ignore quel nom ce monsieur vous a donné et j'ignore d'ailleurs moi aussi sa véritable identité, mais je sais quelques petites choses sur son compte. Suffisamment pour vouloir en savoir plus. Je ne me trompe pas en supposant qu'il vous a fixé rendez-vous à un endroit précis, ce soir ?

— En effet.

— C'est bien ce que je pensais. Au 16, Westerham Road, Finsbury Park, n'est-ce pas ?

— Là, vous faites erreur, dit Tommy avec un sourire. Il m'a indiqué les Mélèzes, Hampstead.

Dymchurch parut décontenancé. Il ne s'attendait visiblement pas à ça.

— Je n'y comprends rien, avoua-t-il. Il doit s'agir d'une nouvelle installation. Vous dites Les Mélèzes, à Hampstead ?

— Oui. Je dois le retrouver là-bas à 23 heures.

— N'y allez pas, monsieur.

— Qu'est-ce que je te disais ! s'exclama Tuppence.

— Si vous croyez, inspecteur..., commença Tommy, tout rouge.

L'inspecteur l'apaisa d'un geste.

— Je vais vous dire ce que je crois, monsieur Blunt. Je crois que ce soir, à 23 heures, c'est ici, dans ce bureau, que vous devriez vous trouver.

— Quoi ? s'écria Tuppence, stupéfaite.

— Oui, dans ce bureau. Vous avez reçu aujourd'hui

– ne me demandez pas comment je le sais, les services se chevauchent parfois – une de ces fameuses lettres « bleues ». L'homme au nom mystérieux la veut. Il vous attire à Hampstead, s'assure que vous lui avez laissé le champ libre, pénètre ici, la nuit, quand tout est calme et qu'il n'y a plus personne dans l'immeuble, et se met tranquillement à sa recherche.

— Mais comment peut-il penser qu'il la trouvera ici ? Je pourrais très bien l'avoir sur moi, ou l'avoir déjà fait suivre.

— Mille excuses, monsieur, mais il ne peut justement pas penser cela. Il a sans doute compris que vous n'étiez pas le vrai M. Blunt, mais il doit croire que vous avez racheté l'affaire en toute bonne foi. Par conséquent, la lettre aura été traitée comme n'importe quelle autre lettre et rangée dans un dossier.

— Je vois, dit Tuppence.

— Nous nous garderons bien de le détromper et nous allons le prendre, ce soir, la main dans le sac.

— C'est ce que vous avez prévu ?

— Oui. Une occasion pareille ne se présente pas deux fois. Et maintenant, voyons, quelle heure est-il ? 18 heures... À quelle heure partez-vous en général, monsieur ?

— Vers 18 heures.

— Vous allez faire mine dc quitter les lieux comme d'habitude. En réalité, nous reviendrons ensemble aussitôt après, sans nous faire voir. Ils ne viendront probablement pas avant 23 heures, mais rien n'est impossible. Si vous permettez, je vais aller jeter un coup d'œil dehors pour m'assurer que l'immeuble n'est pas surveillé.

Dymchurch parti, Tommy et Tuppence entamèrent, sur un ton aigre et très animé, une discussion qui dura un certain temps et qui se termina par la soudaine capitulation de Tuppence.

— Très bien. Je me rends, dit-elle. Je vais rentrer à la maison et y rester comme une gentille petite fille pendant que tu pourfendras les escrocs et frayeras avec des détectives. Mais vous ne perdez rien pour attendre, jeune homme. Je vous ferai payer cher tout le plaisir dont vous m'aurez frustrée !

C'est alors que revint Dymchurch.

— Tout paraît clair à l'horizon, dit-il. Mais on ne sait jamais. Partez comme d'habitude, cela vaut mieux. Une fois que vous serez partis, ils abandonneront la planque.

Tommy donna l'ordre à Albert de fermer. Ils allèrent ensuite tous les quatre au garage et s'installèrent dans la voiture, Tuppence au volant, Albert à côté d'elle, Tommy et l'inspecteur à l'arrière.

À un moment donné, ils se trouvèrent bloqués dans un embouteillage. Tuppence se retourna et adressa un petit signe de tête à Tommy et à l'inspecteur. Ceux-ci descendirent de voiture en plein milieu d'Oxford Street, et Tuppence repartit aussitôt.

— N'entrons pas tout de suite, dit Dymchurch à Tommy alors qu'ils marchaient à vive allure dans Haleham Street. Vous avez la clé ?

Tommy acquiesça.

— Si nous allions manger un morceau, dans ce cas ? Il est un peu tôt pour dîner, mais puisqu'il y a un petit restaurant juste en face... Nous pourrons nous installer près de la fenêtre et surveiller les lieux.

Ils s'exécutèrent, et le repas fut très agréable. Tommy trouva en l'inspecteur Dymchurch un convive fort intéressant, qui avait beaucoup évolué, au cours de sa carrière, parmi les espions internationaux. Pour une oreille innocente, les histoires qu'il racontait étaient stupéfiantes.

À 20 heures, Dymchurch donna le signal de l'action.

— Il fait noir, maintenant. Nous allons pouvoir nous faufiler à l'intérieur sans nous faire remarquer.

En effet, l'obscurité était totale. Ils jetèrent un rapide coup d'œil à droite et à gauche, traversèrent la rue déserte, se glissèrent dans l'immeuble et montèrent l'escalier. Juste au moment où il mettait la clé dans la serrure, Tommy crut entendre Dymchurch siffler derrière lui.

— Pourquoi sifflez-vous ? demanda-t-il vivement.

— Je ne siffle pas, répondit Dymchurch, très surpris. Je croyais que c'était vous.

— Alors il y a quelqu'un..., commença Tommy

Il n'alla pas plus loin. Des bras puissants l'avaient saisi par-derrière et, avant qu'il ait pu émettre un son, on lui appliquait sur la bouche et sur le nez un tampon à l'odeur douceâtre.

Il se débattit vaillamment, mais en vain. Le chloroforme faisait son œuvre. La tête lui tournait, le sol ondulait devant lui. Suffoquant, il perdit conscience.

Puis il revint à lui, endolori mais en pleine possession de ses facultés. On ne lui avait administré qu'une bouffée de chloroforme, juste ce qu'il fallait pour se donner le temps de lui enfoncer un bâillon dans la bouche et s'assurer ainsi qu'il ne crierait pas.

Il se trouvait dans un coin de son propre bureau, adossé au mur, mi-assis mi-couché. Deux hommes étaient occupés à fouiller sa table de travail et les placards, mettant tout sens dessus dessous et jurant copieusement.

— Que le diable m'emporte, patron ! dit le plus grand d'une voix rauque. Nous avons retourné ce maudit endroit de haut en bas et de bas en haut. Elle n'est pas là.

— Elle doit y être ! répliqua l'autre avec rage. Puisqu'il ne l'a pas sur lui, elle ne peut être nulle part ailleurs.

Tout en parlant, le deuxième homme s'était retourné et, à sa profonde stupeur, Tommy reconnut en lui l'inspecteur Dymchurch. Devant l'air médusé de Tommy, celui-ci sourit.

— Ainsi, notre jeune ami est réveillé, dit-il. Et légèrement surpris, on dirait. Cela a été si simple, pourtant ! Nous nous sommes doutés qu'il se passait quelque chose d'anormal à l'Agence internationale de détectives. Je me suis proposé pour aller m'en assurer. Mais j'ai d'abord envoyé mon vieux camarade Carl Bauer, pour le cas où le nouveau M. Blunt aurait été un véritable espion et se méfierait. Carl avait pour instruction de lui servir une histoire invraisemblable afin d'éveiller ses soupçons. Ce qu'il a fait. C'est alors que je suis entré en scène – en utilisant le nom de l'inspecteur Marriot pour inspirer confiance. Le reste n'était qu'un jeu d'enfant.

Il se mit à rire.

Tommy mourait d'envie de dire certaines choses, mais il en était empêché par son bâillon. Il mourait également d'envie de *faire* certaines choses – avec ses mains et ses pieds en particulier –, mais, hélas !, on avait aussi veillé à l'en empêcher en le ligotant soigneusement.

Ce qui l'étonnait le plus, c'était l'incroyable transformation de l'homme qu'il avait sous les yeux. Dans le rôle de l'inspecteur Dymchurch, il était l'incarnation même de l'Anglais, alors que maintenant, tout le monde pouvait voir en lui un étranger – cultivé certes, et parlant anglais à la perfection, sans la moindre trace d'accent.

— Coggins, mon ami, dit l'inspecteur en s'adressant à son associé aux airs de brigand, va te poster près du prisonnier avec ton casse-tête : je vais lui enlever son bâillon. Vous comprenez, monsieur Blunt, qu'il serait stupide de votre part de vous mettre à crier. Je suis sûr que vous le comprenez. Vous êtes un garçon très intelligent pour votre âge.

Il lui retira prestement son bâillon et recula. Tommy fit jouer ses mâchoires endolories, tourna sa langue dans sa bouche, déglutit deux fois... et n'émit pas un son.

— Bravo ! Vous avez de l'emprise sur vous-même. Vous avez pris la juste mesure de la situation. Vraiment, vous n'avez rien à dire ?

— Ce que j'ai à dire ne perdra rien à attendre, répondit Tommy.

— Eh bien, ce que j'ai à dire, moi, ne peut pas attendre. En bon anglais, monsieur Blunt, où est cette lettre ?

— Je n'en sais rien, mon cher, répliqua joyeusement Tommy. Je ne l'ai pas, vous le savez aussi bien que moi. À votre place, je continuerais à chercher. J'adore vous voir jouer à cache-cache, vous et votre camarade Coggins.

L'autre se rembrunit.

— C'est très bien d'être aussi désinvolte, monsieur Blunt. Regardez cette boîte carrée, là-bas : c'est le petit attirail de Coggins. On y trouve du vitriol... oui, du vitriol... et des fers qui, si on les met au feu, deviennent rouges et brûlants...

Tommy secoua tristement la tête.

— Le diagnostic était erroné, murmura-t-il. Nous avons mal appréhendé cette histoire. Nous ne sommes pas dans une aventure de l'Homme au pied bot, mais plutôt dans une histoire de Bulldog Drummond, et vous êtes l'inimitable Carl Peterson.

— Qu'est-ce que vous me chantez là ? grommela l'autre.

— Ah ! Je vois, dit Tommy. Les classiques ne vous sont pas familiers. Dommage !

— Pauvre imbécile ! Allez-vous faire ce qu'on vous dit, ou dois-je demander à Coggins de sortir ses outils et de se mettre à l'œuvre ?

— Ne soyez pas si pressé, répondit Tommy. Bien sûr que je vais faire ce que vous voulez. Dès que vous m'aurez expliqué de quoi il s'agit. Vous ne pensez quand même pas que j'ai envie d'être détaché en filets comme une sole et passé au gril. J'ai horreur de souffrir.

Dymchurch le regarda avec mépris.

— *Gott !* Ce que ces Anglais peuvent être lâches !

— C'est du bon sens, mon cher, simplement du bon sens. Oubliez le vitriol et venons-en aux choses sérieuses.

— Je veux cette lettre.

— Je vous ai déjà dit que je ne l'avais pas.

— Nous le savons. Nous savons aussi qui doit l'avoir. La fille.

— C'est bien possible, répliqua Tommy. Elle a pu la glisser dans son sac quand votre ami Carl est entré par surprise.

— Ah ! Vous le reconnaissez ! C'est plus sage de votre part. Bon, dans ce cas vous allez écrire à cette Tuppence, comme vous l'appelez, pour lui ordonner d'apporter la lettre ici immédiatement.

— Je ne peux pas faire ça..., commença Tommy.

Mais l'autre l'interrompit :

— Ah ! Vous ne pouvez pas ? Très bien, nous allons voir ça tout de suite. Coggins !

— Ne soyez pas si pressé, répéta Tommy. Attendez au moins que j'aie fini ma phrase. Comme j'allais vous le dire, je ne peux pas le faire avec les bras liés. Je ne suis pas un phénomène de foire capable d'écrire avec son nez ou ses orteils !

— Alors vous êtes disposé à écrire ?

— Évidemment ! Je n'arrête pas de vous le dire ! Je ne cherche qu'à vous être agréable. De votre côté, je suis sûr que vous ne serez pas désagréable avec Tuppence. C'est une si gentille fille !

— Nous voulons la lettre, un point c'est tout, répondit Dymchurch, mais un sourire bizarre, très déplaisant, flottait sur son visage.

Sur un signe, cette brute de Coggins s'agenouilla près de Tommy et lui libéra les mains et les bras. Celui-ci les agita pour les dégourdir.

— Voilà qui est mieux, lança-t-il gaiement. Coggins aura-t-il l'amabilité de me passer mon stylo ? Il doit être sur la table, avec toutes mes affaires.

Coggins le lui apporta de mauvaise grâce avec une feuille de papier.

— Faites attention à ce que vous écrivez ! le prévint Dymchurch d'un ton menaçant. Je laisse le texte à votre discrétion, mais n'oubliez pas qu'un échec signifierait la mort. Une mort lente...

— Dans ce cas, je vais m'appliquer, répondit Tommy.

Il réfléchit un instant, puis se mit à griffonner :

Chère Tuppence,

Peux-tu venir immédiatement avec la lettre bleue ? Nous voudrions la déchiffrer ici, tout de suite.

En hâte,
Francis

Sa missive terminée, il la lui tendit.

— Qu'en pensez-vous ?

Le faux inspecteur haussa les sourcils.

— Francis ? C'est comme ça qu'elle vous appelle ?

— N'ayant pas assisté à mon baptême, il vous est difficile de savoir si c'est bien là le nom qu'on m'a donné. Mais le porte-cigarettes que vous avez pris dans ma poche est une preuve suffisante, je pense, de ce que j'avance.

L'autre alla prendre l'objet qui se trouvait sur la table et lut : *Pour Francis – Tuppence.* Il le reposa avec un vague sourire.

— Je suis heureux que vous vous montriez si raisonnable, dit-il. Coggins, donne ce mot à Vassili. Il est dehors, en faction. Qu'il aille le porter tout de suite.

Les vingt premières minutes s'écoulèrent lentement, et les dix suivantes encore plus. Dymchurch marchait de long en large, de plus en plus sombre. À un moment donné, il s'adressa à Tommy, menaçant :

— Si vous avez essayé de nous doubler...

— Si nous avions un jeu de cartes, nous pourrions faire un piquet pour passer le temps, remarqua Tommy. Les femmes ont la manie de vous faire attendre. J'espère que vous ne vous montrerez pas désagréable avec cette petite quand elle arrivera ?

— Oh, mais non ! Nous nous arrangerons pour vous envoyer au même endroit... tous les deux.

— Ça te plaîrait, salopard ! marmonna Tommy.

Tout à coup, ils entendirent du bruit dans l'entrée. Un homme que Tommy n'avait encore jamais vu passa la tête par la porte et grommela quelque chose en russe.

— Bien, dit Dymchurch. Elle arrive. Seule.

Le cœur soudain serré, Tommy connut un instant d'inquiétude. Puis la voix de Tuppence lui parvint :

— Ah ! vous voilà, inspecteur Dymchurch. Je vous ai apporté la lettre. Où est Francis ?

Comme elle entrait dans le bureau, Vassili l'attrapa par-derrière et lui appliqua une main sur la bouche. Dymchurch lui arracha son sac et se mit à le fouiller frénétiquement. Avec un cri de joie, il en sortit soudain une enveloppe bleue timbrée provenant de Russie. Coggins poussa un grognement.

À cet instant, l'autre porte, celle qui donnait dans le bureau de Tuppence, s'ouvrit sans bruit. « Mains en l'air ! » ordonna brièvement l'inspecteur Marriot alors qu'il pénétrait dans la pièce en compagnie de deux hommes armés jusqu'aux dents.

Ils ne rencontrèrent aucune résistance. La situation

de l'adversaire était désespérée. Dymchurch avait laissé son automatique sur la table et les deux autres n'étaient pas armés.

— Joli coup de filet, remarqua l'inspecteur avec satisfaction tandis qu'il refermait la dernière paire de menottes. Et j'espère bien que cela ne s'arrêtera pas là.

Vert de rage, Dymchurch foudroya Tuppence du regard.

— Sale petite garce ! C'est toi qui nous les as lancés au train, gronda-t-il.

— Pas seulement moi. J'aurais dû tout comprendre cet après-midi, quand vous avez mentionné le chiffre 16. Mais en fait, c'est le message de Tommy qui m'a mise sur la piste. J'ai tout de suite appelé l'inspecteur Marriot, Albert est allé lui porter un double de la clé du bureau, et je suis venue moi-même avec l'enveloppe bleue dans mon sac. Une enveloppe vide car, selon les instructions, j'avais fait suivre la lettre aussitôt après vous avoir quittés.

Un mot surtout avait frappé le faux inspecteur. Il répéta :

— *Tommy ?*

Tommy, qui venait juste d'être délivré de ses liens, s'approcha d'eux.

— Bien joué, Francis, dit-il à Tuppence en lui prenant les deux mains. Comme je vous l'ai déjà fait remarquer, ajouta-t-il en s'adressant à Dymchurch, vous auriez vraiment intérêt à relire vos classiques...

5

IMPASSE AU ROI

Un mercredi pluvieux, dans les bureaux de l'Agence internationale de détectives, Tuppence laissa négligemment tomber le *Daily Leader*.

— Tu sais à quoi je pense, Tommy ?

— Impossible, répondit son mari. Tu penses à tant de choses en même temps !

— Je pense qu'il serait grand temps que nous nous remettions à la danse.

Tommy s'empara du *Daily Leader*.

— Notre publicité marche bien, remarqua-t-il en hochant la tête. Les Fins Limiers de Blunt... Est-ce que tu te rends compte, Tuppence, que tu représentes tous ces brillants détectives ? Quelle gloire !

— Je parlais d'aller danser.

— Je ne sais pas si tu l'as déjà remarqué, mais les journaux ont quelque chose de curieux. Regarde ces trois exemplaires du *Daily Leader*, par exemple. Peux-tu me dire ce qui les différencie ?

Tuppence les examina avec intérêt.

— Ce n'est pas très difficile, dit-elle d'un ton méprisant. L'un est daté d'aujourd'hui, l'autre d'hier et le troisième d'avant-hier.

— Vraiment impressionnant, mon cher Watson ! Mais je ne pensais pas à ça. Regarde le titre sur le premier, et compare-le aux deux autres. Est-ce que tu vois une différence ?

— Non seulement je n'en vois pas, répondit Tuppence, mais je crois qu'il n'y en a pas.

Tommy soupira et joignit ses doigts, tel Sherlock Holmes.

— Pourtant tu lis les journaux autant, sinon plus que moi. Seulement moi, j'observe, et toi pas. Si tu veux bien examiner celui d'aujourd'hui, tu verras une petite tache blanche dans la barre descendante du *D* de *Daily*, et une autre dans le *L* du même mot. Dans celui d'hier, il n'y a rien dans *Daily,* mais deux taches blanches dans le *L* de *Leader.* Celui d'avant-hier a de nouveau deux taches dans le *D* de *Daily*. En fait, la tache, ou les taches, sont chaque jour différentes.

— Pourquoi ? demanda Tuppence.

— Ça, c'est un secret journalistique.

— Ce qui signifie que tu n'en sais rien et que tu n'es pas capable de le deviner.

— Je dirais simplement que c'est une pratique commune à tous les journaux.

— Que tu es doué ! s'écria Tuppence. Surtout pour détourner la conversation ! Reprenons plutôt là où nous en étions !

— Et où en étions-nous ?

— Au Bal des trois arts.

Tommy soupira.

— Non, Tuppence, je t'en prie. Pas le Bal des trois arts. Je suis trop vieux pour ça, je t'assure. Beaucoup trop vieux.

— Lorsque j'étais encore une petite fille, on m'a élevée dans l'idée que les hommes, et en particulier les hommes mariés, étaient des êtres débauchés, qui aimaient boire, danser et se coucher tard et qu'il fallait qu'ils aient une femme vraiment belle et intelligente pour les retenir à la maison. Et voilà encore une de mes illusions qui s'envole ! Toutes les femmes que je connais rêvent de sortir et d'aller danser, et se lamentent parce que leurs maris traînent en pantoufles, prêts à aller se coucher à 21 heures. Pourtant, tu danses si bien !

— Il n'est pas nécessaire de me flatter, Tuppence.

— En fait, je ne pensais pas seulement au plaisir de la danse. Il y a aussi cette annonce qui m'intrigue.

Elle ouvrit le *Daily Leader* et lut tout haut :

— « J'ouvre à trois cœurs. 24 levées. As de pique. Impasse au roi nécessaire. »

— C'est une façon onéreuse d'apprendre à jouer au bridge, remarqua Tommy.

— Ne sois pas stupide. Cela n'a rien à voir avec le bridge. J'ai déjeuné avec une amie hier, à l'*As de Pique* justement. C'est un drôle d'endroit, très à la mode. Les gens y vont le soir, après le spectacle, manger des œufs au bacon ou un *welsh rarebit.* Du genre bohème. Avec plein de box fermés tout autour. Plutôt animé, à mon avis.

— Qu'en déduis-tu ?

— Trois cœurs signifie le Bal des trois arts – qui a lieu demain soir –, 24 levées veut dire 24 heures, et l'as de pique pour l'*As de Pique.*

— Et pourquoi doit-on faire l'impasse au roi ?

— C'est justement ce que l'on doit découvrir.

— Je suis prêt à croire que tu as raison, dit Tommy. Mais ce que je ne comprends pas, c'est pourquoi tu veux t'immiscer dans les affaires de cœur d'un inconnu.

— Je ne veux pas m'immiscer. Je te propose seulement de t'entraîner au métier de détective. Nous avons besoin de pratique, non ?

— On ne peut pas dire que nous ayons beaucoup de clients en ce moment, reconnut Tommy. Mais en réalité Tuppence, ce que tu veux c'est aller danser au Bal des trois arts. Et c'est toi qui parles de détourner la conversation !

Tuppence se mit à rire.

— S'il te plaît, Tommy. Essaye d'oublier que tu as déjà trente-deux ans et un poil gris sur ton sourcil gauche.

— J'ai toujours été faible avec les femmes, murmura son mari. Dois-je me rendre ridicule en me déguisant ?

— Évidemment, mais fais-moi confiance. J'ai une idée formidable.

Tommy la regarda avec inquiétude. Il connaissait trop bien les idées sensationnelles de Tuppence.

Le lendemain soir, quand il rentra à la maison, Tuppence se jeta sur lui.

— Il est là !

— Qui ça ?

— Le costume. Viens voir.

Tommy la suivit. Étalée sur le lit, il aperçut une panoplie complète de pompier, casque compris.

— Oh non ! Je me suis engagé dans la brigade des pompiers de Wembley ?

— Mais non. Réfléchis un peu, dit Tuppence. Sers-toi de tes cellules grises, mon ami. Fais des étincelles, Watson. Deviens un taureau qui a déjà passé plus de dix minutes dans l'arène...

— Attends... Je commence à comprendre... Tout cela cache un sombre dessein. Que vas-tu porter, Tuppence ?

— Un de tes vieux complets, un feutre mou et des lunettes à monture en corne.

— Un peu simpliste, mais j'ai saisi, dit Tommy. Tu es McCarty. Et moi, je suis Riordan.

— Exactement. J'ai pensé que nous devrions mettre en pratique les méthodes des détectives américains. Pour une fois, je serai la vedette et tu seras mon humble assistant.

— N'oublie pas que c'est toujours grâce à une simple remarque de l'innocent Denny que McCarty trouve la solution.

Tuppence rit. Elle était d'excellente humeur.

La soirée fut un succès. L'assistance, la musique, les costumes extravagants contribuaient au plaisir du jeune couple, et Tommy oublia vite sa réticence.

À minuit moins dix, ils remontèrent en voiture pour se rendre à cet endroit fameux – ou mal famé – connu sous le nom d'*As de Pique*. Comme l'avait dit Tuppence, c'était une boîte d'avant-garde, à l'aspect plutôt minable, mais néanmoins remplie de gens costumés. Tommy et Tuppence s'installèrent dans un des box fermés qui entouraient la salle, et ils laissèrent les portes entrouvertes de manière à conserver une vue sur l'extérieur.

— Je me demande où ils sont – ceux que nous cherchons, je veux dire. Que penserais-tu de cette Colombine, là-bas, avec son Méphistophélès tout en rouge ?

— Je pencherais plutôt pour le diabolique Mandarin et sa dame, qui essaye de se faire passer pour un cuirassé – un simple yacht de plaisance, à mon avis.

— Tu te surpasses ! s'écria Tuppence. Tout ça grâce à une petite goutte d'alcool ! Mais qui se cache derrière cette Dame de cœur ? Un déguisement très réussi.

La jeune femme en question pénétra dans le box voisin avec son cavalier, L'Homme habillé de journaux d'*Alice au pays des merveilles*. Ils portaient tous les deux des loups, usage qui paraissait très répandu à l'*As de Pique*.

— Je suis sûre que nous nous trouvons au cœur de l'action, remarqua Tuppence, enchantée. Nous sommes entourés par le scandale !

Un cri de protestation s'échappa du box voisin, aussitôt couvert par un gros rire masculin. Tout le monde riait et chantait. Les voix féminines plus aiguës s'élevaient au-dessus des tonitruants échos de leurs cavaliers.

— Et cette bergère ? demanda Tommy. Celle qui accompagne ce drôle de Français ? Ce pourrait bien être eux...

— Ça pourrait être n'importe qui, avoua Tuppence. Je ne vais pas me fatiguer à chercher. Nous nous amusons, c'est l'essentiel.

— Je m'amuserais encore plus dans un autre costume, grommela Tommy. J'ai chaud, tu n'imagines pas !

— Courage ! Tu es très beau.

— Merci. Mais je n'en dirai pas autant de toi. Tu es le type le plus drôle que j'aie jamais vu.

— Soyez poli, Denny, mon ami. Attention ! L'Homme habillé de journaux abandonne sa dame. Où va-t-il, à ton avis ?

— Chercher à boire, j'imagine. J'ai bien envie d'en faire autant.

— Ça lui en prend, du temps, observa Tuppence au bout d'environ cinq minutes. Tommy, est-ce que tu me trouverais ridicule si...

Elle s'interrompit, puis se leva brusquement.

— Traite-moi d'idiote si tu veux. Je vais jeter un œil à côté.

— Écoute, Tuppence, tu ne peux pas...

— Il se passe quelque chose d'anormal. J'en suis sûre.

Elle sortit vivement du box. Les portes du box voisin étaient fermées. Tuppence les poussa et entra, Tommy sur ses talons.

La Dame de cœur était assise dans un coin, recroquevillée contre le mur, dans une étrange position. Elle les fixait à travers son masque, mais sans bouger. Le tissu de sa robe était un imprimé rouge et blanc plutôt audacieux, mais sur la gauche, une erreur semblait s'être glissée dans le dessin. Il y avait trop de rouge.

Tuppence poussa un cri et se précipita. Au même moment, Tommy aperçut lui aussi, juste au-dessous du cœur, le manche d'un poignard orné de pierreries. Tuppence s'agenouilla.

— Vite, Tommy. Elle vit encore. Trouve le directeur, qu'il appelle un médecin immédiatement.

— Entendu. Mais ne touche pas au couteau.

— D'accord. Dépêche-toi !

Tommy sortit en hâte, fermant les portes derrière lui. Tuppence passa son bras derrière la jeune femme, qui esquissa un geste. Ayant compris qu'elle voulait se débarrasser de son masque, Tuppence le lui enleva avec précaution, et vit apparaître un joli visage. Mais ses grands yeux au regard fixe exprimaient la souffrance et une espèce de stupéfaction hébétée.

— Pouvez-vous parler, ma chère ? lui demanda Tuppence très doucement. Pouvez-vous me dire qui a fait ça ?

La respiration haletante de la jeune femme trahissait la gravité de son état. Cependant, elle ne quittait pas Tuppence du regard. Enfin, elle entrouvrit les lèvres.

— C'est Bingo..., murmura-t-elle avec effort.

Ses mains se détendirent et elle parut se pelotonner dans les bras de Tuppence.

Tommy entra accompagné de deux hommes. Le plus grand s'avança avec un air autoritaire révélant sa qualité de médecin. Tuppence lui abandonna son fardeau.

— Elle est morte, j'en ai bien peur, dit-elle d'une voix altérée.

Le médecin l'examina rapidement.

— Oui. Il n'y a plus rien à faire. Il vaut mieux ne rien toucher jusqu'à l'arrivée de la police. Que s'est-il passé ?

Tuppence le lui expliqua, omettant volontairement les raisons pour lesquelles elle avait pénétré dans le box.

— C'est bizarre, remarqua le médecin. Vous n'avez rien entendu ?

— J'ai perçu une sorte de cri, mais comme l'homme s'est mis à rire, je n'ai pas pensé...

— Évidemment, admit le médecin. En plus, l'homme portait un masque. Pourriez-vous le reconnaître ?

— Hélas ! je ne crois pas. Et toi, Tommy ?

— Non. À part son costume...

— Avant tout, il faut identifier cette pauvre femme, dit le médecin. Enfin, j'espère que la police ne tardera pas à tirer les choses au clair. Cela ne doit pas être une affaire bien difficile. Ah ! Les voilà !

6

L'HOMME HABILLÉ DE JOURNAUX

Il était plus de 3 heures du matin quand le couple, bouleversé et épuisé, rentra à la maison. Tuppence mit du temps à s'endormir. Elle se tournait et se retournait dans son lit, hantée par l'image de ce joli visage aux yeux horrifiés.

C'est seulement à l'aube qu'elle réussit à s'endormir d'un sommeil profond et sans rêve. Le jour brillait quand Tommy, habillé, la secoua gentiment par le bras :

— Réveille-toi, vieille branche. L'inspecteur Marriot et quelqu'un d'autre demandent à te voir.

— Quelle heure est-il ?

— Bientôt 11 heures. Je vais demander à Alice de t'apporter ton thé tout de suite.

— D'accord. Et dis à l'inspecteur Marriot que je serai en bas dans dix minutes.

Un quart d'heure plus tard, Tuppence entrait précipitamment dans le salon. L'inspecteur Marriot, qui était assis, raide et solennel, se leva pour l'accueillir :

— Bonjour, madame Beresford. Permettez-moi de vous présenter sir Arthur Merivale.

Tuppence serra la main à un homme grand et maigre, aux cheveux gris et aux yeux égarés.

— C'est à propos de l'affaire d'hier soir... Je voudrais que sir Arthur entende de votre bouche les paroles que cette pauvre femme a prononcées avant de mourir. J'ai beaucoup de mal à l'en convaincre.

— Je ne peux pas croire et je ne croirai jamais que Bingo Hale ait pu agresser Vera.

L'inspecteur Marriot intervint :

— Nous avons fait quelques progrès depuis hier soir, madame Beresford. Nous avons réussi à identifier la victime, lady Merivale. Nous nous sommes mis aussitôt en rapport avec sir Arthur, qui a reconnu le corps... Il a été extrêmement choqué, bien sûr. Je lui ai ensuite demandé s'il connaissait un dénommé Bingo.

— Il faut que vous sachiez madame Beresford, dit sir Arthur, que le capitaine Hale – que tous ses intimes appellent Bingo – est mon ami le plus cher. Il vit pratiquement avec nous. C'est chez moi qu'on est venu l'arrêter ce matin. Je suis sûr que vous avez commis une erreur ; ce n'était pas son nom que ma femme a prononcé.

— Je ne me suis pas trompée, répliqua doucement Tuppence. Elle a dit « C'est Bingo... ».

— Vous voyez bien, sir Arthur, dit Marriot.

Le malheureux se laissa tomber dans un fauteuil, le visage dans les mains.

— Ce n'est pas possible ! Pourquoi aurait-il fait ça ? Oh ! je sais, inspecteur Marriot, vous pensez que Hale était l'amant de ma femme. Mais même si c'était le cas – ce que je n'envisage pas un seul instant –, pourquoi la tuer ?

L'inspecteur Marriot toussota.

— Ce ne sont pas des choses agréables à dire, monsieur, mais le capitaine Hale s'est dernièrement entiché d'une Américaine – une femme pourvue d'une grosse fortune. Lady Merivale aurait sans doute pu empêcher son mariage, si elle l'avait voulu.

— C'est ignoble, inspecteur ! s'exclama sir Arthur en bondissant avec colère.

— Je vous prie de m'excuser, sir Arthur, dit l'inspecteur avec un geste apaisant. Vous dites que vous aviez décidé d'aller à cette soirée avec le capitaine Hale, que votre femme était chez des amis, et que vous ne saviez pas du tout qu'elle se trouverait là.

— Je n'en avais pas la moindre idée.

— Montrez-lui l'annonce dont vous m'avez parlé, madame Beresford.

Tuppence s'exécuta.

— Cela me paraît très clair. Le capitaine Hale l'a fait passer à l'intention de votre femme. Ils étaient déjà convenus de se rencontrer là mais, la veille, vous avez décidé d'y aller aussi et il fallait la prévenir. C'est ce qui explique les mots : « Impasse au roi nécessaire ». Vous avez loué votre déguisement à la dernière minute, alors que celui du capitaine Hale avait été commandé spécialement : l'Homme habillé de journaux. Et savez-vous, sir Arthur, ce que nous avons trouvé serré dans la main de la morte ? Un morceau de journal. J'ai donné l'ordre à mes hommes d'aller chercher chez vous le costume du capitaine Hale et de me l'apporter au Yard. Si j'y trouve un accroc correspondant au morceau que nous avons trouvé, l'affaire sera réglée.

— Vous ne le trouverez pas, dit sir Arthur. Je connais Bingo Hale.

Sur ce, ils prirent congé de Tuppence en s'excusant de l'avoir dérangée.

Tard dans la soirée, Marriot sonna à la porte du jeune couple, qui vit avec étonnement réapparaître l'inspecteur.

— J'ai pensé que les Fins Limiers de Blunt seraient

heureux d'apprendre où nous en sommes, dit-il en esquissant un sourire.

— Très heureux, répondit Tommy. Voulez-vous un verre ?

Il en tendit un à l'inspecteur Marriot.

— L'affaire est simple, entama celui-ci au bout de deux minutes. Le poignard appartenait à la jeune femme. Il s'agissait bien évidemment de faire passer sa mort pour un suicide. Mais, grâce à votre présence sur les lieux, le plan a échoué. Nous avons découvert une grande quantité de lettres... ils entretenaient une liaison depuis longtemps, à l'insu de sir Arthur. Et puis nous avons trouvé le dernier maillon...

— Le dernier quoi ? s'enquit Tuppence.

— Le dernier maillon de la chaîne : un morceau du *Daily Leader*. Arraché à son costume. Qui correspond parfaitement. Oh oui ! L'affaire est très claire. D'ailleurs, je vous ai apporté la photographie des deux pièces à conviction. J'ai pensé que cela vous intéresserait. Nous nous trouvons rarement devant une affaire aussi facile.

— Tommy, dit Tuppence quand son mari revint après avoir raccompagné l'inspecteur, à ton avis, pourquoi ne cesse-t-il de répéter que l'affaire est parfaitement claire ?

— Je n'en sais rien. Autosatisfaction, sans doute.

— Pas du tout ! Il essaye de nous agacer. Les bouchers, par exemple, tu es bien d'accord pour dire qu'ils s'y connaissent en viande, non ?

— En effet, mais que diable...

— De même, les maraîchers s'y connaissent en légumes et les poissonniers en poissons. Donc les détectives, les détectives professionnels, ne doivent rien ignorer des criminels. Ils savent les reconnaître, ils savent les distinguer de ceux qui n'en sont pas. Par expérience, Marriot sait que le capitaine Hale n'est pas un criminel, mais les faits sont contre lui. C'est pourquoi, il veut nous pousser à réfléchir, dans l'espoir qu'un petit détail nous reviendra – quelque chose qui se serait passé hier soir et qui jetterait une lumière nouvelle sur les événements. Tommy, après tout, pourquoi ne s'agirait-il pas d'un suicide ?

— Rappelle-toi ce qu'elle t'a dit.

— Je sais, mais on peut le comprendre autrement : « C'est Bingo... » qui, par sa conduite, l'a poussée à se suicider. Ce n'est pas impossible.

— Non. Mais cela n'explique pas le morceau de journal.

— Montre-moi les photographies que Marriot a apportées. J'ai oublié de lui demander quelle était la version de Hale.

— Je viens de le lui demander. Il prétend ne pas avoir adressé la parole à lady Merivale. Quelqu'un lui aurait glissé un petit mot dans la main : « N'essaye pas de me parler ce soir. Arthur a des soupçons. » Mais cette explication ne tient pas la route, d'autant qu'il est incapable de produire ce papier. De toute façon, nous savons toi et moi qu'il se trouvait avec elle à l'*As de Pique* pour la bonne raison que nous les y avons vus ensemble.

Tuppence examina avec attention les deux photographies. L'une représentait un bout de journal où l'on pouvait lire *DAILY LE...*, le reste étant déchiré. L'autre représentait la première page du *Daily Leader* avec un petit trou rond dans le titre. Aucun doute n'était permis : les deux s'emboitaient parfaitement.

— Qu'est-ce que c'est que ces marques sur le côté ? demanda Tommy.

— Des trous d'aiguille, répondit Tuppence. Aux endroits où cette feuille était cousue à d'autres.

— Je pensais qu'il pouvait s'agir d'une autre combinaison de taches... Quand je pense que nous étions tranquillement en train de discuter de taches et de nous amuser à décrypter cette annonce... cela donne la chair de poule.

Tuppence ne répondit pas. Tommy lui jeta un coup d'œil et fut surpris de voir qu'elle regardait droit devant elle, la bouche entrouverte, l'air abasourdi.

— Tuppence, qu'est-ce qui t'arrive ? demanda Tommy en lui secouant gentiment le bras. Tu as une attaque ?

Mais Tuppence demeura immobile, puis dit, d'une voix lointaine :

— Denny Riordan.

— Comment ? dit Tommy.

— C'est exactement ce que tu disais. Une simple et innocente remarque ! Trouve-moi tous les *Daily Leader* de cette semaine.

— Qu'as-tu en tête ?

— Je suis McCarty. J'ai longtemps retourné ça dans ma tête, grâce à toi, il m'est venu une idée. Voilà la page de titre du journal de mardi. Il me semble que c'est celui qui avait deux taches sur le *L* de *Leader.* Celui-là a une tache sur le *D* de *Daily* et une autre aussi sur le *L.* Trouve-moi ces journaux pour que je m'en assure.

Ils les comparèrent fébrilement. Tuppence ne s'était pas trompée.

— Tu vois ? Ce fragment ne vient pas du journal de mardi.

— Mais, Tuppence, on ne peut pas en être sûr. Il se peut qu'il y ait différentes éditions.

— Peut-être, mais au moins cela nous donne une piste. Une chose est certaine : cela ne peut pas être une coïncidence. Si j'ai raison, cela ne peut avoir qu'une signification. Téléphone à sir Arthur, Tommy. Demande-lui de venir ici tout de suite. Dis-lui que j'ai d'importantes nouvelles à lui transmettre. Après ça, essaie de trouver Marriot. S'il est rentré chez lui, Scotland Yard te donnera son adresse.

Très intrigué par cette convocation, sir Arthur Merivale arriva une demi-heure plus tard. Tuppence dit rapidement :

— Je vous dois des excuses pour vous avoir fait venir de façon aussi cavalière, mais nous avons découvert quelque chose, mon mari et moi, que nous avons cru devoir porter tout de suite à votre connaissance. Asseyez-vous.

Sir Arthur obéit et Tuppence poursuivit.

— Vous êtes, je le sais, très anxieux de disculper votre ami.

— Je l'étais, mais j'ai dû me rendre à l'évidence, répondit Sir Arthur avec tristesse.

— Que diriez-vous si je vous apprenais que j'ai une pièce à conviction de nature à prouver son innocence ?

— J'en serais heureux, madame Beresford.

— Imaginons, continua Tuppence, que j'aie rencontré une fille qui dansait justement avec le capitaine Hale hier soir à minuit, heure à laquelle il est censé s'être trouvé à l'*As de Pique* ?

— C'est merveilleux ! s'écria sir Arthur. Je savais bien qu'il devait y avoir une erreur. La pauvre Vera s'est peut-être suicidée, après tout.

— Ça m'étonnerait, répliqua Tuppence. Vous oubliez l'autre homme.

— Quel autre homme ?

— Celui que nous avons vu quitter le box, mon mari et moi. Voyez-vous, sir Arthur, il devait y avoir quelqu'un d'autre habillé avec des journaux, à ce bal. Et vous, en quoi étiez-vous déguisé ?

— Moi ? En bourreau du XVIe siècle.

— Quelle coïncidence ! remarqua doucement Tuppence.

— Qu'entendez-vous par là, madame Beresford ?

— C'est parfait pour le rôle que vous aviez à jouer. Dois-je vous faire part de mon point de vue, sir Arthur ?

L'habit de journaux s'endosse facilement sur celui d'un bourreau. D'abord, quelqu'un glisse un petit mot dans la main du capitaine Hale pour lui demander de ne pas parler à une certaine dame. La dame elle-même ignore tout de ce message. Elle se rend à l'*As de Pique* à l'heure prévue et voit en effet celui qu'elle s'attendait à voir. Ils entrent ensemble dans le box. Il la prend dans ses bras, je pense. Et tandis qu'il l'embrasse – du baiser de Judas –, il la frappe avec son poignard. Elle pousse un petit cri, qu'il couvre aussitôt de son rire. Puis il s'en va et elle meurt horrifiée, à l'idée que son amant l'a tuée.

» Mais elle a arraché un petit bout du costume de son meurtrier. Celui-ci s'en aperçoit car c'est un homme très soigneux. Pour que sa victime soit clairement désignée, il faut que ce morceau paraisse avoir été détaché du costume du capitaine Hale. Entreprise qui aurait présenté les plus grandes difficultés si les deux hommes n'avaient pas habité sous le même toit. Mais dans ces conditions, rien de plus simple : il fait une exacte réplique de la déchirure de son costume dans celui du capitaine Hale, brûle le sien et s'apprête à jouer le rôle de l'ami fidèle.

Tuppence s'arrêta.

— Alors, sir Arthur ?

Celui-ci se leva et s'inclina devant elle.

— Je rends hommage à l'imagination fertile d'une charmante jeune femme trop friande de romans.

— Vraiment ? demanda Tommy.

— Et au mari qui se laisse influencer par sa femme. Je vois mal qui pourrait prendre tout cela au sérieux, ajouta-t-il en éclatant de rire.

Tuppence se raidit dans son fauteuil.

— Je reconnaîtrais ce rire n'importe où, dit-elle. La première fois que je l'ai entendu, c'était à l'*As de Pique*. Et il semble qu'il y ait un léger malentendu en ce qui nous concerne. Beresford est bien notre nom, mais nous en avons un autre.

Elle lui tendit une carte, prise sur la table. Sir Arthur lut tout haut : « Agence internationale de détectives... » et faillit s'étrangler.

— Voilà ce que vous êtes, en réalité ! Je comprends pourquoi Marriot m'a amené ici ce matin ! C'était un piège...

Il se dirigea vers la fenêtre.

— Vous avez une très belle vue sur Londres...

— Inspecteur Marriot ! s'écria brusquement Tommy.

L'inspecteur fit alors irruption dans la pièce.

Sir Arthur eut un petit sourire ironique.

— C'est bien ce que je pensais. Mais vous ne m'aurez pas cette fois-ci, inspecteur. Je préfère choisir moi-même ma porte de sortie.

Et, prenant appui sur le rebord, il sauta par la fenêtre.

Tuppence poussa un cri et se boucha les oreilles pour ne pas entendre l'horrible bruit sourd de cette chute. L'inspecteur Marriot laissa échapper un juron.

— Nous aurions dû penser à la fenêtre, remarqua-t-il. De toute façon, sa culpabilité aurait été bien difficile à prouver. Bon, je vais descendre pour... pour m'occuper de tout.

— Le pauvre homme, murmura Tommy. S'il aimait sa femme...

L'inspecteur l'interrompit en ricanant.

— L'aimer ? Lui ? Peut-être... En fait, il ne savait plus comment faire pour trouver de l'argent. Lady Merivale avait une grosse fortune personnelle qui devait lui revenir. Mais si elle s'était enfuie avec le jeune Hale, il n'en aurait jamais vu un penny.

— C'est donc ça le fin mot de l'histoire ?

— Bien sûr. J'ai compris dès le début que sir Arthur était coupable, et le capitaine Hale innocent. On sait très bien séparer le bon grain de l'ivraie, au Yard, mais c'est très gênant d'avoir tous les faits contre soi. Bon, je vais descendre. À votre place, monsieur Beresford, je servirais un verre de cognac à votre femme. Tous ces événements l'ont plutôt bouleversée.

— Maraîchers. Bouchers. Poissonniers. Détectives, dit Tuppence à voix basse quand la porte se fut refermée sur l'imperturbable inspecteur Marriot. J'avais raison, non ? Il savait...

Tommy, qui s'affairait près du buffet, s'approcha d'elle avec un grand verre.

— Tiens. Bois ça.

— Qu'est-ce que c'est ? Du cognac ?

— Non, un bon cocktail, pour célébrer le triomphe de McCarty. Eh oui, Marriot a vu juste. C'est ainsi que cela s'est passé : une impasse hardie pour remporter la partie.

Tuppence hocha la tête.

— Mais il a mal fait l'impasse.

— Et c'est ainsi que le roi quitte la scène, dit Tommy.

7

L'AFFAIRE DE LA FEMME DISPARUE

La sonnette retentit sur le bureau de M. Blunt. Tommy et Tuppence se précipitèrent sur l'ouverture qui leur permettait de voir la réception. C'était là qu'officiait

Albert, chargé de retenir les clients éventuels au moyen d'artifices variés.

— Je vais voir, monsieur, disait-il. Mais je crains que M. Blunt ne soit pour l'instant très occupé. Il est en communication téléphonique avec Scotland Yard.

— J'attendrai, répondit le visiteur. Je m'appelle Gabriel Stavansson.

Le client était un bel homme de plus d'un mètre quatre-vingt-quinze. Ses magnifiques yeux bleus contrastaient de façon frappante avec sa peau bronzée et tannée par la vie au grand air.

Tommy prit rapidement une décision. Il mit son chapeau, attrapa ses gants, ouvrit la porte et s'arrêta sur le seuil.

— Ce monsieur désire vous voir, monsieur Blunt, dit Albert.

Tommy fronça les sourcils et sortit sa montre.

— On m'attend chez le duc à onze heures moins le quart, répondit-il en posant sur le visiteur un regard pénétrant. Je peux vous accorder quelques minutes, si vous voulez bien me suivre.

Celui-ci le suivit dans le bureau où Tuppence se tenait modestement assise, carnet et crayon en main.

— Mlle Robinson, ma secrétaire particulière, dit Tommy. Peut-être pourriez-vous maintenant m'expliquer votre affaire ? Mis à part le fait que c'est urgent, que vous êtes venu en taxi et que vous avez récemment séjourné en Arctique – ou à la rigueur en Antarctique –, je ne sais absolument rien.

— C'est extraordinaire ! s'écria-t-il, stupéfait. Pour moi, ce genre de détective n'existait que dans les romans ! Votre employé ne vous a même pas donné mon nom !

Tommy soupira humblement.

— Vous savez, tout cela était très facile. Dans le cercle Arctique, les rayons du soleil de minuit exercent une étrange action sur la peau. Les rayons actiniques ont des propriétés tout à fait particulières. Je vais bientôt écrire une monographie sur le sujet. Mais tout cela nous éloigne de votre problème. Que vous arrive-t-il ?

— Pour commencer, monsieur Blunt, je m'appelle Gabriel Stavansson.

— Bien sûr, dit Tommy. Le célèbre explorateur. Vous venez de rentrer du pôle Nord, je crois ?

— Je suis en Angleterre depuis trois jours. Un ami, qui faisait une croisière dans les mers du Nord, m'a ramené sur son yacht. Sinon, je n'aurais pas pu rentrer avant une quinzaine de jours. Mais revenons-en au fait, monsieur Blunt. Il y a deux ans, avant de partir pour cette dernière expédition, j'ai eu la joie de me fiancer à Mme Maurice Leigh Gordon.

Tommy l'interrompit.

— Mme Leigh Gordon, qui s'appelait avant son mariage...

— L'Honorable Hermione Crane, seconde fille de lord Lanchester, dit Tuppence rapidement.

Tommy était impressionné.

— Son premier mari a été tué à la guerre, ajouta-t-elle.

Gabriel Stavansson acquiesça d'un signe de tête.

— C'est exact. Comme je vous le disais, Hermione et moi sommes fiancés. Bien entendu, je lui ai proposé de renoncer à cette expédition, mais elle n'a rien voulu savoir. Quelle femme formidable ! Elle est faite pour être l'épouse d'un explorateur. Dès que j'ai débarqué, ma première pensée a été pour elle. Je lui ai envoyé un télégramme de Southampton et je me suis précipité à Londres par le premier train. Je savais qu'elle vivait actuellement dans Pont Street, chez une de ses vieilles tantes, lady Susan Clonray. J'y suis allé directement mais, à ma grande déception, Hermy était partie chez des amis, dans le Northumberland. Lady Susan a été surprise de me voir si tôt mais elle s'est montrée très aimable. D'après elle, Hermy devait rentrer d'ici quelques jours. Je lui ai alors demandé son adresse, mais elle m'a répondu, très gênée, que Hermy devait aller voir plusieurs personnes et qu'elle ne connaissait pas l'ordre de ses visites. De toute façon, nous ne nous sommes jamais très bien entendus, lady Susan et moi. Elle a un double menton. Je déteste les grosses femmes, elles vont de pair avec les gros chiens et sont une offense à Dieu. Je sais bien que c'est stupide de ma part, mais c'est comme ça, je n'ai jamais pu supporter les grosses femmes.

— La mode vous donne raison, monsieur Stavansson, répliqua Tommy. Et puis, chacun a ses petites aversions – feu lord Roberts avait horreur des chats.

— Attention, je ne veux pas dire que lady Susan ne soit pas tout à fait charmante. Elle l'est sans doute, mais pas pour moi. J'ai toujours pensé qu'elle désapprouvait nos fiançailles, et je suis convaincu que, si elle le pouvait, elle essaierait de monter Hermy contre moi. Mettez cela sur le compte de mes préjugés, si vous voulez, je vous le dis au cas où. Enfin, pour en revenir à mon histoire, comme je suis très obstiné, je n'ai pas quitté Pont Street sans avoir obtenu de lady Susan les noms et adresses des gens chez qui Hermy était censée séjourner. Après quoi, j'ai pris le train postal pour le Northumberland.

— Je vois que vous êtes un homme d'action, monsieur Stavansson, dit Tommy en souriant.

— Mais j'ai été horrifié, monsieur Blunt : personne n'avait reçu la visite de Hermy. Des trois familles dont j'avais l'adresse, une seule l'attendait effectivement – lady Susan avait dû se tromper pour les deux autres –, mais Hermy s'était décommandée au dernier moment, par télégramme. Je suis retourné à Londres à toute vitesse, et j'ai couru chez lady Susan ; elle était très inquiète. Il faut lui rendre cette justice. Elle n'avait aucune idée de l'endroit où Hermy pouvait se trouver. Mais elle s'est opposée à ce que nous prévenions la police. Elle m'a fait remarquer que Hermy n'était pas une jeune écervelée, mais une femme indépendante, habituée à gérer son existence. Elle devait probablement mettre en place un de ses projets.

» Que Hermy ne donne pas un compte rendu précis de tous ses faits et gestes à lady Susan me parut tout à fait vraisemblable. Néanmoins, j'étais inquiet, il se passait quelque chose de bizarre. J'allais partir quand on apporta un télégramme. Lady Susan le lut et me le tendit, soulagée. Il était libellé ainsi : « Changement de programme. Vais à Monte-Carlo pour une semaine. Hermy. »

— Ce télégramme, vous l'avez ? demanda Tommy.

— Non, mais il a été émis à Maldon, Surrey. Sur le moment, cela m'a paru étrange. Que faisait Hermy à Maldon ? Elle ne connaît personne là-bas.

— Vous ne vous êtes pas rendu à Monte-Carlo comme vous vous étiez précipité dans le Northumberland ?

— J'y ai pensé, bien sûr, mais non. Je n'étais pas aussi satisfait que lady Susan par ce télégramme. Je trouvais bizarre qu'elle n'envoie que des télégrammes. Quelques lignes de sa propre main auraient apaisé mes craintes. N'importe qui peut signer un télégramme « Hermy ». Plus j'y pensais, plus j'étais troublé. J'ai fini par aller à Maldon, hier après-midi. C'est une ville assez importante, avec deux hôtels. J'ai enquêté partout sans trouver le moindre signe de la présence de Hermy. J'ai lu votre annonce dans le train, en rentrant, et j'ai décidé de m'adresser à vous. Si Hermy est vraiment partie pour Monte-Carlo, je ne veux pas créer un scandale en lançant la police à ses trousses. Mais je ne veux pas non plus courir partout pour rien. Je préfère rester à Londres au cas où quelque chose se tramerait.

— Que craignez-vous exactement ? demanda Tommy, pensif.

— Je n'en sais rien. Mais je sens qu'il se passe quelque chose d'anormal.

Il sortit de sa poche une photographie.

— C'est Hermione. Je vous la confie.

La photographie représentait une femme grande et svelte, dans la fleur de l'âge, mais dont le sourire était franc et plein de charme, et les yeux magnifiques.

— Vous n'avez rien oublié, monsieur Stavansson ? reprit Tommy.

— Non, vraiment.

— Un détail, aussi insignifiant soit-il ?

— Je ne pense pas.

Tommy soupira :

— Cela rend les choses plus difficiles. Si vous avez lu des romans policiers, monsieur Stavansson, vous avez certainement remarqué que le grand détective a toujours besoin d'un petit détail pour trouver la piste. Cependant, cette affaire est très singulière. Je pense l'avoir déjà pratiquement résolue. L'avenir nous le confirmera.

Il prit le violon qui se trouvait sur la table et donna deux ou trois coups d'archet. Tuppence serra les dents, l'explorateur blêmit.

— Quelques accords de Mosgovskensky, murmura-t-il. Laissez-moi votre adresse, monsieur Stavansson, et je vous tiendrai au courant de l'évolution de l'enquête.

Le visiteur parti, Tuppence rangea le violon dans le placard.

— Si tu veux imiter Sherlock Holmes, lui dit-elle, je vais te trouver une petite seringue et une bouteille étiquetée « Cocaïne », mais pour l'amour du ciel ne touche plus à ce violon. Si cet explorateur n'était pas si naïf, il t'aurait démasqué. Tu as l'intention de poursuivre cette supercherie ?

— Jusqu'à présent, je me flatte d'avoir plutôt bien réussi, déclara Tommy. Mes déductions étaient bonnes, non ? Pour le taxi, j'ai pris un risque. Mais après tout, c'est la seule manière sensée d'arriver ici.

— Je venais juste de lire une notice sur ses fiançailles dans le *Daily Mirror* de ce matin, remarqua Tuppence. Une chance, non ?

— En effet, cela donne une excellente image de l'efficacité des Fins Limiers de Blunt. Décidément, il s'agit d'une affaire à la Sherlock Holmes. Même toi, tu as du remarquer les ressemblances qu'elle offre avec la disparition de lady Frances Carfax.

— Tu t'attends à retrouver le corps de Mme Leigh Gordon dans un cercueil ?

— Logiquement, l'histoire devrait se répéter. Mais toi, qu'en penses-tu ?

— L'explication la plus logique, c'est que pour une raison quelconque Hermy, comme il l'appelle, a peur de retrouver son fiancé, et que lady Susan la couvre. Pour parler crûment, elle a fait une bêtise, et elle a la trouille.

— C'est également mon avis, reconnut Tommy. Mais avant de soumettre cette hypothèse à un homme comme Stavansson, il vaudrait mieux s'en assurer. Si on allait faire un tour à Maldon ? Rien ne nous empêche d'emporter quelques clubs de golf.

Tuppence ayant donné son accord, l'Agence internationale de détectives fut laissée aux bons soins d'Albert.

Pour un endroit touristique connu, Maldon est très petit. Cependant Tommy et Tuppence, malgré leur bonne volonté, ne trouvèrent rien du tout. Mais sur le chemin du retour, Tuppence eut une idée lumineuse.

— Tommy, pourquoi aurait-on mis Maldon, Surrey, sur le télégramme ?

— Parce que Maldon est dans le Surrey, idiote.

— Merci, mais ce n'est pas ce que je voulais dire. Si tu reçois un télégramme de Hastings, par exemple, ou de Torquay, il ne comporte pas le nom du comté. Mais pour Richmond, on écrit « Richmond, Surrey ». Tout simplement parce qu'il existe deux Richmond.

Tommy, qui conduisait, ralentit.

— Tuppence, dit-il, ton idée n'est pas si mauvaise. Allons nous renseigner à la poste.

Ils s'arrêtèrent devant une petite bâtisse, au milieu d'un village. Quelques minutes leur suffirent pour apprendre qu'il existait bien deux Maldon : Maldon, Surrey et Maldon, Sussex. Ce dernier n'était qu'un hameau, mais doté d'un bureau du télégraphe.

— Et voilà ! dit Tuppence, enthousiaste. Comme Stavansson savait que Maldon était dans le Surrey, il a à peine regardé le mot, commençant par un S, qui suivait Maldon.

— Demain, nous irons visiter Maldon, Sussex, dit Tommy.

Maldon, Sussex, était bien différent de son homonyme du Surrey. Situé à six kilomètres de la gare, on y trouvait deux pubs, deux petites boutiques, un bureau de poste et télégraphe où l'on vendait également des bonbons et des cartes postales, et environ sept cottages. Tuppence se chargea des boutiques tandis que Tommy se rendait au *Cock and Sparrow*. Ils se retrouvèrent une demi-heure plus tard.

— Alors ? demanda Tuppence.

— La bière est bonne, répondit Tommy, mais ils n'ont pas beaucoup d'informations.

— Essaye le *King's Head*, moi je retourne à la poste. Elle est tenue par une vieille femme désagréable, mais on vient de l'appeler pour déjeuner.

Elle y retourna et se mit à examiner les cartes

postales. Une jeune fille sortit de l'arrière-boutique en mâchonnant.

— Je voudrais celles-ci, dit Tuppence. Cela ne vous ennuie pas d'attendre que je jette encore un coup d'œil à ces cartes humoristiques ?

Tout en parlant, elle avait commencé à en feuilleter un paquet.

— Je suis si déçue que vous n'ayez pu me donner l'adresse de ma sœur. Elle habite près d'ici, mais j'ai perdu sa lettre. Elle s'appelle Leigh Wood.

— Ça ne me dit rien, dit la jeune fille en secouant la tête. Si j'avais vu son nom sur une lettre, je m'en souviendrais. On n'en reçoit pas beaucoup. À part La Grange, il n'y a pas de grandes maisons par ici.

— La Grange ? demanda Tuppence. Qu'est-ce que c'est ? À qui appartient-elle ?

— Au Dr Horriston. C'est devenu une maison de santé. Surtout pour les maladies des nerfs, je crois. Pour des dames qui viennent faire des cures de repos, enfin des choses de ce genre. C'est plutôt tranquille ici, ajouta-t-elle en pouffant.

Tuppence se dépêcha de choisir quelques cartes et de les payer.

— Tiens, voilà justement la voiture du Dr Horriston ! s'exclama la jeune fille.

Tuppence se précipita à la porte. Au volant d'une décapotable à deux places, elle aperçut un grand homme brun à la barbe noire bien taillée, énergique mais avec une expression déplaisante. La voiture continuait à rouler quand Tommy arriva.

— Tommy, je crois que je tiens quelque chose : la maison de repos du Dr Horriston.

— J'en ai entendu parler au *King's Head* et j'ai aussi pensé que c'était une possibilité. Mais si Hermione souffrait d'une dépression nerveuse, sa tante et ses amis l'auraient su, non ?

— Je suppose. Mais je ne pensais pas à ça. Dis-moi, Tommy, tu as vu l'homme qui était dans la voiture ?

— Une espèce de brute, oui.

— C'était le Dr Horriston.

Tommy émit un petit sifflement.

— Ce bonhomme a l'air étrange. Que penserais-tu d'aller faire un petit tour à La Grange, Tuppence ?

Ils finirent par dénicher l'endroit, une grosse maison biscornue dans un parc désolé avec un ruisseau serpentant derrière.

— Quel endroit sinistre, dit Tommy. Ça me donne la chair de poule. Tu sais, Tuppence, cette histoire semble plus sérieuse que nous ne le pensions.

— Oh, ne dis pas ça ! Cette femme court un terrible danger, je le sens.

— Tu divagues.

— Je ne peux pas m'en empêcher. Ce type ne m'inspire pas confiance. Et maintenant, qu'allons-nous faire ? Si j'allais sonner à la porte ? Ce ne serait peut-être pas une mauvaise idée. Je demanderai Mme Leigh Gordon. On verra ce qu'on me répondra. Après tout, peut-être cela semblera-t-il tout à fait normal.

Tuppence sonna. Un domestique au visage impassible lui ouvrit presque aussitôt.

— Je voudrais voir Mme Leigh Gordon, si elle est en état de me recevoir.

Tuppence eut l'impression qu'il était troublé, mais il n'en répondit pas moins sans hésiter :

— Nous n'avons personne de ce nom ici, madame.

— Oh ! ce n'est pas possible. Je suis bien chez le Dr Horriston, à La Grange ?

— Oui, madame, mais il n'y a personne ici du nom de Leigh Gordon.

Déconcertée, Tuppence rejoignit Tommy, devant la grille.

— Il disait peut-être la vérité. Après tout, nous n'en savons rien.

— Non, il mentait, j'en suis sûre.

— Attendons le retour du médecin, proposa Tommy. Je me ferai passer pour un journaliste désireux de l'interviewer à propos de ses nouvelles méthodes de cure. Cela me donnera l'occasion d'entrer et d'étudier les lieux.

Le médecin arriva environ une demi-heure plus tard. Tommy lui laissa cinq minutes d'avance et, à son tour, alla sonner à la porte d'entrée. Mais il revint, lui aussi, déconfit.

— Le médecin est occupé et ne veut pas être dérangé. De toute façon, il ne reçoit jamais les journalistes. Tu as raison, Tuppence, cet endroit est très bizarre. Il est merveilleusement bien situé, à des kilomètres de tout. Il pourrait se passer n'importe quoi ici sans que personne ne le sache jamais.

— Viens, dit Tuppence avec détermination.

— Qu'est-ce que tu as l'intention de faire ?

— Je vais grimper par-dessus le mur et essayer d'atteindre la maison sans me faire voir.

— D'accord. Je te suis.

Le jardin, mal entretenu, offrait une multitude d'abris. Tommy et Tuppence parvinrent derrière la maison sans encombre. Quelques marches croulantes menaient à une grande terrasse sur laquelle s'ouvraient des portes-fenêtres, mais ils avaient peur d'être découverts, et les fenêtres sous lesquelles ils étaient accroupis étaient trop hautes pour leur permettre de jeter un coup d'œil à l'intérieur. Leur opération de reconnaissance paraissait vouée à l'échec quand, tout à coup, Tuppence resserra son étreinte sur le bras de Tommy.

Ils se trouvaient sous une fenêtre ouverte et on parlait dans la pièce. Des bribes de conversation leur parvenaient clairement.

— Entrez et fermez la porte, fit une voix d'homme irritée. Vous dites qu'une femme est venue il y a environ une heure et qu'elle a demandé à voir Mme Leigh Gordon ?

— Oui, monsieur, répondit un autre homme, dont Tuppence reconnut la voix comme étant celle du domestique.

— Vous avez dit qu'elle n'était pas là, bien sûr ?

— Bien entendu, monsieur.

— Et maintenant ce journaliste..., fulmina l'autre.

Il s'approcha soudain de la fenêtre, souleva le châssis ; Tommy et Tuppence reconnurent alors le Dr Horriston.

— C'est la femme qui m'ennuie le plus, continua le médecin. À quoi ressemblait-elle ?

— Jeune, belle et très élégante, monsieur.

Tommy donna un petit coup de coude à Tuppence.

— C'est bien ce que je craignais, grogna le médecin entre ses dents. Une amie de cette Leigh Gordon, sans doute. Cela se complique. Il va falloir que je prenne des mesures...

Il n'acheva pas sa phrase. Tommy et Tuppence entendirent un bruit de porte. Puis ce fut le silence.

Tommy décida qu'il était temps de battre en retraite. Une fois hors de portée de voix de la maison, il s'arrêta et déclara :

— Tuppence, vieille branche, ça se gâte. Il prépare un mauvais coup. Je pense que nous devrions rentrer en ville tout de suite et prévenir Stavansson.

Tuppence secoua la tête.

— Nous devons rester. Tu ne l'as pas entendu dire qu'il allait prendre des mesures ? Ça peut signifier n'importe quoi.

— Le pire, c'est que nous n'avons rien de concret qui justifierait de faire appel à la police.

— Écoute, Tommy, si tu allais téléphoner à Stavansson au village ? Je resterai ici en t'attendant.

— C'est peut-être ce que nous avons de mieux à faire, en effet. Mais dis-moi... Tuppence...

— Oui ?

— Fais attention à toi, d'accord ?

— Bien sûr, espèce d'idiot. Allez, file !

Tommy mit presque deux heures à revenir. Tuppence l'attendait près de la grille.

— Alors ?

— Je n'ai pas réussi à joindre Stavansson. J'ai essayé chez lady Susan : elle était sortie, elle aussi. Ensuite, j'ai eu l'idée d'appeler le vieux Dr Brady. Je lui ai demandé de chercher Horriston dans l'Annuaire Médical – ou Dieu sait comment on appelle ça.

— Et alors, qu'est-ce qu'il a trouvé ?

— Le nom lui a tout de suite dit quelque chose. Il paraît que Horriston était un véritable médecin, autrefois, mais un jour il a fait une erreur. Pour Brady, c'est un charlatan sans scrupule et il prétend que rien ne l'étonne plus de sa part. Maintenant, la question est la suivante : qu'allons-nous faire ?

— Nous devons rester ici, répliqua Tuppence sans hésiter. J'ai l'impression qu'il va se passer quelque chose ce soir. À propos, Tommy, un jardinier a taillé le lierre autour de la maison, et j'ai vu où il a rangé l'échelle.

— Bravo, Tuppence. Donc ce soir...

— ... dès qu'il fera nuit...

— ... nous verrons...

— ... ce que nous verrons.

Tommy resta afin de surveiller la maison tandis que Tuppence allait se restaurer au village.

À son retour, ils continuèrent le guet ensemble. À 21 heures, ils décidèrent qu'il faisait assez sombre pour bouger. Ils pouvaient circuler autour de la maison en toute liberté, maintenant. Mais soudain, Tuppence agrippa le bras de Tommy.

— Écoute...

Le son qu'elle avait entendu se répéta. Un gémissement de femme, porté par le vent dans la nuit. Tuppence désigna une fenêtre du premier étage.

— Ça vient de là, chuchota-t-elle.

Une nouvelle plainte rompit le silence nocturne.

Les deux jeunes gens décidèrent d'entrer en action. Sous la direction de Tuppence, ils allèrent chercher l'échelle et la portèrent ensemble jusqu'à la façade d'où provenait le gémissement. À la différence des fenêtres du rez-de-chaussée, les volets de la fenêtre en question n'étaient pas fermés.

Tommy appuya l'échelle contre le mur en essayant de faire le moins de bruit possible.

— Je vais grimper, chuchota Tuppence. Toi, tu resteras en bas, tu tiendras l'échelle mieux que moi. Et si jamais le médecin apparaissait, tu pourrais aussi t'occuper de lui mieux que moi.

Tuppence grimpa d'un pas léger et haussa la tête avec prudence pour regarder par la fenêtre. Elle réitéra ce mouvement plusieurs fois puis resta là sans bouger quelques minutes avant de redescendre.

— C'est elle, dit-elle, le souffle court. Oh ! Tommy... c'est horrible. Elle est couchée et elle se tourne et se retourne en gémissant dans son lit... et juste au moment où j'arrivais, une femme habillée en infirmière est entrée. Elle lui a fait une piqûre de quelque chose dans le bras et puis elle est repartie. Qu'allons-nous faire ?

— Est-elle consciente ?

— Je crois que oui. J'en suis même sûre. J'ai l'impression qu'elle est attachée à son lit. Je vais remonter et essayer d'entrer dans la chambre.

— Écoute, Tuppence...

— Ne t'inquiète pas. Si cela devient dangereux, je hurlerai. À tout à l'heure.

Elle se dépêcha de grimper pour faire cesser toute discussion. Tommy la vit relever sans bruit le châssis de la fenêtre et, une seconde plus tard, elle avait disparu.

Il vécut alors quelques instants d'angoisse. D'abord, il n'entendit rien. Si Tuppence et Leigh Gordon parlaient, ce devait être en chuchotant. Puis il perçut un murmure de voix et poussa un soupir de soulagement. Mais tout à coup les voix se turent. Un silence de mort suivit.

Tommy tendit désespérément l'oreille. Rien. Que pouvaient-elles bien faire ?

Brusquement, une main s'abattit sur son épaule.

— Viens, dit une voix sortant de l'ombre.

— Tuppence ! Par où es-tu passée ?

— Par la porte d'entrée. Viens, sortons de là.

— Sortons de là ?

— C'est exactement ce que j'ai dit.

— Mais... et Mme Leigh Gordon ?

— Elle maigrit ! dit-elle, extrêmement déçue.

Tommy la regarda, cherchant à comprendre la plaisanterie.

— Qu'est-ce que tu veux dire ?

— Ce que j'ai dit. Amaigrissement. Sveltesse. Perte de poids. Stavansson déteste les femmes grosses. Tu ne te rappelles pas ses propos ? Pendant ses deux années d'absence, Hermy a beaucoup grossi. Quand elle a appris qu'il rentrait, elle a été prise de panique et s'est jetée sur le nouveau traitement du Dr Horriston. Des piqûres de je ne sais quoi, dont il garde jalousement le secret et qu'il fait payer excessivement cher. C'est sans aucun doute un charlatan, mais il a un succès fou. Stavansson est rentré quinze jours trop tôt, elle venait juste de commencer son traitement. Lady Susan lui avait juré le secret et elle a tenu parole. Et nous, nous nous sommes rendus parfaitement ridicules !

Tommy respira un bon coup.

— Je crois savoir, Watson, dit-il, très digne, qu'on donne un très bon concert demain, au Queen's Hall. Nous pourrons y être à temps. Et vous m'obligeriez en ne retenant pas cette affaire dans vos dossiers. Elle ne présente absolument aucune caractéristique particulière.

8

COLIN-MAILLARD

— Entendu, dit Tommy en raccrochant.

Puis il se tourna vers Tuppence.

— C'était le chef. Il est inquiet pour nous, semble-t-il. Il paraît que les individus que nous recherchons ont découvert que je n'étais pas le vrai Theodore Blunt. Nous pouvons nous attendre à une empoignade d'un moment à l'autre. Le chef te demande de rentrer à la maison et de ne plus te mêler de rien. Nous avons mis le feu aux poudres et cela va au-delà de tout ce qu'on avait pu prévoir.

— Rentrer à la maison, c'est idiot, répliqua fermement Tuppence. Qui veillera sur toi si je ne suis plus là ? Sans compter que j'aime le danger. Les affaires sont plutôt calmes, ces temps-ci.

— Mais, il ne peut pas y avoir des meurtres et des cambriolages tous les jours, dit Tommy. Sois raisonnable. Justement, quand les affaires sont calmes, nous devrions faire tous les jours quelques exercices à la maison.

— Tu veux dire s'allonger sur le dos et agiter les orteils ? Quelque chose dans ce genre-là ?

— Ne prends pas tout au pied de la lettre. Quand je parle d'exercice, j'entends s'exercer au métier de détective. Imiter les grands maîtres. Par exemple...

Tommy ouvrit un tiroir et prit un large bandeau vert foncé qu'il s'ajusta sur les yeux avec beaucoup de soin. Puis il sortit une montre de sa poche.

— J'ai cassé le verre ce matin, déclara-t-il. Cela m'a permis d'avoir une montre aux aiguilles apparentes que je peux toucher avec les doigts.

— Attention ! dit Tuppence. Tu as failli faire sauter la petite aiguille.

— Donnez-moi votre main.

Il s'en saisit et lui prit le pouls :

— Ah ! Le clavier du silence. Cette femme *n'a pas de maladie de cœur*.

— J'imagine que tu es Thornley Colton ?

— Exactement. Le détective aveugle. Et vous êtes sa secrétaire à la chevelure noire et aux joues rondes.

— Le paquet de langes ramassé jadis sur les bords du fleuve, acheva Tuppence.

— Et Albert est « la Fée » alias « la Crevette ».

— Nous devons donc lui apprendre à dire « Mince, alors ». Et le timbre de sa voix n'est pas aigu, mais vraiment très rauque.

— Contre le mur, près de la porte, vous apercevez la canne creuse qui, au contact de ma main, me révèle tant de choses.

En se levant, il se cogna contre une chaise.

— Mince ! J'avais oublié l'existence de cette chaise !

— Ça doit être terrible d'être aveugle, dit Tuppence, compatissante.

— Plutôt, répliqua Tommy. Sincèrement, je plains vraiment beaucoup ces pauvres hommes qui ont perdu la vue à la guerre. Mais ils prétendent que leur cécité provoque l'exacerbation de leurs autres sens. Je devrais essayer pour voir si c'est possible. C'est sans doute très utile de s'entraîner à se débrouiller dans le noir. Maintenant, Tuppence, conduis-toi comme un bon Sydney Thames : combien de pas jusqu'à cette canne ?

— Trois devant, cinq à gauche, dit Tuppence, hésitante.

Tommy avança d'un pas chancelant. Tuppence l'arrêta d'un cri lorsqu'elle s'aperçut que le quatrième pas à gauche le conduisait droit dans le mur.

— Très révélateur, dit Tuppence. On n'imagine pas à quel point l'évaluation est complexe.

— Plutôt intéressant, dit Tommy. Appelle Albert. Je vais vous serrer la main à tous les deux et essayer de deviner qui est qui.

— D'accord. Mais il faut d'abord qu'Albert se lave les mains. Avec tous ces bonbons qu'il mange du matin au soir, elles doivent être affreusement collantes.

Mis au courant du jeu, Albert se montra très intéressé.

Tommy leur serra la main à tous les deux, puis sourit avec suffisance.

— Le clavier du silence ne peut pas mentir, murmura-t-il. Albert en premier, Tuppence ensuite.

— Faux ! s'écria Tuppence. Le clavier du silence, c'est ça ! Tu t'es fié à mon alliance, alors que je l'avais passée au doigt d'Albert !

Ils poursuivirent leurs expériences, mais sans grand succès.

— Ça commence à fonctionner, déclara Tommy. On ne peut pas espérer être infaillible du premier coup. Tu sais quoi, Tuppence ? C'est l'heure de déjeuner. Si nous allions au *Blitz*, tous les deux ? L'aveugle et son guide... Je suis sûr que je pourrai y trouver quelques informations plutôt utiles.

— Écoute, Tommy, nous allons nous attirer des ennuis.

— Mais non ! Je serai sage comme une image. Seulement, avant la fin du repas, tu seras impressionnée.

Un quart d'heure plus tard, Tommy et Tuppence étaient confortablement installés à table, dans un coin du salon doré du *Blitz*.

— Pilaf de homard et poulet grillé pour moi, murmura Tommy en examinant le menu.

Tuppence fit également son choix et le garçon s'éloigna.

— Jusqu'ici, tout va bien, remarqua Tommy. Maintenant, aventurons-nous plus loin. La fille avec une jupe courte, celle qui vient d'entrer, elle a de très jolies jambes !

— Comment avez-vous fait, Thorn ?

— Quand elles sont belles, les jambes communiquent au sol des vibrations particulières que je capte avec ma canne creuse. Ou, pour être tout à fait honnête, disons qu'il y a toujours, à l'entrée d'un grand restaurant, une fille avec de jolies jambes qui cherche ses amis ; et la mode étant aux jupes courtes, elle est sûre ainsi de les mettre en valeur...

Ils continuèrent leur repas.

— L'homme qui est assis deux tables plus loin... à mon avis, c'est un riche trafiquant, dit Tommy négligemment.

— Pas mal, reconnut Tuppence. Comment as-tu fait, cette fois-ci ?

— Je ne vais pas te dévoiler tous mes secrets. Ça gâcherait mon numéro. À droite, trois tables plus loin, le maître d'hôtel est en train de servir du champagne. Une femme bien en chair, habillée de noir, vient vers nous.

— Tommy ! Mais comment fais-tu... ?

— Ha ! Ha ! Tu commences à comprendre de quoi je suis capable ! Maintenant une jolie fille en marron se lève de table, juste derrière nous.

— Ah oui ! C'est un jeune homme en gris !

— Oh ! s'écria Tommy, un instant désarçonné.

À cet instant, deux hommes qui, assis non loin de là, observaient le couple avec un vif intérêt, se levèrent et s'approchèrent.

— Excusez-moi, dit le plus âgé des deux, plutôt grand et bien habillé, à la petite moustache grise et portant un monocle. On me dit que vous êtes monsieur Theodore Blunt. Puis-je vous demander si c'est exact ?

Tommy, pris au dépourvu, hésita un instant, puis hocha la tête.

— Oui, c'est bien moi.

— Quelle chance inespérée, monsieur Blunt ! J'allais passer à votre bureau après le déjeuner. J'ai des ennuis, de très graves ennuis. Mais... excusez-moi... il vous est arrivé quelque chose aux yeux ?

— Cher monsieur, répondit Tommy d'un ton mélancolique, je suis aveugle. Complètement aveugle.

— Comment ?

— Cela vous étonne ? Vous avez sûrement déjà entendu parler de détectives aveugles ?

— Dans les romans, oui, mais pas dans la vie. Et surtout, je n'ai jamais entendu dire que vous, vous étiez aveugle.

— Peu de gens le savent, murmura Tommy. Si je porte un bandeau, aujourd'hui, c'est pour me protéger de la lumière trop vive. Mais sans lui, la plupart des gens ne se doutent pas de mon infirmité. Vous comprenez, je ne peux pas être induit en erreur par mes yeux. Mais ne perdons pas de temps. Voulez-vous que nous allions tout de suite à mon bureau ou préférez-vous me parler de votre affaire ici même ? C'est encore ce qui me paraîtrait le mieux.

Le garçon apporta des chaises supplémentaires et les deux hommes prirent place. Le second, celui qui n'avait pas encore parlé, était plus petit, robuste et très brun.

— C'est une affaire très délicate, dit le plus âgé en prenant un ton confidentiel.

M. Blunt vit alors le regard interrogateur qu'il jeta du côté de Tuppence.

— Permettez-moi de vous présenter ma secrétaire particulière, Mlle Gange. Trouvée sur les rives du fleuve indien... un simple paquet de langes. Une bien triste histoire. Mlle Gange m'accompagne partout : elle est mes yeux.

— Je peux donc vous parler en toute confiance. Ma fille, monsieur Blunt, qui n'a que seize ans, vient d'être enlevée dans des circonstances assez particulières. Je l'ai découvert il y a une demi-heure seulement. Étant donné cet état de fait, je n'ai pas osé faire appel à la police. Au lieu de quoi, j'ai appelé votre bureau. On m'a répondu que vous étiez sorti déjeuner et que vous seriez de retour à 14 h 30. En attendant, je suis venu ici avec mon ami, le capitaine Harker...

Celui-ci bougea la tête en marmonnant quelque chose.

— Puisque la chance a voulu que vous déjeuniez là aussi, ne perdons pas de temps. Il faut que vous veniez chez moi tout de suite.

— Je peux être chez vous dans une demi-heure, répliqua prudemment Tommy. Je dois d'abord repasser par mon bureau.

Le capitaine Harker, qui tournait la tête vers Tuppence, dut être surpris par le demi-sourire qui flotta un instant sur ses lèvres.

— Non, non. C'est impossible. Vous devez m'accompagner. Voici mon nom, dit-il en lui tendant la carte de visite qu'il avait sortie de sa poche.

Tommy la manipula.

— Mes doigts ne sont malheureusement pas assez sensibles pour ça, dit-il avec un sourire en la passant à Tuppence.

— Duc de Blairgowrie, lut celle-ci à voix basse.

Elle regarda leur client avec beaucoup d'intérêt. Le duc de Blairgowrie avait la réputation d'être hautain et inaccessible. Il avait épousé la fille d'un marchand de porcs de Chicago, beaucoup plus jeune que lui et dotée d'un tempérament de feu qui ne laissait rien présager de positif quant à leur avenir. Des rumeurs de mésentente avaient couru récemment.

— Viendrez-vous tout de suite, monsieur Blunt ? demanda le duc d'un ton légèrement abrupt.

— Nous allons vous accompagner, Mlle Gange et moi, répondit Tommy avec calme. Mais me permettrez-vous auparavant de boire une grande tasse de café noir ? On va me l'apporter tout de suite. Je suis sujet à de violents maux de tête à cause de mes yeux, et le café calme ma douleur.

Il passa sa commande. Puis il s'adressa à Tuppence :

— Mademoiselle Gange, je déjeunerai ici demain avec le chef de la Sûreté française. Prévenez Albert et prenez note du menu. Vous le donnerez au maître d'hôtel en le priant de me réserver ma table habituelle. Je dois assister la police française dans une affaire très importante. Les honoraires (il marqua un temps) sont faramineux. Vous êtes prête ?

— Je vous écoute, répondit Tuppence, crayon en main.

— Pour commencer, leur spécialité de salade de crevettes, la fameuse *Blitz*... Suivra... voyons voir... Suivra... oui, deux *faisans sur canapé*. Vous m'excuserez, je l'espère, murmura-t-il au duc. Ah ! oui... Et *un soufflé surprise* conclura le repas. Un homme fascinant, ce chef de la Sûreté française. Vous le connaissez peut-être ?

Le duc répondit par la négative. Tuppence se leva et partit donner ses instructions au maître d'hôtel. Elle revint au moment même où on apportait le café.

Tommy but sa tasse, lentement, à petites gorgées, puis il se leva.

— Ma canne, mademoiselle Gange... Merci. Par où ?

Tuppence vécut un instant d'angoisse.

— Un à droite, dix-huit tout droit. À gauche, à cinq pas à peu près, un garçon est en train de servir à une table.

Agitant sa canne avec désinvolture, Tommy se mit en marche. Tuppence restait tout près de lui, s'efforçant discrètement de le diriger. Tout alla bien jusqu'au moment où ils franchirent la porte d'entrée. Avant que Tuppence ait pu prévenir l'aveugle, celui-ci entra en collision avec quelqu'un qui arrivait précipitamment. Explications et excuses s'ensuivirent.

Devant le *Blitz*, un élégant coupé les attendait. Le duc lui-même aida M. Blunt à monter.

— Votre voiture est ici, Harker ? demanda-t-il sans tourner la tête.

— Oui. Juste au coin de la rue.

— Prenez Mlle Gange avec vous, voulez-vous ?

Sans attendre, il s'installa à côté de Tommy et la voiture démarra en douceur.

— C'est une affaire très délicate, murmura le duc. Vous en connaîtrez bientôt tous les détails.

Tommy porta une main à sa tête.

— Je peux enlever mon bandeau maintenant, dit-il d'un ton léger. Je voulais seulement me protéger de la lumière artificielle du restaurant.

Mais son bras fut brutalement ramené en arrière et, au même moment, quelque chose de rond et de dur lui entra dans les côtes.

— Non, cher monsieur Blunt, vous n'enlèverez pas ce bandeau, dit le duc d'une voix soudain tout autre. Vous allez rester bien tranquille, sans bouger. Je ne tiens pas à faire usage de mon pistolet. C'est compris ? Voyez-vous, il se trouve que je ne suis pas du tout le duc de Blairgowrie. J'ai emprunté ce nom, sachant que vous ne pourriez pas refuser d'accompagner un client aussi célèbre. Mon identité est beaucoup plus prosaïque : je ne suis qu'un négociant de jambon à la recherche de sa femme.

Il se rendit compte que Tommy sursautait.

— Cela vous dit quelque chose, fit-il en riant. Mon jeune ami, vous vous êtes montré incroyablement stupide. J'ai bien peur qu'à l'avenir, vos activités ne soient considérablement réduites.

Il avait prononcé ces derniers mots avec une délectation sinistre.

Immobile, Tommy ne releva pas le sarcasme.

La voiture ralentit et s'arrêta.

— Un instant, dit le pseudo-duc. Au cas où vous seriez assez fou pour appeler au secours, ajouta-t-il d'un ton suave tout en fourrant dans la bouche de Tommy un mouchoir, qu'il maintint à l'aide d'une écharpe.

Le chauffeur leur ouvrit la portière. Encerclant Tommy, ils l'emmenèrent rapidement dans la maison.

La porte se referma derrière eux. Un lourd parfum oriental flottait dans l'air. Les pieds de Tommy s'enfoncèrent dans la moquette. On le poussa ensuite en haut d'une volée de marches, puis dans une chambre qui lui parut se trouver tout au bout de la maison. Les hommes lui lièrent les mains, après quoi le chauffeur se retira et l'autre lui enleva son bâillon.

— Vous pouvez parler, maintenant, déclara-t-il. Qu'avez-vous à dire pour votre défense, jeune homme ?

Tommy se racla la gorge et bougea ses mâchoires qui étaient douloureuses.

— J'espère que vous n'avez pas perdu ma canne, dit-il doucement. Elle m'a coûté très cher.

— Vous ne manquez pas de cran ! répliqua l'autre au bout d'un instant. À moins que vous ne soyez complètement stupide. Ne comprenez-vous pas que je vous tiens, là, dans le creux de ma main ? Que vous êtes en mon pouvoir ? Que ceux qui vous connaissent n'ont aucune chance de vous revoir un jour ?

— Ne pourrions-nous pas éviter le mélodrame ? demanda Tommy, plaintif. Dois-je répliquer : « Arrière, misérable ! Vous n'avez pas encore gagné la partie ! » ou quelque chose de ce genre ? C'est tellement démodé !

— Et la fille ? répliqua l'autre en l'observant. Cela vous est égal ?

— Pendant mon silence forcé, j'ai eu le temps de réfléchir, et j'en suis arrivé à la conclusion que ce bavard de Harker est un autre de vos hommes de main et que, par conséquent, mon infortunée secrétaire va bientôt nous rejoindre pour le thé.

— Vrai d'un côté, faux de l'autre. Mme Beresford – comme vous voyez, je sais tout de vous – Mme Beresford ne viendra pas. Comme il n'est pas impossible que vos amis haut placés vous aient fait suivre, j'ai cru bon de prendre cette petite précaution. De cette façon, si l'un de vous est suivi, j'aurai toujours l'autre entre les mains. J'attends maintenant...

La porte s'ouvrit et il s'interrompit.

— Nous n'avons pas été suivis, monsieur, dit le chauffeur.

— C'est bon. Vous pouvez vous retirer, Gregory.

La porte se referma.

— Jusque-là, tout va bien, dit le « duc ». Et maintenant, qu'allons-nous faire de vous, monsieur Beresford-Blunt ?

— J'aimerais que vous m'ôtiez ce bandeau, répondit Tommy.

— Je préfère vous le laisser. Comme ça, vous êtes vraiment aveugle, alors que sans lui cela pourrait contrarier mon plan. Car j'ai un plan, monsieur Blunt. Vous adorez les histoires à sensation, comme le prouve ce petit jeu auquel vous vous livriez aujourd'hui avec votre femme. Eh bien, moi aussi j'ai conçu un jeu – quelque chose de très ingénieux, comme vous en conviendrez sûrement quand je vous l'aurai expliqué.

» Voyez-vous, le sol sur lequel nous sommes est en métal, avec par endroit quelques légères saillies. J'appuie sur un interrupteur, voilà... (On entendit un claquement sec.) Le courant est branché, maintenant. Poser le pied sur une de ces petites saillies signifie... la mort ! Vous avez saisi ? Si vous pouviez voir... mais vous ne pouvez pas voir. Vous êtes dans le noir. Voilà le jeu : colin-maillard avec la mort. Si vous réussissez à atteindre la porte, vous êtes libre ! Mais vous aurez marché sur une de ces saillies bien avant, je pense. Et ce sera très amusant... pour moi !

Il s'approcha de Tommy et lui délia les mains. Puis il lui tendit sa canne avec un petit salut ironique.

— Voyons si le « détective aveugle » va venir à bout de ce problème. Je vais rester ici, pistolet à la main. Si vous faites un geste pour enlever ce bandeau, je tire. C'est clair ?

— Parfaitement clair, dit Tommy. Je n'ai pas la moindre chance, j'imagine ?

Il était pâle, mais avait l'air résolu.

— Oh ! ça... fit l'autre en haussant les épaules.

— Vous êtes un esprit très ingénieux, non ? dit Tommy. Mais vous avez oublié quelque chose. Puis-je allumer une cigarette ? Mon cœur palpite.

— Vous pouvez, mais n'essayez pas de me jouer un tour. N'oubliez pas que mon pistolet est braqué sur vous.

— Je ne suis pas un chien savant, je n'exécute pas de tours, répliqua Tommy en sortant une cigarette de sa poche et en tâtonnant à la recherche d'une boîte d'allumettes. N'ayez crainte, je ne cherche pas un revolver. Vous savez très bien que je ne suis pas armé. Mais comme je vous le disais tout à l'heure, vous avez oublié quelque chose.

— Quoi donc ?

Tommy sortit une allumette de la boîte.

— Si je suis aveugle, vous ne l'êtes pas, vous avez donc l'avantage. Mais supposons que nous soyons tous les deux dans le noir ? Quel serait alors votre avantage ?

Le « duc » ricana.

— Vous espérez atteindre l'interrupteur ? Plonger la pièce dans l'obscurité ? Impossible.

— D'accord, dit Tommy, je ne peux pas créer l'obscurité. Mais, vous savez, les extrêmes se rejoignent. Que pensez-vous de la lumière ?

Là-dessus, il approcha son allumette de quelque chose qu'il tenait dans la main et qu'il lança sur la table.

Un éclair aveuglant envahit la pièce.

Surpris par cette fulgurante lumière blanche, le « duc » ferma les yeux, eut un mouvement de recul et abaissa son arme.

Quand il rouvrit les yeux, un objet pointu lui effleurait la poitrine.

— Jetez ce pistolet, lui ordonna Tommy. Et vite. Je vous accorde qu'une canne creuse ne vaut pas grand-chose. Mais une canne-épée est une arme très utile, vous ne trouvez pas ? Tout autant qu'un fil de magnésium. Lâchez ce pistolet !

Contraint par l'épée, l'homme obéit. Mais, laissant tomber son arme, il fit un bond en arrière en riant.

— J'ai quand même toujours l'avantage : je vois clair et pas vous.

— C'est là où vous vous trompez, répliqua Tommy. Je vois parfaitement. Ce bandeau est truqué. Je voulais faire marcher Tuppence, commencer par deux ou trois erreurs pour ensuite l'éblouir vers la fin du repas. Eh oui, c'est comme ça, j'aurais pu aller jusqu'à la porte en évitant tous les endroits dangereux. Mais je ne vous faisais pas confiance. Vous ne m'auriez jamais laissé sortir d'ici vivant... Attention !

Plein de rage, le « duc » s'était jeté sur lui, oubliant, dans sa fureur, de regarder où il posait les pieds.

Une flamme bleue crépita, il vacilla un instant puis tomba comme une masse. Une vague odeur de chair brûlée envahit la pièce, mêlée à une odeur plus forte d'ozone.

— Pfuiit ! fit Tommy.

Il s'essuya le visage, puis, avec beaucoup de précautions, s'approcha du mur et appuya sur l'interrupteur.

Ensuite il traversa prudemment la pièce, ouvrit la porte et jeta un coup d'œil dehors. Personne. Il descendit les marches du perron et sortit dans la rue. Avec un frisson, il leva la tête pour noter le numéro de la maison et se rua sur la cabine téléphonique la plus proche.

Une voix bien connue résonna au bout du fil.

— Tuppence ! Dieu soit loué !

— C'est moi, tout va bien. J'avais tout compris : Albert, le *Blitz*, les deux faisans... Albert est arrivé à temps et quand il nous a vus partir dans deux voitures différentes, il m'a suivie en taxi et est allé prévenir la police.

— Albert est un homme courageux, dit Tommy. Et chevaleresque. J'étais presque sûr que c'était toi qu'il choisirait de suivre. Mais j'étais quand même sérieusement inquiet. J'arrive. J'ai un tas de choses à te raconter. Et la première chose que je ferai ensuite, ce sera d'envoyer un chèque à l'Institut des aveugles. Ça doit être vraiment horrible d'être aveugle !

9

L'HOMME DANS LA BRUME

La vie ne souriait pas à Tommy. Les Fins Limiers de Blunt venaient d'essuyer un échec cuisant, autant pour leur amour-propre que pour leurs finances. Engagés à Adlington Hall, non loin de la petite ville d'Adlington, pour élucider le vol mystérieux d'un collier de perles, ils avaient failli à leur mission. Tandis que Tommy, déguisé en prêtre catholique romain, traquait une comtesse en proie au démon du jeu, et que Tuppence entreprenait de séduire le neveu sur le terrain de golf, le chef de la police locale arrêtait tranquillement le deuxième valet de pied, criminel déjà fiché, qui avait tout de suite reconnu sa culpabilité.

Tommy et Tuppence s'étaient donc retirés plutôt vexés et, pour se consoler, buvaient maintenant des cocktails au *Grand Hôtel* d'Adlington. Tommy portait encore sa soutane.

— On ne peut pas dire que cette histoire ait porté la marque du père Brown, remarqua-t-il d'un air lugubre. Et pourtant, j'ai tout à fait le genre de parapluie qui convient.

— C'est l'affaire elle-même qui ne correspondait pas. Pour le père Brown, il faut une atmosphère bien particulière dès le début. Tandis qu'on est plongé dans nos activités habituelles, des choses étranges commencent à se produire. C'est ça, en gros.

— Malheureusement, nous devons rentrer chez nous, dit Tommy. Quelque chose de bizarre surviendra peut-être sur le chemin de la gare ?

Il portait son verre à ses lèvres lorsque le contenu de

celui-ci se renversa. Une large main venait de lui assener une claque dans le dos, assortie d'une voix tonitruante.

— Ma parole, c'est lui ! Ce vieux Tommy ! Et madame Tommy ! D'où sortez-vous ? Il y a des années que je n'ai plus entendu parler de vous !

— Ça alors, Bulger ! s'écria Tommy en posant ce qui restait de son cocktail sur la table. Ce bon vieux Bulger !

Il se tourna vers le nouveau venu, un homme d'une trentaine d'années, en costume de golf, aux épaules carrées, au visage rond et souriant.

— Mais dis-moi, mon vieux, poursuivit Bulger (qui avait pour véritable nom Mervyn Estcourt), je ne savais pas que tu étais entré dans les ordres ! C'est étonnant que tu sois devenu prêtre !

Tuppence éclata de rire et Tommy parut gêné. Puis, tout à coup, ils prirent conscience de la présence d'une quatrième personne : une femme grande et svelte, aux cheveux très blonds et aux yeux très ronds, d'une très grande beauté, enveloppée dans un coûteux manteau noir bordé d'hermine et arborant d'énormes perles aux oreilles. Elle souriait, et son sourire en disait long. Par exemple, qu'elle était consciente de représenter l'objet le plus digne d'admiration de toute l'Angleterre et peut-être même du monde. Elle n'en tirait aucune vanité, elle ne faisait que constater un fait.

Tommy et Tuppence la reconnurent aussitôt. Ils l'avaient déjà vue trois fois dans *Le Secret du cœur*, à peu près autant dans son autre grand succès, *Les Piliers de feu*, et dans d'innombrables autres pièces. Mlle Gilda Glen captivait le public britannique plus que toute autre comédienne. Elle était considérée comme la plus belle femme d'Angleterre. Le bruit courait qu'elle était aussi la plus stupide.

— De vieux amis à moi, mademoiselle Glen, dit Estcourt sur un ton d'excuse pour s'être permis, ne fût-ce qu'un instant, d'oublier une aussi radieuse personne. Tommy et madame Tommy, permettez-moi de vous présenter Mlle Gilda Glen, dit-il fièrement.

Le simple fait d'être vu en compagnie de Mlle Glen l'auréolait de gloire. L'actrice regardait Tommy avec intérêt.

— Vous êtes vraiment prêtre ? lui demanda-t-elle. Je veux dire, prêtre catholique romain ? Je croyais qu'ils n'avaient pas de femme.

— Elle est bien bonne ! s'écria Estcourt en éclatant de rire. Tu es malin, Tommy. Je suis heureux qu'il n'ait pas plus renoncé à vous, madame, qu'au monde, à ses fastes et à sa vanité !

Sans lui prêter la moindre attention, Gilda Glen continuait à fixer Tommy d'un regard intrigué.

— Vous êtes prêtre ? répéta-t-elle.

— Peu d'entre nous sont vraiment ce qu'ils paraissent, répondit doucement Tommy. Ma profession ressemble assez à celle d'un prêtre. Je ne donne pas l'absolution, mais je reçois des confessions, je...

— Ne l'écoutez pas, l'interrompit Estcourt. Il plaisante.

— Je ne comprends pas pourquoi vous êtes habillé comme un curé si vous n'en êtes pas un, répliqua-t-elle, perplexe. À moins que...

— Je ne suis pas un criminel qui cherche à échapper à la justice, mais l'inverse.

— Oh ! fit-elle en fronçant les sourcils, l'air assez étonné.

« Tant que je ne me serai pas exprimé en mots d'une syllabe, je crois qu'elle ne me comprendra pas », songea Tommy. Puis il dit tout haut :

— Tu as une idée des horaires de train pour Londres, Bulger ? Nous sommes pressés de rentrer. À quelle distance est la gare ?

— Dix minutes à pied. Mais inutile de te dépêcher.

Le prochain train part à 18 h 35, et il n'est que 17 h 40. Vous venez d'en rater un.

— Comment va-t-on à la gare, d'ici ?

— Tout de suite à gauche en sortant de l'hôtel, puis... attends... le mieux serait de descendre Morgan's Avenue, non ?

Mlle Glen sursauta violemment.

— Morgan's Avenue ? répéta-t-elle en le regardant avec des yeux stupéfaits.

— Je sais, vous pensez au fantôme, dit Estcourt en riant. Morgan's Avenue longe un cimetière, et on raconte qu'un agent de police, mort de mort violente, se lève de sa tombe et circule dans cette rue pour faire sa ronde... Un revenant agent de police ! Tu te rends compte ? Et pourtant, il y a un tas de gens qui jurent l'avoir aperçu.

— Un agent de police ? répéta Mlle Glen avec un léger frisson. Mais il n'y a pas de fantômes, n'est-ce pas ? Je veux dire, ces choses-là n'existent pas réellement ?

Elle se leva et mit son manteau.

— Au revoir, murmura-t-elle.

Comme elle l'avait fait depuis le début, elle n'accorda pas un regard à Tuppence. Mais, en partant, elle jeta encore un coup d'œil étonné et interrogateur sur Tommy.

Un homme grand, aux cheveux gris, au visage rouge et bouffi, entra juste au moment où elle atteignait la porte. Il poussa une exclamation de surprise, lui prit le bras et l'accompagna dehors en parlant avec la plus vive animation.

— Une belle femme, non ? dit Estcourt. Avec une cervelle de moineau. Le bruit court qu'elle va épouser lord Leconbury. C'est lui qu'elle a rencontré à la porte.

— Il n'est pas très attirant, remarqua Tuppence.

Estcourt haussa les épaules.

— Les titres ont encore une sorte d'attrait, j'imagine. Et Leconbury n'est pas un pair ruiné, loin de là. Elle aura une vie de reine. Personne ne sait d'où elle sort. Du ruisseau sans doute, ou presque. En tout cas, sa présence ici est très mystérieuse. Elle n'est pas descendue à l'hôtel, et quand j'ai essayé de savoir où elle habitait, elle m'a envoyé promener à sa manière, c'est-à-dire sans ménagement. Pourquoi, je n'en ai aucune idée. Je dois me sauver ! dit-il tout à coup en jetant un coup d'œil à sa montre. Je suis ravi de vous avoir vus. Il faudra qu'on fasse une petite fête en ville, un soir. À bientôt.

Il s'apprêtait à partir quand un groom leur apporta un message, sans mention de destinataire.

— C'est bien pour vous, monsieur, dit-il à Tommy. De la part de Mlle Gilda Glen.

Tommy l'ouvrit et lut avec curiosité quelques lignes tracées d'une main maladroite et peu soigneuse :

Je n'en suis pas sûre, mais vous pouvez peut-être m'aider. De toute façon, c'est sur le chemin de la gare. Pourriez-vous être à la maison blanche, Morgan's Avenue, à 18 h 10 ?

Bien à vous,
Gilda Glen.

Tommy remercia le groom, et passa le message à Tuppence.

— Incroyable ! dit celle-ci. C'est parce qu'elle pense toujours que tu es prêtre ?

— Non, répondit Tommy, songeur. Je pense que c'est parce qu'elle a enfin compris que je n'en étais pas un. Oh là là ! Qu'est-ce que c'est que ça ?

« Ça », c'était un homme aux cheveux roux flamboyants, à la mâchoire proéminante et aux vêtements extrêmement usés. Il venait de pénétrer dans la salle et faisait les cent pas en parlant tout seul.

— Nom de Dieu ! disait-il avec véhémence. Vous m'entendez ? Nom de Dieu !

Il se laissa tomber sur une chaise à côté de Tommy et Tuppence, et les fixa, abattu.

— Au diable toutes les femmes ! s'exclama-il en jetant à Tuppence un regard féroce. Allez-y ! Criez au scandale si vous voulez, faites-moi jeter dehors, ce ne sera pas la première fois ! Pourquoi ne peut-on jamais dire ce qu'on pense ? Pourquoi doit-on toujours refouler ses sentiments, sourire et faire la même chose que tout le monde ? Je n'ai pas envie d'être charmant et poli. J'ai envie d'étrangler quelqu'un, de le faire mourir à petit feu.

Il s'arrêta.

— N'importe qui, ou quelqu'un en particulier ? demanda Tuppence.

— Quelqu'un en particulier, répondit l'individu d'un air résolu.

— Ceci est très intéressant, déclara Tuppence. Ne pouvez-vous pas nous en dire un peu plus ?

— Je m'appelle Reilly, répliqua le rouquin. James Reilly. Cela vous dit peut-être quelque chose. J'ai publié un petit recueil de poèmes pacifistes – plutôt bons, si je peux me permettre.

— Des poèmes pacifistes ? répéta Tuppence.

— Et pourquoi pas ? riposta M. Reilly d'un ton agressif.

— Oh ! pour rien..., répondit vivement Tuppence.

— Je suis pour la paix, encore et toujours ! dit M. Reilly avec violence. Au diable la guerre ! Au diable les femmes ! Les femmes... Avez-vous vu la femme qui se promenait là tout à l'heure ? Elle se fait appeler Gilda Glen. Gilda Glen ! Ce que j'ai pu l'adorer... Et je vais vous dire quelque chose : si elle a un cœur, il est à moi.

Il fut un temps où elle tenait à moi, et elle tiendra encore à moi si je veux. Mais si elle se vend à ce fumier de Leconbury… eh bien, que Dieu la protège, je la tuerai aussitôt de mes propres mains.

Là-dessus, il se leva brusquement et sortit en courant.

— Un monsieur bien émotif, murmura Tommy. Si nous y allions, Tuppence ?

Dehors, une légère brume tombait. Suivant les indications d'Estcourt, ils tournèrent tout de suite à gauche et, quelques minutes après, ils atteignaient le coin de Morgan's Avenue.

La brume s'était épaissie. Blanche et cotonneuse, elle s'effilochait devant eux en petits nuages tourbillonnants. À leur gauche se trouvait le haut mur du cimetière, à leur droite une rangée de petites maisons, qui firent bientôt place à une grande haie.

— Je commence à me sentir nerveuse, dit Tuppence. Cette brume... ce silence... On a l'impression d'être à l'écart de tout.

— Oui. On se sent seul au monde, reconnut Tommy. C'est cette brume, on ne voit pas à un mètre devant soi.

— On n'entend que l'écho de nos pas sur le trottoir. Qu'est-ce que c'est que ça ?

— Quoi ?

— J'ai cru qu'on marchait derrière nous.

— Tu vas finir par l'apercevoir, le fantôme, si tu continues à divaguer comme ça, lui dit gentiment Tommy. Garde ton sang-froid. Tu as peur que l'agent fantôme te mette la main sur l'épaule ?

— Merci, Tommy ! Maintenant, je ne vais pas arrêter d'y penser !

Elle jeta un coup d'œil derrière elle, essayant de percer le voile blanc qui les enveloppait.

— Ça y est, ça recommence, chuchota-t-elle. Non, ils sont devant nous, maintenant. Oh ! Tommy… ne me dis pas que tu n'entends rien !

— En effet ! j'entends quelqu'un marcher derrière nous. Nous ne sommes sans doute pas les seuls à vouloir prendre ce train. Je me demande...

Il s'interrompit soudain et resta immobile. Tuppence étouffa un cri. Devant eux, le rideau de brume venait de s'ouvrir de façon peu naturelle et à moins de dix pas, à l'endroit où, l'espace d'une seconde, il n'y avait rien, un gigantesque agent de police s'était matérialisé – c'est du moins ce qui apparut aux imaginations débordantes des deux observateurs. Puis la brume s'écarta encore plus, découvrant une petite mise en scène, comme au théâtre : l'énorme agent de police en bleu, une boîte aux lettres rouge et, sur la droite, les contours d'une maison blanche.

— Bleu, rouge, blanc, dit Tommy. Très décoratif. Viens, Tuppence, il n'y a pas de quoi avoir peur.

En effet, il était évident que l'agent était un véritable agent. De plus, il était loin d'être aussi gigantesque qu'il leur avait semblé quand il était sorti de la brume.

Comme ils se remettaient en route, des pas retentirent derrière eux. Un homme les dépassa rapidement. Il poussa la grille de la maison blanche, grimpa les marches du perron et frappa à la porte. On le fit entrer juste au moment où ils arrivaient à la hauteur de l'agent de police.

— Ce homme paraît très pressé, remarqua celui-ci.

Il parlait d'une voix posée et réfléchie, comme tous ceux qui ont besoin de temps pour que leurs pensées mûrissent.

— Ce genre d'homme est toujours très pressé, fit observer Tommy.

Lentement, l'agent de police tourna vers lui un regard soupçonneux.

— Un de vos amis ?

— Non, dit Tommy. Mais il se trouve que je sais qui il est. Il s'appelle Reilly.

— Ah ! fit l'agent. Bon, je vais continuer ma ronde.

— Pouvez-vous me dire où se trouve la maison blanche ? demanda Tommy.

L'agent de police la lui désigna de la tête.

— C'est là. La maison de Mme Honeycott. Une personne plutôt nerveuse, ajouta-t-il sur le ton de la confidence. Elle soupçonne toujours la présence de voleurs et voudrait que je passe mon temps à surveiller les lieux. Toutes les femmes d'un certain âge sont comme ça.

— D'un certain âge ? releva Tommy. Sauriez-vous par hasard si une jeune femme habite ici en ce moment ?

— Une jeune femme ? répéta l'agent. Une jeune femme... Non, je n'en sais rien.

— Elle n'habite peut-être pas là, Tommy. Et, de toute façon, elle n'est peut-être pas encore arrivée. Elle n'a pu partir que peu de temps avant nous.

— Ah ! s'exclama tout à coup l'agent de police, maintenant que j'y pense, j'ai vu une jeune femme pousser la grille il y a trois ou quatre minutes, au moment où j'arrivais.

— Avec un manteau bordé d'hermine ? demanda vivement Tuppence.

— Elle avait une espèce de lapin blanc autour du cou, reconnut l'agent.

Tuppence sourit et l'agent se remit en route. Elle s'apprêtait à franchir la grille de la maison avec Tommy quand un cri étouffé retentit à l'intérieur. Quasiment en même temps, la porte d'entrée s'ouvrit, et James Reilly dévala les marches. Titubant comme un homme ivre, pâle et défait, l'œil hagard, il passa devant Tuppence et Tommy sans les voir, en répétant de façon mécanique : « Mon Dieu ! Mon Dieu ! Oh, mon Dieu ! »

Il s'accrocha au montant de la grille comme pour reprendre son équilibre puis, saisi de panique, se mit à courir aussi vite qu'il put dans la direction opposée à celle qu'avait prise l'agent de police.

Tommy et Tuppence se regardèrent avec stupéfaction.

— Eh bien, dit Tommy, il est arrivé quelque chose dans cette maison qui a profondément effrayé notre ami Reilly.

Tuppence passa machinalement le doigt sur le montant de la grille.

— Il a dû poser la main sur de la peinture rouge toute fraîche, remarqua-t-elle avec distraction.

— Hum... Entrons vite. Je n'y comprends rien.

Sur le seuil se tenait une domestique en coiffe blanche, qui paraissait au comble de l'indignation.

— Avez-vous jamais vu une chose pareille, mon père ? éclata-t-elle. Ce garçon arrive, demande la jeune femme et se précipite là-haut sans dire bonjour ni bonsoir. La pauvre petite pousse un cri de chat écorché – rien d'étonnant – et lui, il redescend en courant, aussi blanc que s'il avait vu un fantôme. Qu'est-ce que ça signifie ?

— À qui parlez-vous, Hélène ? demanda une voix cassante, venant du vestibule.

— Voilà Madame, remarqua Hélène.

Elle s'écarta et Tommy se trouva face à une femme d'un certain âge, aux cheveux gris et aux yeux bleus, dont un monocle dissimulait mal le regard glacial. Elle était maigre et toute vêtue de noir.

— Madame Honeycott ? Je suis venu voir Mlle Glen, dit Tommy.

Mme Honeycott lui lança un regard aigu, puis examina Tuppence des pieds à la tête.

— Ah oui ? Vraiment ? Eh bien, donnez-vous la peine d'entrer.

Elle les conduisit au fond de la maison, dans un salon qui donnait sur le jardin. C'était une pièce assez grande, mais qu'une surcharge de tables et de chaises rapetissait. Un divan tapissé de chintz était installé d'à côté de la cheminée dans laquelle brûlait un grand feu. Un papier peint à rayures grises avec un feston de roses courant tout autour du plafond ornait les murs, recouverts de nombreux tableaux et gravures.

Il était impossible d'établir un lien quelconque entre cette pièce et les goûts fastueux de Mlle Gilda Glen.

— Asseyez-vous, dit Mme Honeycott. Vous m'excuserez si je vous avoue que je n'ai aucune sympathie pour la religion catholique romaine. Je n'aurais jamais cru voir un jour un prêtre catholique chez moi. Mais si Gilda s'est ralliée à cette femme de mauvaise vie dont parle la Bible... rien d'étonnant quand on mène une vie comme la sienne. D'ailleurs, cela aurait pu être pire, elle aurait pu n'avoir aucune religion du tout. J'aurais une meilleure opinion des prêtres catholiques romains s'ils étaient mariés, je vous le dis comme je le pense. Et quand on songe à toutes ces jolies filles qu'on enferme dans des couvents et dont on n'entend plus jamais parler... enfin, c'est comme ça !

Mme Honeycott s'arrêta et reprit sa respiration.

Sans chercher à prendre la défense du célibat des prêtres ou à ouvrir une controverse à propos d'un autre de ces points délicats, Tommy alla droit au but :

— Si je ne me trompe pas, madame Honeycott, Mlle Glen se trouve dans cette maison.

— C'est exact. Et croyez-moi, je ne l'approuve pas. Un mariage est un mariage et un mari est un mari. Comme on fait son lit, on se couche.

— Je ne saisis pas très bien..., dit Tommy, abasourdi.

— Je m'en doutais, c'est pourquoi je vous ai fait entrer. Vous pourrez monter voir Gilda quand je vous aurai fait comprendre ma façon de penser. Après toutes ces années, elle est venue me demander mon aide, imaginez-vous ça ! Elle voulait que je persuade cet homme de lui accorder le divorce. Je lui ai répondu sans détours que je ne voulais rien avoir à faire avec ça.

Divorcer est un péché. Mais je ne pouvais pas refuser mon toit à ma propre sœur, n'est-ce pas ?

— Votre sœur ? s'exclama Tommy.

— Oui, Gilda est ma sœur. Elle ne vous l'a pas dit ?

Tommy en resta bouche bée. C'était incroyable ! Puis après avoir réfléchi au fait que la beauté de Gilda Glen était réputée depuis de longues années déjà, que lui-même l'avait vue jouer alors qu'il n'était qu'un petit garçon, il se dit qu'après tout, oui, c'était possible. Mais quel piquant contraste ! Ainsi Gilda était issue de cette petite-bourgeoisie respectable... Le secret avait été bien gardé !

— Je ne vous comprends pas encore très bien, dit Tommy. Votre sœur est mariée ?

— Elle s'est enfuie à l'âge de dix-sept ans, pour épouser un individu de condition très modeste. Quelle honte pour notre père, un pasteur ! Puis elle a quitté son mari pour monter sur les planches. Actrice ! De ma vie, je n'ai mis les pieds dans un théâtre. Je ne veux rien avoir à faire avec le vice. Et maintenant, après toutes ces années, elle veut divorcer. Pour épouser un gros bonnet, sans doute. Mais son mari tient bon et je l'en admire : il ne se laisse ni intimider ni acheter.

— Comment s'appelle-t-il ? demanda soudain Tommy.

— Aussi extraordinaire que cela puisse paraître, je ne m'en souviens plus ! Il faut dire que mon père avait interdit qu'on prononce son nom et cela fait vingt ans que je n'en ai plus entendu parler. De plus, j'ai refusé d'en discuter avec Gilda. Elle sait ce que j'en pense, c'est suffisant.

— Ce ne serait pas Reilly, par hasard ?

— Peut-être. Je n'en sais vraiment rien. Ça m'est complètement sorti de la tête.

— L'homme dont je parle se trouvait là il y a quelques instants.

— Ah, celui-là ! Je l'ai pris pour un fou échappé de l'asile ! Je venais de donner mes ordres à Hélène dans la cuisine et je retournais dans cette pièce, me demandant si Gilda était là, quand je l'ai entendue rentrer. Elle a hésité un instant dans le vestibule, puis est montée directement au premier étage. Trois minutes plus tard, cet épouvantable vacarme a commencé. Je suis sortie dans le vestibule et j'ai vu un homme grimper précipitamment l'escalier. Puis j'ai entendu une espèce de cri là-haut, l'homme est redescendu à toute vitesse et s'est rué dehors comme un fou. Ah, c'est du joli !

— Madame Honeycott, nous devons monter tout de suite, dit Tommy en se levant. Je crains...

— Quoi ?

— Que vous n'ayez pas de peinture fraîche de couleur rouge dans la maison.

— Bien sûr que non, répondit-elle en le dévisageant.

— C'est bien ce que je pensais. Je vous en prie, montons tout de suite dans la chambre de votre sœur.

Momentanément réduite au silence, Mme Honeycott leur montra le chemin. En passant dans le vestibule, ils aperçurent Hélène qui s'enfuit aussitôt. En haut de l'escalier, Mme Honeycott ouvrit la première porte sur le palier et entra, Tommy et Tuppence sur ses talons.

Tout à coup, elle poussa un cri et recula.

Une silhouette inerte, vêtue de noir et d'hermine, était allongée sur le divan. Le visage, tel celui d'un enfant endormi, était intact. La blessure se trouvait sur le côté de la tête : un coup violent assené avec un instrument contondant lui avait défoncé le crâne. Du sang coulait goutte à goutte sur le sol, mais la blessure elle-même avait depuis longtemps cessé de saigner.

Très pâle, Tommy examina le corps.

— En fin de compte, il ne l'a pas étranglée, murmura-t-il.

— Que voulez-vous dire ? Qui ? cria Mme Honeycott. Elle est morte ?

— Évidemment, elle est morte. Assassinée. Par qui ? C'est la seule question. Non que la question se pose vraiment. C'est curieux... malgré toutes ses menaces, je n'aurais pas cru qu'il en était capable.

Il réfléchit un instant, puis secoua Tuppence qui restait muette.

— Tu ne veux pas aller chercher un agent, ou appeler le poste de police ?

Tuppence acquiesça. Elle était très pâle, elle aussi. Quant à Tommy, il ramena Mme Honeycott au rez-de-chaussée.

— Savez-vous quelle heure il était exactement quand votre sœur est rentrée ? Il ne faut pas qu'il y ait la moindre erreur à ce sujet.

— Oui, je le sais, parce que j'étais en train de régler la pendule, comme je le fais chaque soir. Elle avance de cinq minutes par jour. À ma montre, qui n'avance ni ne retarde jamais, il était exactement 18 h 08 mn.

Tommy hocha la tête. Cela concordait tout à fait avec le récit de l'agent, qui avait vu la femme à la fourrure blanche entrer dans la maison environ trois minutes avant leur arrivée. Tommy avait regardé sa propre montre à ce moment-là et constaté qu'ils avaient une minute de retard sur leur rendez-vous.

Il était peu probable que quelqu'un ait attendu Gilda Glen dans sa chambre. Mais si tel était le cas, il devait encore être dans la maison. Pourtant, à part James Reilly, personne n'était sorti.

Tommy remonta en courant et procéda à une rapide mais sérieuse inspection des lieux. Personne ne se dissimulait.

Ensuite il alla parler à Hélène. Après l'avoir mise au courant des événements et avoir attendu que s'épuisent ses lamentations et invocations à tous les saints, il lui posa quelques questions.

Quelqu'un était-il venu voir Mlle Glen cet après-midi ? Absolument personne. Elle-même était-elle montée ? Oui, à 18 heures, comme d'habitude – ou peut-être quelques minutes plus tard –, pour tirer les rideaux. En tout cas, c'était juste avant que ce malade ait entrepris de démolir la porte. Elle était descendue en vitesse pour aller lui ouvrir. À lui, à un affreux assassin.

Tommy arrêta là son interrogatoire. Mais il ne pouvait s'empêcher d'éprouver une étrange pitié pour Reilly, et répugnait à le croire capable du pire. Et pourtant, personne d'autre n'avait pu tuer Gilda Glen. Mme Honeycott et Hélène avaient été les seules personnes présentes dans la maison.

Des voix s'élevèrent dans le vestibule, celles de Tuppence et de l'agent de service. Il alla les rejoindre. L'agent avait sorti son carnet et un crayon mal taillé qu'il lécha subrepticement. Il monta et examina la victime, faisant remarquer à voix haute que s'il touchait à quoi que ce soit, l'inspecteur lui sonnerait les cloches. Il écouta les propos hystériques de Mme Honeycott et ses explications confuses, en prenant des notes de temps en temps. Sa présence avait quelque chose de réconfortant.

Tommy réussit enfin à se trouver quelques minutes seul avec lui, sur les marches du perron, au moment où il partait téléphoner au commissariat central.

— Vous dites que vous avez vu la défunte entrer dans la maison. Êtes-vous certain qu'elle était seule ?

— Oh ! j'en suis sûr. Il n'y avait personne avec elle.

— Et entre le moment où elle est entrée et celui où nous sommes arrivés, personne n'est sorti de la maison ?

— Pas âme qui vive.

— Si quelqu'un était sorti, vous n'auriez pas pu ne pas le voir ?

— Sûr que je l'aurais vu. Personne n'est sorti avant cette espèce de sauvage.

La justice dans toute sa majesté descendit solennellement les marches du perron et s'arrêta devant le montant de la grille, peint en blanc, qui portait l'empreinte d'une main rouge.

— Un amateur, pour laisser un indice pareil, dit-il d'un ton plein de pitié.

Et là-dessus, il s'en alla.

Le lendemain, Tommy et Tuppence se trouvaient encore au *Grand Hôtel*, mais Tommy avait jugé plus prudent de renoncer à sa soutane.

James Reilly avait été arrêté et placé en détention préventive. Son avocat, Me Marvell, venait d'avoir une longue conversation avec Tommy au sujet du crime.

— Je n'aurais jamais cru James Reilly capable de faire ça, dit-il en guise de conclusion. Il a toujours été très nerveux, mais ça s'arrêtait là.

Tommy approuva.

— Quand on dépense son énergie en paroles, il ne vous en reste guère pour agir. Malheureusement, je me rends compte que je vais être un des principaux témoins à charge. Les propos qu'il m'a tenus juste avant le crime sont particulièrement accablants. Et pourtant, en dépit de tout, j'ai de la sympathie pour lui ; si seulement nous disposions d'un autre suspect, je serais prêt à croire à son innocence. Quelle est sa version des faits ?

— Il prétend qu'il l'a trouvée morte. Bien entendu, c'est impossible. Il a utilisé la première idée qui lui est passée par la tête.

— S'il disait la vérité, cela signifierait que l'auteur du crime n'est nulle autre que notre intarissable Mme Honeycott – ce qui est invraisemblable. Non, c'est bien lui le coupable.

— Sans compter que la bonne l'a entendue crier...

— La bonne... oui...

Tommy resta un instant silencieux, puis reprit, songeur :

— En fait, nous sommes des êtres particulièrement crédules. Nous acceptons les témoignages comme parole d'évangile, mais que sont-ils en réalité ? Le fruit d'impressions, transmises à l'esprit par les sens. Mais supposons que ces impressions soient fausses ?

L'avocat haussa les épaules.

— Chacun sait qu'il existe des témoins peu crédibles chez qui, de façon inconsciente, les souvenirs se précisent au fur et à mesure que le temps passe...

— Je ne pensais pas seulement à eux. Il nous arrive à tous de tenir comme indiscutables des choses qui ne le sont pas, sans même nous en rendre compte. Un jour ou l'autre, nous avons bien dit par exemple, aussi bien vous que moi : « Voilà le courrier », alors que nous avions simplement entendu deux coups frappés à la porte et le bruit de ferraille de la boîte aux lettres. Neuf fois sur dix nous avons raison, c'est bien le facteur, mais il est possible que la dixième fois ce soit un garnement qui nous fait une farce. Vous voyez ce que je veux dire ?

— Oui..., répondit lentement Marvell. Mais je ne vois pas où vous voulez en venir.

— Non ? Je ne suis pas sûr de le savoir moi-même. Je commence seulement à l'entrevoir. C'est comme un bâton… tu te rappelles, Tuppence ? Quand une extrémité pointe d'un côté, l'autre indique toujours la direction opposée. Tout dépend donc de la façon dont on le tient. Les portes s'ouvrent... mais elles se ferment aussi. On monte l'escalier, mais on le descend aussi. Les boîtes se ferment, mais elles s'ouvrent aussi.

— Qu'est-ce que tu veux dire par là ? demanda Tuppence.

— En vérité, c'est ridiculement simple, dit Tommy, et pourtant, je viens seulement de comprendre. Comment sait-on que quelqu'un est entré dans la maison ? On entend la porte s'ouvrir et claquer, et pour peu qu'on attende effectivement quelqu'un, on sera persuadé que c'est lui. Mais il se pourrait aussi que quelqu'un soit *sorti*.

— Mais Mlle Glen n'est pas sortie ?

— Non, elle n'est pas sortie. Mais quelqu'un d'autre l'a fait. L'assassin.

— Mais comment est-elle entrée, alors ?

— Elle est arrivée pendant que Mme Honeycott était dans la cuisine avec Hélène. Celles-ci ne l'ont pas entendue. Mme Honeycott est retournée dans le salon et, en se demandant si sa sœur était rentrée, a commencé à remettre sa pendule à l'heure. C'est alors qu'elle a cru l'entendre entrer et monter l'escalier.

— Mais si ce n'était pas elle, qui était-ce ?

— Hélène, qui montait tirer les rideaux. Rappelle-toi, Mme Honeycott a dit que sa sœur s'était arrêtée un moment avant de s'engager dans l'escalier. Juste le temps qu'il a fallu à Hélène pour venir de la cuisine dans le vestibule. Elle a failli croiser l'assassin.

— Mais, Tommy, et ce cri que Gilda a poussé ?

— C'était celui de James Reilly. Tu n'as pas remarqué à quel point il avait la voix aiguë ? Dans les moments d'émotion intense, les cris des hommes sont aussi perçants que ceux des femmes.

— Mais dans ce cas... nous aurions dû voir l'assassin ?

— Nous l'avons vu. Nous lui avons même parlé. Tu te rappelles la façon dont cet agent de police nous est apparu soudain ? C'est parce qu'il a franchi la grille juste au moment où la brume se dissipait. Cela nous a fait sursauter, tu ne t'en souviens pas ? Après tout, les policiers sont des hommes comme les autres, même si nous n'avons pas l'habitude de le penser. Ils aiment, ils haïssent. Ils se marient...

— À mon avis, Gilda Glen a dû rencontrer son mari juste devant la grille, et l'a fait entrer pour essayer de résoudre avec lui son problème. Il n'avait pas à sa disposition, pour se soulager, la violence verbale de Reilly... Il s'est énervé – et n'oublions pas qu'il avait son bâton d'agent de police sous la main...

10

LE CRAQUEUR

— Nous devrions déménager, dit Tommy. Ces bureaux sont devenus trop petits.

— Ridicule, répliqua Tuppence. Tu te berces d'illusions. Tu te prends pour un millionnaire sous prétexte que, par une chance inouïe, tu as élucidé deux ou trois misérables affaires ?

— Certains appellent ça la chance, d'autres le talent...

— Évidemment, si tu te prends pour Sherlock Holmes, Thorndyke, McCarty et les frères Okewood réunis, il n'y a plus rien à ajouter. Personnellement, je préférerais avoir la chance de mon côté plutôt que tous les talents du monde.

— Tu n'as peut-être pas tout à fait tort, reconnut Tommy. Quoi qu'il en soit, Tuppence, il nous faut de plus grands bureaux.

— Pourquoi ?

— Pour les classiques, répondit Tommy. Il nous faut quelques centaines de mètres de rayonnages supplémentaires si nous voulons qu'Edgar Wallace y figure dignement.

— Nous n'avons eu aucune affaire à la Wallace jusqu'à maintenant.

— Et nous n'en aurons jamais, dit Tommy. Je ne sais pas si tu l'as remarqué, mais il ne fait pas de place aux détectives amateurs. Ses affaires relèvent toutes de Scotland Yard. Chez lui, c'est du sérieux, pas de la vulgaire imitation.

Albert, leur employé, entra dans la pièce.

— L'inspecteur Marriot demande à vous voir, déclara-t-il.

— L'homme mystère de Scotland Yard..., murmura Tommy.

— Le plus affairé des « Fouineurs », ajouta Tuppence. Ou « Fureteurs », je ne sais plus.

— Eh bien, comment allez-vous ? demanda gaiement l'inspecteur en entrant. Pas trop mal depuis notre dernière petite aventure ?

— Non, en tout cas pas plus mal, répliqua Tuppence. Ç'a été merveilleux, absolument merveilleux, non ?

— Oh, ce n'est peut-être pas le mot que j'emploierais, répondit Marriot avec prudence.

— Qu'est-ce qui vous amène ? demanda Tommy. Pas seulement le désir de prendre de nos nouvelles, je suppose ?

— Non, reconnut l'inspecteur. J'ai un travail pour le brillant M. Blunt.

— Ah ! bon, s'exclama Tommy. Dans ce cas, permettez-moi d'afficher mon expression la plus brillante.

— Je suis venu vous faire une proposition, monsieur Beresford. Cela vous plairait-il de mettre la main sur tout un gang, un vrai ?

— Ça existe ?

— Qu'entendez-vous par « ça existe » ?

— J'ai toujours cru que les gangs ne se rencontraient que dans les romans. Tout comme les escrocs sans faille et les super-criminels.

— Ce genre d'escrocs est assez rare, reconnut l'inspecteur, mais les gangs sont nombreux, monsieur.

— Je ne pense pas avoir les qualités requises pour m'attaquer à un gang, répliqua Tommy. Le crime d'amateur, le petit crime perpétré en famille, c'est sur ça que j'excelle. Avec Tuppence à mes côtés pour me révéler tous ces petits détails féminins tellement importants, qui ont tendance à échapper au mâle, plus obtus.

Son ardeur fut coupée net par Tuppence, qui venait de lui jeter un coussin à la figure, en le priant de cesser de débiter des âneries.

— Vous aimez plaisanter, n'est-ce pas, monsieur ? fit remarquer l'inspecteur avec un sourire paternel. Si je peux me permettre, c'est un plaisir de voir des jeunes gens jouir ainsi de la vie.

— Nous, nous jouissons de la vie ? s'exclama Tuppence en ouvrant de grands yeux. Après tout, c'est possible. Je n'avais encore jamais pensé à ça.

— Pour en revenir à ce gang, dit Tommy, malgré ma vaste clientèle de duchesses, de millionnaires et de femmes de ménage de haut vol, je pourrais peut-être consentir à étudier le cas avec vous. J'ai horreur de voir Scotland Yard pris en défaut. Vous auriez le *Daily Mail* toujours derrière vous avant que vous ne sachiez vous-même où vous êtes.

— C'est bien ce que je disais, vous aimez plaisanter. Alors, voilà de quoi il s'agit, dit Marriot en rapprochant sa chaise. Il y a actuellement un nombre considérable de faux billets de banque en circulation. Vous seriez étonné. Un très beau travail. Tenez, en voici un exemple.

Il sortit un billet d'une livre de sa poche et le tendit à Tommy.

— Il a l'air vrai, non ?

— En effet, je n'aurais rien soupçonné, répondit Tommy après l'avoir examiné.

— Comme la plupart des gens. Maintenant, en voici un vrai. Les différences sont minimes, mais je vais vous les montrer et vous apprendrez vite à les distinguer. Prenez cette loupe.

Au bout de cinq minutes, Tommy et Tuppence étaient presque devenus des experts.

— Qu'attendez-vous de nous, inspecteur ? Que nous soyons vigilants, tout simplement ? demanda Tuppence.

— J'attends beaucoup plus, madame Beresford. Je compte sur vous pour fouiller. Voyez-vous, nous avons découvert que ces billets étaient mis en circulation dans le West End. Et par quelqu'un qui occupe un rang très élevé dans l'échelle sociale. Ces billets franchissent aussi la Manche. Cela dit, nous nous intéressons de près à une certaine personne... Vous avez peut-être entendu parler d'un dénommé Laidlaw, le major Laidlaw ?

— Il me semble... Il a un rapport avec les courses de chevaux, non ?

— Oui. Le major Laidlaw est très connu dans le monde du turf. En vérité, nous n'avons rien contre lui, mais il nous a donné l'impression, au cours d'une ou deux transactions plutôt louches, d'être un peu trop habile. Quand on mentionne son nom, les gens bien informés prennent un air bizarre. On ne sait pas grand-chose de son passé, pas même d'où il vient. Il a une femme française très séduisante, qu'on rencontre partout, suivie d'un essaim d'admirateurs. Ils semblent dépenser un argent fou, ces Laidlaw, et j'aimerais assez connaître l'origine de cette fortune.

— L'essaim d'admirateurs, peut-être ?

— C'est ce qu'on pourrait croire, mais je n'en suis pas si sûr. Peut-être ne s'agit-il que d'une coïncidence, mais il se trouve qu'un nombre non négligeable de ces faux billets est sorti d'un cercle de jeu très huppé, fréquenté par les Laidlaw et les gens de leur entourage. Ceux-ci se débarrassent d'un tas de billets en jouant et en pariant aux courses. Quel meilleur moyen pour les mettre en circulation ?

— Et où intervenons-nous ?

— Vous allez le savoir. Si je ne me trompe, vous êtes amis avec le jeune St. Vincent et sa femme ? Ils sont étroitement liés à l'entourage des Laidlaw – moins étroitement qu'avant, d'ailleurs. Par eux, il vous sera facile de vous introduire dans leur société – ce qui nous serait impossible, à moi et à mes hommes. Ils ne vous soupçonneront pas et vous serez très bien placés.

— Pour trouver quoi exactement ?

— Comment ils se procurent ces faux billets, si toutefois ce sont bien eux qui les font circuler.

— D'accord. Le major Laidlaw sort de chez lui avec une valise vide. Quand il rentre, elle est remplie de billets de banque. Comment s'y prend-il ? Je le suis et je découvre l'arnaque. C'est bien ça ? demanda Tommy.

— Plus ou moins. Mais ne négligez pas pour autant la femme et son père, M. Heroulade. N'oubliez pas que les billets circulent des deux côtés de la Manche.

— Voyons, Marriot, mon cher ! s'exclama Tommy d'un ton de reproche. Les Fins Limiers de Blunt ignorent jusqu'à la signification du verbe « négliger ».

— Eh bien, bonne chance ! dit l'inspecteur en prenant congé.

— Oh ! Tommy, nous la tenons, notre affaire à la Wallace ! Nous voilà enfin devenus des « Fouineurs »...

— ... partis sur les traces du Craqueur. Nous devons l'avoir et nous l'aurons.

— Tu as dit Croqueur ou Craqueur ?

— J'ai dit Craqueur.

— Ah ! Et qu'est-ce qu'un Craqueur ?

— Un mot que j'ai inventé pour désigner celui qui fait circuler des faux billets. On l'appelle Craqueur parce que les billets de banque craquent. C'est simple, non.

— C'est une assez bonne idée, dit Tuppence. Cela rend la chose plus réelle. Personnellement, j'aurais préféré Bruisseur, plus évocateur, et plus sinistre.

— Non, déclara Tommy. J'ai été le premier à dire Craqueur et je m'y tiens.

— Je sens que cette affaire va me plaire, remarqua Tuppence. Boîtes de nuit et cocktails en perspective... Demain, j'irai m'acheter du mascara noir.

— Tes cils sont déjà noirs...

— Ils peuvent l'être encore plus. Et il me faudra aussi un rouge à lèvres très brillant couleur cerise.

— Tuppence, au fond, tu n'es qu'une dévergondée. Une chance que tu aies épousé un homme d'un certain âge, aussi sobre et équilibré que moi.

— Patience, répliqua Tuppence. Quand tu auras un peu fréquenté le Python Club, tu ne seras peut-être plus aussi sobre.

Tommy sortit quelques bouteilles du placard, deux verres et un shaker.

— Alors autant s'y mettre tout de suite. La chasse est ouverte, Craqueur, et nous vous aurons !

Ils n'eurent aucun mal à faire la connaissance des Laidlaw. Leur jeunesse, leur élégance et surtout leur entrain leur permirent de très vite s'introduire dans le petit cercle qui gravitait autour des Laidlaw.

Grand, blond, le major Laidlaw, avec ses manières cordiales de gentilhomme, avait l'air typiquement britannique. Mais les rides profondes autour de ses yeux, et les regards en biais qu'il jetait de temps en temps mettaient à mal son allure impeccable.

Aux cartes, c'était un joueur particulièrement habile. Quand les enjeux étaient élevés, Tommy remarqua qu'il quittait rarement la table en ayant perdu.

Quant à Marguerite Laidlaw, c'était une charmante femme, svelte comme une sylphide, et jolie comme un Greuze. Son anglais malhabile était irrésistible, et Tommy comprit très bien pourquoi elle avait la plupart des hommes à ses pieds. Elle parut s'enticher de lui dès leur première rencontre et il entra dans son jeu.

— Mon petit Tommy, disait-elle avec son irrésistible accent. Je ne peux pas me passer de mon petit Tommy. Ses cheveux ont la couleur du soleil couchant, n'est-ce pas ?

Son père était beaucoup moins séduisant. Très correct, presque rigide, avec une barbiche noire et un regard attentif.

Tuppence fut la première à marquer un point. Elle arriva un jour avec dix billets d'une livre.

— Regarde, Tommy, ils sont faux, non ?

Tommy les examina et confirma le diagnostic.

— De qui les tiens-tu ?

— De Jimmy Faulkener. Marguerite Laidlaw les lui a donnés pour qu'il mise à sa place sur un cheval. J'ai prétendu avoir besoin de monnaie et je les lui ai échangés contre un billet de dix livres.

— Ils sont très craquants, remarqua Tommy, pensif. Ils n'ont pas dû passer par beaucoup de mains. Le jeune Faulkener, il ne te paraît pas louche ?

— Jimmy ? Oh ! c'est un amour. Nous sommes devenus de grands amis, lui et moi.

— J'ai vu ça, répliqua froidement Tommy. Tu crois vraiment que c'est nécessaire ?

— Oh ! mais ce n'est pas par obligation, répliqua joyeusement Tuppence. C'est pour le plaisir. C'est un si gentil garçon ! Je suis bien contente de le sauver des griffes de cette femme. Tu n'as pas idée de ce qu'elle lui a déjà coûté !

— J'ai l'impression qu'il a un faible pour toi.

— C'est ce que je me dis aussi, quelquefois. C'est agréable de se sentir encore jeune et séduisante, non ?

— Ta moralité est déplorable, Tuppence. Ton point de vue en la matière est tout à fait erroné.

— Il y a des années que je ne me suis pas autant amusée, déclara Tuppence sans la moindre honte. D'ailleurs, et toi ? Je ne te vois plus jamais. Toujours accroché aux jupons de Marguerite Laidlaw...

— C'est purement professionnel, répliqua Tommy d'un ton cassant.

— Tu ne la trouves pas jolie ?

— Ce n'est pas mon genre. Elle ne me plaît pas.

— Menteur ! s'écria Tuppence en riant. Enfin, j'ai toujours dit que je préférais épouser un menteur qu'un idiot.

— Parce qu'un mari doit obligatoirement être l'un ou l'autre ?

Tuppence lui jeta un regard attendri et se retira.

Parmi les admirateurs de Mme Laidlaw se trouvait un jeune homme quelconque, mais très riche, du nom dc Hank Ryder. Il venait de l'Alabama et s'était tout de suitc montré disposé à prendre Tommy pour ami et confident.

— C'est une femme merveilleuse, monsieur, dit Ryder en couvant du regard la délicieuse Marguerite. Le fruit de toute une civilisation. Ah, la *gaie France* ! Qui dit mieux ? Près d'elle, j'ai l'impression d'être un des premiers essais malheureux du Tout-Puissant. J'imagine qu'il a été obligé de se faire la main avant de réussir quelque chose d'aussi adorable que cette femme.

Tommy répondant favorablement à ses confidences, M. Ryder poursuivit :

— C'est une honte qu'une femme aussi charmante ait des soucis d'argent.

— Parce qu'elle en a ?

— Et comment ! Drôle de personnage, ce Laidlaw. Elle en a peur. Elle me l'a dit. Elle n'ose pas lui parler de ses petites factures.

— Parce que ce sont de *petites* factures ?

— Enfin, quand je dis petites... Après tout, une femme a besoin de vêtements, et moins ils sont nombreux, comme on dit, plus ils sont chers, si j'ai bien compris. Et une jolie femme comme elle ne peut pas se promener dans des robes de la saison dernière. Aux cartes c'est pareil, la pauvre petite n'a pas de chance non plus. Je vous jure, elle a perdu cinquante livres contre moi, hier soir.

— Mais, la veille, elle en avait gagné deux cents contre Jimmy Faulkener, répliqua Tommy.

— Vrai ? Ça me soulage un peu. À propos, il y a un tas de faux billets qui se baladent dans votre pays, en ce moment. Dans le paquet que j'ai déposé à la banque ce matin, vingt-cinq billets n'étaient que du vulgaire papier, c'est du moins ce que m'a affirmé poliment l'homme qui était derrière le guichet.

— C'est beaucoup... Ils avaient l'air neufs ?

— Neufs comme au premier jour. Je crois bien que c'était ceux que m'avait donnés Mme Laidlaw. Je me demande d'où elle les tenait. Probablement d'un de ces escrocs qui hantent les champs de courses.

— Oui, dit Tommy. C'est probable.

— Voyez-vous, monsieur Beresford, je n'ai pas l'habitude de mener la grande vie. Toutes ces dames si chic... J'ai fait fortune récemment, et je suis aussitôt venu en Europe pour découvrir la vie.

Tommy hocha la tête. Il se fit la réflexion qu'avec l'aide de Marguerite Laidlaw, M. Ryder ferait certainement connaissance avec bien des aspects de la vie, et que le prix à payer à cet effet serait très élevé.

En attendant, on lui apportait pour la deuxième fois la preuve que les faux billets étaient distribués dans leur entourage immédiat et que, selon toutes probabilités, Marguerite Laidlaw n'était pas étrangère à cette distribution.

Le lendemain soir, il en eut personnellement confirmation.

Cela se passait dans ce fameux endroit mentionné par l'inspecteur Marriot. On y dansait, mais l'attraction principale se trouvait derrière une porte à double battant. Celle-ci dissimulait deux pièces où, sur des tables aux tapis verts, de grosses sommes d'argent changeaient quotidiennement de main.

Marguerite Laidlaw, qui se levait pour partir, mit un tas de petites coupures entre les mains de Tommy.

— Elles prennent tellement de place, Tommy… Pouvez-vous me les changer ? Pour un seul billet... Regardez mon pauvre petit sac... Ça le gonfle, c'est abominable...

Tommy lui apporta un billet de cent livres. Puis, dans un coin tranquille, il examina les billets qu'elle lui avait donnés. Au moins le quart d'entre eux était faux.

Mais où était sa source d'approvisionnement ? Grâce à la coopération d'Albert, il était à peu près certain que Laidlaw n'était pas celui qu'ils cherchaient. Chacun de ses mouvements avait été surveillé, sans aucun résultat.

Tommy soupçonnait le père, le sombre M. Heroulade. Celui-ci allait souvent en France. Quoi de plus facile pour lui que de rapporter les billets, dans une valise à double fond ou un quelconque système du même genre ?

Tommy sortit du club. Il marchait lentement, absorbé dans ses pensées, quand il fut brutalement rappelé à la réalité. Il venait d'apercevoir M. Hank Ryder, visiblement pas tout à fait à jeun, en train d'essayer de suspendre son chapeau au bouchon de radiateur d'une Rolls. Il le ratait à chaque tentative de quelques centimètres.

— Fi-fichu porte-man-manteau, fi-fichu porte-man-manteau, bafouillait-il en larmoyant. C'est pas c-comme aux Zétats Zu-zunis. Là-bas, un mec peut sus-suspendre son chapeau tous les choirs, oui, t-tous les choirs. Pourquoi vous p-portez deux ch-chapeaux ? J'avais encore jamais vu que-quelqu'un porter deux cha-chapeaux. Ça doit être un ef... un ef... un effet d-du climat.

— J'ai peut-être deux têtes, suggéra gravement Tommy

— C'est d-donc cha... Bi-bizarre. Re-mar-quablement bi-bizarre. Allons prendre un co-cocktail. La prohibition... oui, la prohibichion... voilà ce qui m'a tu-tué. Je suis chaoul... complètement chaoul... conchtituchionnellement chaoul. Les co-cocktails... j'ai tout mélangé. Un planteur, un baiser de l'ange – cha chest Marguerite... Ma-Marguerite délicieuse créature, Ma-Marguerite... elle m'aime aussi, Ma-Marguerite. Deux di-Martinis... trois chemins de la ruine, non : trois ruines en chemin... tout mélangé, dans une chope de bière. M'avait p-parié que j's'rais pas chi-chiche de l'faire... Au diable que j'lui ai ba-balancé...

Tommy l'interrompit.

— C'est très bien, dit-il d'un ton apaisant. Et maintenant, si vous rentriez chez vous ?

— Je j'n'ai pas... pas de... de chez-chez moi, hoqueta M. Ryder en pleurant.

— Dans quel hôtel êtes-vous descendu ?

— P-peux pas rentrer. Je dois f-faire la c... course au tré-trésor. C'est ép-épatant. Elle l'a faite. À Whitechapel... la blanche chapelle sous la... sous la lune... les zâmes bla-blafardes... les cr-crânes che-chenus c-coiffés de c-cendres... c-courbés sur les t-tombeaux...

— Laissons ça, dit Tommy. Où êtes-vous... ?

Mais M. Ryder retrouva soudain sa dignité. Il se redressa et reprit miraculeusement le contrôle de ses paroles.

— Fiston, je vous le répète. Margot m'a emmené. Dans cha voiture. Faire la courche au tréchor. Toute l'aristocrachie anglaise fait cha. Chous les pavés, cinq cents livres. Parole d'honneur, vu ? Parole d'honneur. Zavez zété bon pour moi. Z'ai votre bien zà cœur, monchieur, oui, zà cœur. Nous, Zaméricains...

Tommy l'interrompit brutalement.

— Qu'avez-vous dit ? Mme Laidlaw vous a emmené dans sa voiture ?

L'Américain hocha la tête avec la solennité d'un hibou.

— À Whitechapel ? Et vous avez trouvé cinq cents livres ? poursuivit Tommy.

M. Ryder le corrigea.

— C'est elle... Elle m'a laissé dehors. Derrière la porte. Toujours dehors. C'est pas marrant. Dehors... Toujours dehors...

— Pourriez-vous retrouver l'endroit ?

— Je crois. Hank Ryder ne perd jamais le nord...

Tommy l'emmena jusqu'à sa voiture et mit le cap vers l'est. M. Ryder s'écroula d'abord sur son épaule, complètement hébété, puis se réveilla, frais et dispos.

— Eh ! fiston, où sommes-nous ? demanda-t-il.

— À Whitechapel, répondit sèchement Tommy. C'est bien ici que vous êtes venu ce soir avec Mme Laidlaw ?

— Ça y ressemble..., reconnut M. Ryder en regardant autour de lui. Il me semble que nous avons tourné à gauche quelque part au bout de cette rue. Voilà, ici.

Tommy obéit et tourna tandis que M. Ryder lui indiquait la direction.

— C'est par là. J'en suis sûr. À droite maintenant. Vous ne trouvez pas que ça sent horriblement mauvais ? C'est ça, tournez tout de suite après le pub... et arrêtez-vous juste à l'entrée de cette ruelle... Mais à quoi ça rime, tout ça ? J'aimerais bien le savoir. Il reste encore des billets ? On va en rajouter un sur la pile ?

— C'est exactement ça, on va en rajouter un sur la pile, dit Tommy. Amusant, non ?

— Je le raconterai à tout le monde, répondit M. Ryder. Quoique toute cette histoire soit encore, pour moi, un tantinet dans le brouillard, ajouta-t-il d'un air mélancolique.

Tommy sortit de la voiture et aida M. Ryder à faire de même. Ils pénétrèrent ensemble dans la ruelle. Sur la gauche, on apercevait l'arrière de maisons délabrées, possédant presque toutes une porte qui s'ouvrait sur la ruelle. M. Ryder s'arrêta devant l'une d'entre elles.

— C'est ici qu'elle est entrée, déclara-t-il. C'est bien cette porte, j'en suis sûr et certain.

— Elles sont toutes semblables, remarqua Tommy. Cela me rappelle l'histoire du soldat et de la princesse. Vous vous en souvenez ? Ils avaient dessiné une croix sur la porte qu'ils voulaient retrouver. Si nous en faisions autant ?

En riant, il sortit un morceau de craie de sa poche et traça une croix grossière au bas de la porte. Puis il leva la tête vers les formes indistinctes qui rôdaient là-haut, sur les gouttières, et dont l'une venait de pousser un cri à vous glacer les sangs.

— Il y a beaucoup de chats par ici, remarqua-t-il gaiement.

— Quel est le programme ? demanda M. Ryder. Nous allons entrer ?

— Oui, avec les précautions d'usage, répondit Tommy.

Il jeta un coup d'œil autour de lui, puis poussa doucement la porte, qui céda. Il aperçut une cour mal éclairée. Il avança sans bruit, M. Ryder sur ses talons.

— Eh ! s'écria celui-ci. Il y a quelqu'un dans la ruelle.

Il se glissa de nouveau dehors. Tommy resta un instant immobile puis, n'entendant rien, reprit sa marche. Il sortit une torche électrique de sa poche et l'alluma quelques secondes pour éclairer son chemin. En avançant, il trouva une autre porte fermée devant lui. Elle céda aussi et il entra, sans bruit.

Il resta de nouveau immobile, l'oreille tendue, puis ralluma sa torche. À peine avait-il éclairé que, comme à un signal donné, il se trouva encerclé. Deux hommes devant lui et deux hommes derrière se rapprochèrent.

— Lumière ! grogna l'un d'eux.

On alluma une lampe à gaz. Tommy se retrouva entouré de visages très déplaisants. Il remarqua également certains objets dans la pièce.

— Ah ! tiens, dit-il d'un ton enjoué. Nous sommes au quartier général de l'industrie de la contrefaçon, si je ne me trompe.

— Ta gueule ! grommela quelqu'un.

Tommy entendit la porte s'ouvrir et se refermer derrière lui.

— Vous le tenez, les gars ? C'est bien. Alors, mon sieur le Fouineur, vous voilà au pied du mur, dit une voix familière.

— Cette bonne vieille appellation ! Je l'entends toujours avec émotion. Oui, c'est bien moi, l'Homme mystère de Scotland Yard. Mais c'est monsieur Hank Ryder... Quelle surprise !

— J'espère bien. J'ai ri comme un fou toute la soirée en vous conduisant ici, comme un enfant. Vous étiez si fier de votre découverte. Eh bien, fiston, je vous ai à l'œil depuis le début. Vous ne fréquentiez pas cette société pour le plaisir. Je vous ai laissé libre pendant un certain temps, mais quand vous avez commencé à soupçonner la délicieuse Marguerite, je me suis dit : « Il est temps de s'occuper de lui. » Hélas, vos amis n'entendront plus parler de vous pendant quelque temps.

— Vous avez l'intention de me liquider ? C'est l'expression consacrée, je crois. Vous avez trouvé le temps pour ça...

— Vous avez du cran. Mais non, nous n'emploierons pas la violence. Nous allons simplement vous retenir prisonnier.

— Je crains que vous n'ayez misé sur le mauvais cheval, répliqua Tommy. Je n'ai pas l'intention de me laisser « retenir prisonnier », comme vous dites.

M. Ryder sourit avec bienveillance. Dehors, un chat adressa à la lune un miaulement mélancolique.

— Vous comptez sur la croix que vous avez tracée sur la porte, fiston ? À votre place, je ne m'y fierais pas. L'histoire à laquelle vous faisiez allusion, je la connais depuis l'enfance. Je suis donc retourné dans la ruelle, jouer le rôle du guetteur. Et maintenant, toutes les portes sont marquées d'une croix identique.

Tommy baissa la tête, comme accablé.

— Vous vous êtes cru très malin, n'est-ce pas ? dit Ryder.

Soudain des coups violents ébranlèrent la porte. Il sursauta.

— Qu'est-ce que c'est que ça ?

Au même instant, l'avant de la maison était pris d'assaut. Quant à la porte de derrière, elle céda presque immédiatement et l'inspecteur Marriot fit son apparition.

— Bravo, Marriot, dit Tommy. Vous aviez tout à fait raison en ce qui concerne le quartier. Permettez-moi de vous présenter monsieur Hank Ryder, fin connaisseur des contes de fées.

» Voyez-vous, monsieur Ryder, ajouta-t-il, moi aussi je vous soupçonnais. Albert avait ordre de nous suivre sur sa mobylette si nous partions tous les deux faire une virée en voiture. Et tandis que je détournais à dessein votre attention en traçant une croix à la craie sur la porte, je vidais en même temps une petite bouteille de valériane sur le sol. L'odeur est affreuse, mais les chats en raffolent. Si bien que tous les chats des environs devaient être rassemblés devant la bonne porte quand Albert et la police sont arrivés.

Ryder était abasourdi. Tommy se leva en souriant.

— J'avais dit que je vous aurais, Craqueur, et je vous ai eu, remarqua-t-il.

— Que voulez-vous dire ? Qu'entendez-vous par Craqueur ? demanda M. Ryder.

— Vous trouverez ce mot dans la prochaine édition du dictionnaire de criminologie, répondit Tommy. Étymologie douteuse.

Il regarda autour de lui avec un joyeux sourire.

— Et tout cela sans le secours d'un « Fouineur », murmura-t-il, l'air radieux. Au revoir, Marriot. Je dois me rendre maintenant où m'attend l'heureuse fin de cette histoire. L'amour d'une femme est la plus belle récompense qui soit, et l'amour d'une femme m'attend justement chez moi – du moins je l'espère car, de nos jours, on ne sait jamais... Ce fut un travail très dangereux, Marriot. Connaissez-vous le capitaine Jimmy Faulkener ? C'est un danseur absolument merveilleux. Quant à sa science des cocktails... ! Eh oui ! Marriot, un travail rudement dangereux que vous nous avez confié là !

11

LE MYSTÈRE DE SUNNINGDALE

— Tu sais où nous allons déjeuner aujourd'hui, Tuppence ?

Mme Beresford réfléchit.

— Au *Ritz* ? suggéra-t-elle, pleine d'espoir.

— Cherche encore.

— Dans ce charmant petit restaurant de Soho ?

— Non, dit Tommy, dans un A.B.C. Regarde, c'est juste là.

Ils pénétrèrent alors dans un de ces restaurants populaires et s'installèrent dans un coin, à une table de marbre.

— C'est parfait, dit Tommy en s'asseyant, content de lui. Ça ne pourrait pas être mieux.

— D'où te vient cet engouement soudain pour la vie ordinaire ?

— *Vous regardez, Watson, mais vous ne remarquez rien.* Je me demande si l'une de ces hautaines demoiselles va nous apercevoir. Formidable ! En voilà une qui vient par ici. Il est vrai qu'elle a l'air de penser à tout autre chose, mais son subconscient est sans aucun doute occupé d'œufs au jambon et de tasses de thé. Une côtelette avec frites et un double café, s'il vous plaît, mademoiselle, du pain, du beurre, et pour Madame, une assiette de langue froide.

La serveuse répétait la commande d'un ton méprisant quand Tuppence l'interrompit.

— Non, pas de côtelette avec frites pour ce monsieur. Il prendra un gâteau au fromage et un verre de lait.

— Un gâteau au fromage et un verre de lait, répéta la serveuse sur un ton, si possible, encore plus méprisant.

Et toujours aussi distraite, elle repartit.

— C'était tout à fait déplacé, remarqua Tommy froidement.

— Mais j'ai raison, non ? Tu es bien le Vieil Homme dans le coin ? Où est ton bout de ficelle ?

Tommy sortit de sa poche une longue ficelle emmêlée, à laquelle il entreprit de faire deux nœuds.

— J'étais parfait, murmura-t-il.

— Tu as pourtant fait une erreur en passant ta commande.

— Les femmes prennent tout au pied de la lettre, dit Tommy. S'il y a bien quelque chose que je déteste, c'est le lait. Et les gâteaux au fromage ont toujours l'air tellement jaunes.

— Pense à ton personnage, dit Tuppence, et regarde-moi commencer ma langue froide. Pas mauvais, la langue froide. Et maintenant, je suis prête à incarner Mlle Polly Burton. Fais un gros nœud et vas-y.

— M'exprimant en dehors de l'exercice de mes fonctions, je me permets de préciser ceci, entama Tommy. Ça ne marche pas fort ces temps-ci. Donc, si les affaires ne viennent pas à nous, nous irons aux affaires. Nous allons mettre notre intelligence au service d'un des plus grands mystères actuels. Ce qui m'amène au Mystère de Sunningdale.

— Ah ! le Mystère de Sunningdale ! s'écria Tuppence, très intéressée.

Tommy sortit un morceau de journal froissé de sa poche et l'étala sur la table.

— C'est la dernière photographie du capitaine Sessle, parue dans le *Daily Leader.*

— Ça alors, je me demande comment il est possible que ces journaux n'aient pas plus de procès, remarqua

Tuppence. On peut voir que c'est un homme, c'est évident.

— Quand je dis le Mystère de Sunningdale... je devrais dire le prétendu Mystère de Sunningdale, poursuivit rapidement Tommy. Pour la police, c'est peut-être un mystère, mais pas pour un esprit supérieur.

— Fais encore un nœud, dit Tuppence.

— Je ne sais pas ce dont tu te souviens à propos de l'affaire, continua Tommy.

— Tout, mais je ne voudrais pour rien au monde te priver de ton plaisir.

— Cette découverte macabre sur le terrain de golf de Sunningdale date d'il y a exactement trois semaines. Alors qu'ils se livraient aux joies d'une partie matinale, deux membres du club, horrifiés, trouvèrent le corps d'un homme gisant face contre terre, sur le septième tee. Sans même l'avoir retourné, ils reconnurent le capitaine Sessle, personnage célèbre du club, qui portait toujours une veste de golf d'un bleu particulièrement éclatant.

» Le capitaine Sessle venait souvent s'exercer très tôt le matin, et on pensa en premier lieu qu'il avait eu un malaise cardiaque. Mais l'examen médical révéla qu'il avait été assassiné, frappé en plein cœur par un objet plutôt saugrenu : une épingle à chapeau. Et l'examen prouva aussi qu'il était mort depuis au moins douze heures.

» L'affaire se présentait maintenant sous un tout autre aspect, et des faits très intéressants furent mis en lumière. La dernière personne à l'avoir vu vivant, M. Hollaby, son ami et associé dans la compagnie d'assurances Le Porc-Épic, raconta l'histoire suivante :

» Sessle et lui avaient fait une partie de golf dans la journée. Après le thé, le capitaine lui avait proposé de jouer encore quelques trous avant la tombée de la nuit. Il avait accepté. Sessle paraissait en pleine forme et de très bonne humeur. Comme ils avançaient vers le sixième green, Hollaby aperçut une femme sur le sentier communal qui traverse le terrain. Elle lui parut grande et habillée en marron, mais il n'y fit pas plus attention. Quant à Sessle, Hollaby était convaincu qu'il ne l'avait même pas remarquée.

» Ce sentier passe devant le septième tee, continua Tommy. La femme s'arrêta à l'autre bout, comme si elle attendait quelqu'un. Le capitaine Sessle fut le premier à atteindre le tee, tandis que M. Hollaby replaçait le mât dans son trou. En rejoignant le capitaine, il fut surpris de le trouver en pleine conversation avec cette femme. Mais comme il approchait, ils s'éloignèrent brusquement, et Sessle lui cria par-dessus son épaule : “Je reviens tout de suite.”

» Ils marchèrent côte à côte, plongés dans leur conversation, puis disparurent de sa vue au moment où le sentier quitte le terrain de golf et rejoint la route de Windlesham, en passant entre deux haies de jardins mitoyens.

» Le capitaine Sessle réapparut deux minutes plus tard, à la grande satisfaction de Hollaby, car ils étaient suivis de près par deux autres joueurs et la nuit tombait rapidement. Ils recommencèrent à jouer, mais Hollaby eut l'impression que quelque chose avait bouleversé son compagnon. Non seulement il *drivait* mal, mais il avait l'air préoccupé, et répondait à peine à ses remarques. Il était distrait.

» Ils jouèrent cependant ce trou et le huitième, puis le capitaine Sessle déclara brusquement que la lumière était trop mauvaise et qu'il rentrait chez lui. Il prit un autre de ces sentiers qui menaient à la route de Windlesham, un raccourci qui le conduisait à son bungalow. C'est alors qu'arrivèrent les deux autres joueurs, le commandant Barnard et M. Lecky, à qui Hollaby parla du soudain changement d'humeur du capitaine Sessle.

Eux aussi l'avaient vu en pleine conversation avec cette femme, mais ils se trouvaient trop loin pour distinguer son visage. Ils se demandèrent tous les trois ce qu'elle avait bien pu lui dire pour le troubler à ce point.

» Ils retournèrent au club ensemble et, pour autant qu'on l'ait su à ce moment-là, ce furent les dernières personnes à avoir vu Sessle vivant. C'était un mercredi, et c'est le jour où on délivre des billets à tarif réduit pour Londres. Ce jour-là, comme à son habitude, le couple qui avait la charge du petit bungalow du capitaine Sessle était allé en ville. Ils rentrèrent par le dernier train, pénétrèrent dans la maison, persuadés que leur maître était dans sa chambre et dormait déjà. Quant à Mme Sessle, sa femme, elle était allée rendre visite à des amis.

» L'assassinat du capitaine devint le principal sujet de conversation. Personne ne comprenait le mobile. On s'interrogeait avec passion, mais sans résultat, sur l'identité de la grande femme en marron. Bien sûr, la police fut accusée de négligence – très injustement, comme l'avenir allait le montrer. En effet, une semaine plus tard, on arrêtait une dénommée Doris Evans et on l'inculpait de meurtre sur la personne du capitaine Anthony Sessle.

» La police n'avait que de très maigres indices à sa disposition : une mèche de cheveux blonds trouvés dans la main du mort, et quelques fils de laine rouge accrochés à un bouton de sa veste bleue. Une enquête minutieuse, menée à la gare et ailleurs, avait révélé les faits suivants :

» Une jeune fille, vêtue d'une veste et d'une jupe rouge, était arrivée par le train vers 21 heures ce soir-là et avait demandé quelle direction prendre pour se rendre chez le capitaine Sessle. La même jeune fille était réapparue à la gare deux heures plus tard très agitée, le chapeau de travers et les cheveux en bataille. Elle s'était renseignée sur les horaires des trains en partance pour Londres, regardant sans cesse par-dessus son épaule comme si elle avait peur d'être suivie.

» Notre police est admirable à bien des égards. Se basant sur ce maigre témoignage, elle réussit à retrouver la trace de la fille et à l'identifier comme étant Doris Evans. On l'accusa du meurtre et on la prévint que tout ce qu'elle dirait pourrait être utilisé contre elle, mais elle n'en persista pas moins à vouloir faire une déclaration, déclaration qu'elle répéta sans aucune variante notable au cours des interrogatoires suivants. Son histoire était la suivante :

» Dactylo de profession, elle avait fait un soir la connaissance, au cinéma, d'un monsieur bien habillé à qui, selon ses dires, elle avait plu. Il lui avait déclaré s'appeler Anthony et l'avait invitée à venir chez lui, à Sunningdale. Elle ignorait alors, et n'avait d'ailleurs jamais su, qu'il était marié. Ils étaient convenus qu'elle viendrait le voir le mercredi suivant – le jour, où les domestiques, ainsi que sa femme, devaient être absents. Pour finir, il lui avait donné son nom complet, Anthony Sessle, ainsi que celui de sa maison.

» Elle était arrivée au bungalow comme prévu le soir en question et avait été accueillie par Sessle qui venait de rentrer du golf. Il avait eu beau prétendre être ravi de la voir, la jeune fille insista sur le fait que son attitude lui avait paru tout de suite étrange, différente de ce qu'elle était auparavant. Une peur irraisonnée l'avait envahie et elle regrettait vivement d'avoir accepté cette invitation.

» Après un repas tout prêt et assez simple, Sessle lui avait proposé d'aller faire une promenade. La jeune fille donnant son accord, ils descendirent la rue et prirent le petit sentier qui traversait le terrain de golf. Et là, tout à coup, au moment où ils atteignaient le septième tee, Sessle était devenu complètement fou. Il sortit un revolver de sa poche, le brandit en déclarant qu'il était au bout du rouleau. "Tout doit disparaître ! Je suis ruiné... fichu ! Vous allez partir avec moi. Je vous tuerai d'abord... moi ensuite. Ils trouveront nos corps côte à côte demain matin... unis dans la mort !" Il lui avait agrippé le bras et Doris Evans, comprenant qu'elle était face à un fou, avait fait des efforts désespérés pour se dégager ou, tout au moins, pour lui prendre son revolver. C'est sans doute au cours de cette lutte qu'il lui avait arraché une mèche de cheveux et les fils de laine qu'on trouva accrochés à son bouton.

» Finalement, elle avait réussi à se libérer et avait couru à perdre haleine à travers le terrain de golf, s'attendant à chaque instant à être abattue d'une balle de revolver. Elle avait trébuché et était tombée deux fois dans la bruyère, mais elle avait fini par retrouver la route et la gare, et par comprendre qu'elle n'était pas poursuivie.

» Telle est la version de Doris Evans, et elle n'a jamais variée. Elle nie énergiquement l'avoir frappé avec une épingle à chapeau, ce qui pourtant aurait été naturel, vu les circonstances ; mais elle dit peut-être vrai. À sa décharge, on a trouvé un revolver dans les buissons d'ajoncs, non loin du cadavre. Il n'avait pas servi.

» Doris Evans a été déférée devant le tribunal, mais le mystère demeure. Si elle dit vrai, dans ce cas qui a planté l'épingle dans le cœur du capitaine ? L'autre femme, la grande en marron, dont la présence l'a tant bouleversé ? À ce jour, personne n'a encore pu expliquer son rôle dans l'affaire. Elle est tout à coup apparue sur le terrain de golf, puis a disparu dans le sentier, et on n'a plus jamais entendu parler d'elle. Qui était-elle ? Habitait-elle la région ? Était-elle venue de Londres ? Et, dans ce cas, en voiture ou par le train ? Mise à part sa taille, elle semble n'avoir rien de remarquable puisque personne ne parvient à la décrire. Cela ne peut pas être Doris Evans qui, elle, est petite et blonde et qui, de plus, arrivait à ce moment-là à la gare.

— Et sa femme ? suggéra Tuppence. *Quid* de Mme Sessle ?

— Bonne tentative. Mais Mme Sessle est petite, elle aussi, et M. Hollaby l'a déjà vue plusieurs fois. Par ailleurs, nous sommes sûrs qu'elle ne se trouvait pas chez elle, mais bien chez des amis. Un fait nouveau est apparu depuis : la compagnie d'assurances Le Porc-Épic est en liquidation. Les comptes ont révélé des détournements de fonds considérables. Les propos insensés que le capitaine Sessle a tenus à Doris Evans s'expliquent donc parfaitement. Il piochait certainement dans la caisse depuis quelques années. Mais ni M. Hollaby ni son fils n'en ont jamais rien soupçonné. Ils sont pratiquement ruinés.

» L'affaire se présente donc ainsi : le capitaine Sessle était sur le point d'être déshonoré et ruiné. Le suicide aurait été l'hypothèse la plus vraisemblable, mais la nature de la blessure l'exclut. Qui l'a tué ? Doris Evans ? La mystérieuse dame en marron ?

Tommy s'interrompit, but une gorgée de lait, fit la grimace et mordit prudemment dans son gateau au fro mage.

— Bien sûr, murmura Tommy, j'ai compris tout de suite où se trouvait le nœud de l'affaire et pourquoi la police faisait fausse route.

— Ah, oui ? s'écria Tuppence.

Tommy secoua tristement la tête.

— Je le voudrais bien... Le rôle du Vieil Homme dans le coin est très facile, mais jusqu'à un certain point. La solution m'échappe. Qui a tué ce type ? Je n'en sais rien.

Il sortit encore quelques coupures de journal de sa poche :

— Suite des présentations : voici M. Hollaby, son fils, Mme Sessle, Doris Evans.

— De toute façon, ce n'est pas Doris Evans qui l'a tué. Pas avec une épingle à chapeau, dit-elle en examinant sa photo.

— D'où te vient cette certitude ?

— Son air à la lady Molly. Elle a les cheveux courts. De toute façon, qu'elles aient les cheveux courts ou longs, il n'y a pas une femme sur vingt, aujourd'hui, qui se sert d'épingles à chapeau. De nos jours, les chapeaux sont enfoncés et tiennent sur la tête sans avoir recours à ce type d'accessoires.

— Elle aurait quand même pu en avoir une sur elle...

— Mon cher ami, nous ne les gardons pas en souvenir ! Pourquoi diable serait-elle venue à Sunningdale avec une épingle à chapeau ?

— Dans ce cas, c'est l'autre, la femme en marron.

— Dommage qu'elle soit si grande, sinon cela aurait pu être sa femme. Je me méfie toujours des épouses qui sont justement absentes au moment du crime et qu'on ne peut donc pas soupçonner. Si elle a découvert que son mari avait une liaison avec cette fille, il serait tout à fait logique qu'elle lui ait sauté dessus avec une épingle à chapeau.

— Je vais devoir être prudent, si je comprends bien, remarqua Tommy.

Mais Tuppence ne releva pas.

— Les Sessle étaient comment ? demanda-t-elle soudain. Quelle réputation avaient-ils ?

— Pour autant que je sache, ils étaient appréciés et paraissaient très attachés l'un à l'autre. C'est pourquoi toute cette histoire avec la fille a l'air si bizarre. C'est vraiment inattendu de la part d'un homme comme lui. C'est un ancien militaire qui s'est trouvé à la tête d'un peu d'argent et s'est lancé dans une affaire d'assurances. Le dernier homme au monde qu'on pourrait soupçonner d'être un escroc.

— Est-il absolument certain que ç'ait été un escroc ? Et si c'étaient les deux autres qui avaient pris l'argent ?

— Les Hollaby ? Mais ils disent à qui veut l'entendre qu'ils sont ruinés !

— C'est ce qu'ils disent, en effet. Mais ils ont peut-être tout déposé dans une autre banque, sous un autre nom. Je dis ça comme ça, mais tu vois où je veux en venir. Imagine qu'ils aient spéculé avec cet argent pendant un moment, à l'insu de Sessle, et qu'ils aient tout perdu. Cela tomberait rudement bien que Sessle soit justement mort à ce moment-là.

Tommy pianotait sur la photographie de M. Hollaby.

— Alors tu accuses ce respectable gentleman d'avoir tué son ami et associé ? Tu oublies qu'il a quitté le terrain de golf devant Barnard et Lecky, et qu'il a passé la soirée au club. Et puis il y a l'épingle à chapeau.

— Au diable cette épingle à chapeau ! s'écria Tuppence, agacée. Parce que, pour toi, c'est la preuve que le crime a été commis par une femme ?

— Évidemment. Tu ne crois pas ?

— Non. Les hommes sont vieux jeu, c'est bien connu. Il mettent un temps fou à se débarrasser de leurs idées préconçues. Dans leur esprit, épingles à chapeau et épingles à cheveux sont associées au sexe féminin, et par conséquent « armes de femmes ». C'était peut-être le cas autrefois, mais maintenant elles sont toutes les deux démodées. Il y a au moins quatre ans que je n'ai pas touché une de ces épingles.

— Alors, tu penses...

— ... que c'est un homme qui a tué Sessle. Il s'est servi d'une épingle à chapeau pour faire croire à un crime de femme.

— Cela mérite réflexion, reconnut Tommy. C'est extraordinaire comme les choses paraissent plus logiques quand on en discute.

Tuppence hocha la tête.

— Si l'on adopte le bon point de vue, tout doit se mettre en place logiquement. Rappelle-toi ce que disait Marriot à propos de celui de l'amateur, qu'il avait le mérite de la *familiarité*. Nous connaissons des gens comme le capitaine Sessle et sa femme. Nous savons ce qu'ils sont ou non capables de faire. Et nous en avons chacun une connaissance particulière.

Tommy sourit.

— Si je comprends bien, tu te considères comme une autorité en ce qui concerne les femmes coiffées à la Jeanne d'Arc ou à la garçonne, et tu estimes avoir une connaissance approfondie de ce qu'une épouse peut faire ou ressentir ?

— En quelque sorte, oui.

— Et moi ? Ai-je des connaissances particulières ? Concernant par exemple les maris qui séduisent les filles...

— Non, répliqua Tuppence gravement. Toi, tu connais le parcours pour l'avoir fréquenté, non pas en tant que détective cherchant un indice, mais en tant que joueur. Tu connais le golf et tu sais ce qui peut faire perdre ses moyens à quelqu'un.

— Ce devait être quelque chose de vraiment sérieux pour avoir mis Sessle dans un état pareil. Avec deux de handicap, il s'est mis à jouer comme un débutant à partir du septième tee, d'après ce qu'on dit.

— Qui le dit ?

— Barnard et Lecky. Ils jouaient juste derrière lui, rappelle-toi.

— C'est-à-dire après qu'ils eurent rencontré cette femme... la grande femme en marron. Ils l'ont vue lui parler, n'est-ce pas ?

— Oui... du moins...

Tommy s'interrompit. Tuppence le regarda, intriguée. Il fixait intensément le bout de ficelle qu'il avait dans la main.

— Tommy... qu'est-ce qui se passe ?

— Silence, Tuppence. Je suis en train de jouer le sixième trou à Sunningdale. Sessle et le vieux Hollaby terminent le trou sur le sixième green, devant moi. La nuit tombe, mais je vois assez clairement le bleu de la veste de Sessle. Et à ma gauche, une femme arrive sur le sentier. Elle ne vient pas du terrain réservé aux femmes – qui est sur ma droite –, sinon je l'aurais vue. Mais c'est bizarre que je ne l'aie pas vue avant – à partir du cinquième trou, par exemple.

Il s'arrêta un instant.

— Tu disais, Tuppence, que je connais le parcours. Eh bien, il y a une petite hutte, une espèce d'abri en tourbe juste derrière le sixième tee. N'importe qui aurait pu attendre là... le bon moment. Et y changer son apparence. Je veux dire... d'après toi, Tuppence : est-ce qu'il serait difficile pour un homme de se déguiser en femme, puis de reprendre son véritable aspect ? Pourrait-il mettre une jupe par-dessus une culotte de golf, par exemple ?

— Certainement. La femme paraîtrait un peu enveloppée, c'est tout. Elle pourrait enfiler une jupe longue, disons marron, un pull-over marron, couleur que portent aussi bien les hommes que les femmes, et un chapeau de feutre sur lequel on aurait épinglé une touffe de cheveux bouclés de chaque côté. Cela suffirait – à condition, bien sûr, qu'on la voie de très loin. Il enlève la jupe, le chapeau et les boucles, met la casquette qu'il pouvait tenir roulée dans sa main, et le voilà redevenu un homme.

— Et combien de temps faut-il pour cette transformation ?

— De femme en homme, une minute et demie à peu près. Probablement moins. Dans l'autre sens, davantage : il faudrait arranger un peu le feutre et les boucles, et tirer sur la jupe qui aurait tendance à s'accrocher à la culotte de golf.

— Ça n'a pas d'importance. Ce qui compte, c'est le temps nécessaire à la transformation en homme. Comme je te l'ai dit, je joue le sixième trou. La femme en marron a maintenant atteint le septième tee. Elle le traverse et attend. Sessle va vers elle, avec sa veste bleue. Ils restent ensemble une minute, puis suivent le sentier qui contourne les arbres et disparaissent. Hollaby est seul sur le tee. Deux ou trois minutes passent. Je suis de nouveau sur le green. L'homme à la veste bleue revient et *drive* lamentablement. Il fait de plus en plus sombre. Mon partenaire et moi, nous avançons. Devant nous, les deux autres, Sessle coupant, calottant, faisant tout ce qu'il ne faut pas faire. Au huitième green, je le vois s'écarter et disparaître dans le sentier. Que lui est-il arrivé pour qu'il se soit mis à jouer comme une autre personne ?

— La rencontre avec la femme en marron – ou avec l'homme, si tu penses que c'était un homme.

— Exactement, et là où ils étaient – hors de vue – il y a d'énormes buissons. Jeté là, un corps aurait toutes les chances d'y rester caché jusqu'au matin.

— Tommy ! Alors tu penses que c'est à ce moment-là... Mais on aurait entendu quelque chose...

— Entendu quoi ? D'après les médecins, la mort a été immédiate. J'ai vu ce genre de mort pendant la guerre. En règle générale, l'homme ne crie pas, il pousse un gémissement, ou un soupir... Bref, Sessle approche du septième tee, la femme le rejoint et lui parle. Il reconnaît peut-être en elle un homme de ses relations. Curieux d'apprendre pourquoi il porte ce déguisement, il se laisse entraîner sur le sentier, hors de vue. Tout en marchant, l'autre le frappe avec l'épingle à chapeau. Sessle tombe, mort. L'autre tire son cadavre jusque dans les buissons, lui enlève sa veste bleue, la met, cache quelque part sa jupe et son chapeau, et revient vers le tee. Tout cela a pu se faire en trois minutes. Ceux qui le suivent ne peuvent voir son visage, ils ne voient que la veste bleue qu'ils connaissent si bien. Ils ne doutent pas un instant qu'il s'agit bien de Sessle, mais il ne joue pas comme Sessle. Ils prétendent tous qu'il ne jouait pas comme d'habitude. Bien sûr puisque c'était un autre homme.

— Mais...

— Argument numéro deux. En invitant cette jeune fille à venir le voir, il agissait aussi comme *un autre homme.* Ce n'est pas Sessle qui a rencontré Doris Evans au cinéma et qui l'a fait venir à Sunningdale, c'est un homme qui se faisait appeler Sessle. Rappelle-toi que Doris Evans a été arrêtée seulement quinze jours après le crime. Elle n'a jamais vu le corps. Si elle l'avait vu, elle aurait sans doute étonné tout le monde en déclarant que ce n'était pas l'homme qui l'avait emmenée sur le terrain de golf ce soir-là et qui lui avait parlé de se suicider avec tant de violence. Une manœuvre ingénieuse : la fille invitée le mercredi, jour où la maison de Sessle est vide, puis l'épingle à chapeau pour faire porter les soupçons sur une femme. L'assassin attend la fille, la fait entrer dans le bungalow, lui offre à manger, puis l'emmène sur le terrain ; et quand il arrive sur la scène du crime, il brandit son revolver et lui fait une peur bleue. Elle s'enfuit en courant et il n'a plus qu'à tirer le cadavre hors des buissons et à l'abandonner sur le tee. Puis il jette son revolver dans les fourrés, fait un paquet de sa jupe et de son chapeau et – pure supposition de ma part, je le reconnais – va jusqu'à Woking, qui n'est qu'à neuf ou dix kilomètres, et de là rentre à Londres.

— Attends une minute, dit Tuppence. Que devient Hollaby dans cette histoire ? Tu ne l'as pas expliqué.

— Hollaby ?

— Oui. Je veux bien admettre que ceux qui étaient loin derrière ne pouvaient pas voir s'il s'agissait ou non de Sessle. Mais ne me dis pas que celui qui jouait avec lui était à ce point hypnotisé par sa veste bleue qu'il en a oublié de regarder son visage.

— Ma chère, c'est bien là que je voulais en venir, dit Tommy. Hollaby savait, bien sûr. Comme tu vois, j'ai adopté ta théorie : Hollaby et son fils sont les véritables escrocs. L'assassin devait obligatoirement très bien connaître Sessle, savoir par exemple que ses domestiques étaient toujours absents le mercredi et que ce jour-là sa femme ne serait pas là non plus. C'était aussi quelqu'un qui pouvait faire faire un double de la clé de la maison de Sessle. Hollaby junior remplit toutes ces conditions. Il est à peu près du même âge et de la même taille que Sessle, et imberbe comme lui. Doris Evans a probablement vu dans les journaux de nombreuses photographies de la victime, mais comme tu l'as remarqué toi-même, tout ce qu'on peut dire en les regardant c'est qu'il s'agit bien d'un homme.

— Elle n'a pas vu Hollaby au tribunal ?

— Le fils n'a jamais été appelé à comparaître. Pourquoi l'aurait-on fait ? Il n'avait aucun témoignage à apporter. C'est sur le vieux Hollaby, avec son alibi irréprochable, que l'attention s'est portée. Personne ne s'est même inquiété de savoir ce que le fils avait bien pu faire ce soir-là.

— Tout s'enchaîne parfaitement, reconnut Tuppence. Est-ce que tu vas aller raconter ça à la police ? ajouta-t-elle au bout d'un moment.

— Je ne sais pas si on m'écouterait.

— Bien sûr qu'on vous écouterait ! dit de façon inattendue une voix derrière lui.

Tommy se retourna. L'inspecteur Marriot était assis à la table voisine, devant un œuf poché.

— Je viens souvent déjeuner ici, remarqua celui-ci. Comme je vous le disais, on vous écouterait certainement. D'ailleurs, je vous ai écouté. Je dois vous avouer que les comptes de la compagnie Le Porc-Épic nous ont toujours paru bizarres. Nous soupçonnions ces Hollaby, mais n'avions pas de preuves. Ils étaient trop malins. Puis ce meurtre a eu lieu, il remettait en cause toutes nos suppositions. Mais maintenant, grâce à vous deux, nous allons confronter le jeune Hollaby et Doris Evans, et voir si celle-ci le reconnaît. À mon avis, cela ne fait pas de doute. Très ingénieux de votre part, l'idée de la veste bleue. Je veillerai à ce qu'on en attribue le mérite aux Fins Limiers de Blunt.

— Vous êtes un homme admirable, inspecteur Marriot, dit Tuppence, reconnaissante.

— Nous pensons grand bien de vous, au Yard, répliqua l'impassible gentleman. Vous en seriez surpris. Puis-je me permettre de vous demander, monsieur, ce que signifie ce bout de ficelle ?

— Rien, répondit Tommy en le mettant dans sa poche. Une de mes mauvaises habitudes. Quant à ce gâteau au fromage et à ce lait, je suis au régime. Dyspepsie nerveuse. La maladie des hommes d'action.

— Ah ! dit l'inspecteur. Je pensais que vous aviez peut-être lu... mais, peu importe.

Mais ses yeux pétillaient.

12

LA MAISON DE LA MORT QUI RÔDE

— Qu'est-ce que... ?

Tuppence, qui venait d'entrer dans le bureau de M. Blunt, s'arrêta net en voyant son seigneur et maître l'œil rivé sur le judas qui permettait de surveiller l'entrée.

— Chut ! fit Tommy. Tu n'as pas entendu la sonnette ? C'est une jeune fille... plutôt jolie... même très jolie. Albert est en train de lui servir notre astuce habituelle : mon entretien téléphonique avec Scotland Yard.

— Laisse-moi regarder, dit Tuppence.

Tommy s'écarta de mauvaise grâce et Tuppence, à son tour, colla son œil sur le trou.

— Pas mal, reconnut-elle. Et habillée à la dernière mode.

— Elle est tout simplement ravissante, répliqua Tommy. Elle me fait penser à ces héroïnes de Mason, terriblement belles et sympathiques, incontestablement intelligentes, mais sans vanité. Je crois bien que je vais incarner le grand Hanaud, ce matin.

— Ah, oui !... S'il y a un détective auquel tu ne ressembles pas, c'est bien Hanaud. Es-tu capable de changer de personnalité en un éclair ? De jouer le grand comédien, le gratte-papier, l'ami sérieux et sympathique en moins de cinq minutes ?

— Ce que je sais, riposta Tommy en tapant du poing sur son bureau, c'est que je suis le capitaine du navire. Je te prie de ne pas l'oublier, Tuppence. Je vais la faire entrer.

Il sonna et Albert introduisit aussitôt la cliente. Sur le seuil, celle-ci marqua un temps d'arrêt. Tommy alla à sa rencontre.

— Entrez, mademoiselle, dit-il aimablement. Asseyez-vous.

Tuppence s'étrangla. Tommy se retourna, changeant brusquement de comportement.

— Vous avez dit quelque chose, mademoiselle Robinson ? Ah ! bon, c'est bien ce qui me semblait, fit-il d'un air menaçant.

Il revint à la jeune fille.

— Ne nous attardons pas sur les formalités et racontez-moi simplement ce qui vous amène. Nous essaierons ensuite de trouver la meilleure façon de vous aider.

— Vous êtes très aimable, dit la fille. Excusez-moi mais... êtes-vous étranger ?

Tuppence s'étrangla de nouveau. Tommy la foudroya du regard.

— Pas exactement, répondit-il avec effort. Mais j'ai beaucoup travaillé hors de nos frontières depuis quelques années, et j'ai adopté les méthodes de la Sûreté française.

— Oh ! s'exclama la jeune fille, impressionnée.

Comme Tommy l'avait souligné, elle était vraiment charmante : jeune et svelte, avec de grands yeux sérieux et des mèches blondes qui s'échappaient de son petit chapeau de feutre marron.

La jeune fille était nerveuse, c'était évident. Elle ne cessait d'ouvrir et de refermer la boucle de son sac laqué rouge.

— Je m'appelle Lois Hargreaves. J'habite Thurnly Grange, une grande maison sans style, au cœur du pays, tout près de Thurnly, un petit village sans rien de particulier. On y chasse en hiver, on y joue au tennis en été, et je ne m'y suis jamais sentie seule. En fait, je préfère vivre à la campagne plutôt qu'à la ville.

» Si je vous raconte tout ça, c'est pour vous faire comprendre que dans un village comme le nôtre, le moindre événement revêt une importance considérable. Il y a une semaine environ, j'ai reçu une boîte de chocolats par la poste. Rien n'en indiquait la provenance. En ce qui me concerne, je ne suis pas particulièrement amateur de chocolat, mais ce n'est pas le cas des autres personnes de la maison, j'ai donc fait circuler la boîte. Mais tous ceux qui ont goûté à ces chocolats sont tombés malades. Après enquête sur ce que chacun avait pu manger, le docteur a fait analyser le reste des chocolats... Eh bien, monsieur Blunt, ces chocolats contenaient de l'arsenic ! En quantité insuffisante pour tuer, mais suffisante pour rendre malade n'importe qui...

— Incroyable, dit Tommy.

— Cette histoire a interloqué le Dr Burton. Apparemment, c'est la troisième fois qu'un incident pareil se produit dans les environs. Toujours dans une grande maison, dont tous les habitants tombent malades après avoir goûté à ces mystérieux chocolats. Comme si quelqu'un de la région, un faible d'esprit, avait conçu une farce diabolique.

— Possible, mademoiselle Hargreaves.

— À mon avis, c'est absurde, mais le Dr Burton pense que les socialistes ne sont pas étrangers à cette histoire. En fait, il y a deux ou trois mécontents, à Thurnly, qui pourraient y être mêlés. Le Dr Burton a beaucoup insisté pour que je parle à la police.

— Bonne suggestion, remarqua Tommy. Mais, vous ne semblez pas l'avoir suivie, mademoiselle Hargreaves…

— Non, reconnut la jeune fille. Je crains le tapage et la publicité qui s'ensuivraient. Et puis, voyez-vous, je connais bien notre inspecteur de police et je ne peux pas l'imaginer découvrant quoi que ce soit ! J'avais plus d'une fois remarqué votre annonce, voilà pourquoi j'ai suggéré au Dr Burton de faire appel à un détective privé.

— Je vois...

— Dans cette annonce, vous insistez beaucoup sur votre discrétion. Cela signifie, j'imagine, que vous ne ferez aucune révélation publique sans mon consentement ?

Tommy la regarda avec étonnement, mais ce fut Tuppence qui prit la parole.

— Il me semble, dit-elle posément, qu'il vaudrait mieux que Mlle Hargreaves ne nous cache rien.

Elle avait insisté ostensiblement sur le dernier mot. Lois Hargreaves s'agita et rougit.

— Oui, s'empressa d'ajouter Tommy. Mlle Robinson a raison. Vous devez tout nous dire.

— Mais vous ne...

— Il est bien entendu que tout ce que vous nous direz restera confidentiel.

— Merci. Il est vrai que j'aurais dû être tout à fait franche avec vous. Il se trouve que j'ai une raison de ne pas vouloir impliquer la police : cette boîte de chocolats, monsieur Blunt, a été envoyée par un habitant de la maison !

— Comment savez-vous cela, mademoiselle ?

— C'est très simple. Dès que j'ai un crayon en main, j'ai l'habitude de faire un petit dessin ridicule, trois poissons entrelacés. Il y a quelque temps, un magasin de Londres m'a fait parvenir un colis de bas de soie. Je l'ai reçu à l'heure du petit déjeuner, alors que j'étais en train de marquer quelque chose sur le journal. Machinalement, j'ai dessiné mes ridicules petits poissons sur l'étiquette du paquet avant de couper la ficelle et de l'ouvrir. Cela m'était sorti de la tête, mais quand j'ai examiné le papier marron qui avait servi à emballer la boîte de chocolats, j'ai aperçu un coin de la même étiquette – le reste ayant été déchiré. Et mon dessin y figurait...

Tommy rapprocha sa chaise.

— C'est très grave. Comme vous le dites, il y a dans ces conditions de fortes présomptions pour que l'expéditeur des chocolats soit un membre de votre maison. Mais pardonnez-moi si je ne vois toujours pas en quoi cela vous empêche de vous adresser à la police.

— Je vais vous le dire, monsieur Blunt : je voudrais étouffer toute l'affaire, dit-elle avec assurance.

Tommy abandonna de bonne grâce ses positions.

— Dans ce cas, murmura-t-il, les choses sont claires.

Je suppose, mademoiselle, que vous n'êtes pas disposée à me donner le nom de celui que vous soupçonnez ?

— Je ne soupçonne personne... Disons qu'il existe des probabilités...

— Très bien. Maintenant, pourriez-vous me décrire en détail les gens qui habitent avec vous ?

— Les domestiques, à l'exception de la femme de chambre, sont tous chez nous depuis très longtemps. Il faut que vous sachiez, monsieur Blunt, que j'ai été élevée par ma tante, lady Radclyffe, qui était extrêmement riche. Son mari avait accumulé une grosse fortune et avait été fait chevalier. C'est lui qui avait acheté Thurnly Grange, mais il est mort deux ans après y avoir emménagé. C'est alors que lady Radclyffe m'a fait venir chez elle, car j'étais sa seule parente. Dans la maison, vivait aussi Dennis Radclyffe, le neveu de son mari que j'ai toujours appelé « cousin », bien qu'en réalité il ne me soit rien. Tante Lucy n'a jamais caché qu'elle avait l'intention de laisser toute sa fortune à Dennis, à l'exception d'une petite somme qui me serait réservée. L'argent de Radclyffe doit aller à un Radclyffe, disait-elle. Mais, un jour, alors que Dennis avait vingt-deux ans, ils se sont violemment querellés, à propos de dettes qu'il avait contractées, je crois. Et quand elle est morte, un an plus tard, j'ai découvert avec stupeur que c'est à moi qu'elle avait légué tout son argent. Ce fut un choc pour Dennis, et j'en étais tellement gênée que je lui aurais volontiers tout cédé, mais ce genre de choses ne se fait pas, paraît-il. Finalement, à vingt et un ans, j'ai fait un testament en sa faveur. C'était le moins que je puisse faire. Maintenant, si je suis renversée par une voiture, Dennis rentrera en possession de son bien.

— Exact, dit Tommy. Et puis-je me permettre de vous demander quand vous avez eu vingt et un ans ?

— Il y a exactement trois semaines.

— Ah ! Et pouvez-vous me dire qui occupe la maison actuellement ?

— Les domestiques ou... d'autres personnes ?

— Les deux.

— Comme je vous l'ai déjà dit, les domestiques sont là depuis longtemps. Il y a la cuisinière, la vieille Mme Holloway, et sa nièce Rose, la fille de cuisine. Puis deux femmes de chambre : Hannah, qui était au service de ma tante et qui lui était très dévouée, et Esther Quant, une fille douce et paisible. En dehors des domestiques, il y a Mlle Logan, qui était l'amie de tante Lucy et qui dirige maintenant la maison pour moi, le capitaine Radclyffe – Dennis –, et enfin Mary Chilcott, une de mes anciennes camarades de classe qui séjourne chez nous en ce moment.

— Tout cela me paraît simple et clair, mademoiselle Hargreaves, dit Tommy au bout d'une ou deux minutes. J'imagine que vous n'avez aucune raison particulière de soupçonner l'une plutôt que l'autre de ces personnes ? Et que vous avez seulement peur de découvrir que le coupable... n'est pas, disons, un domestique ?

— C'est exactement ça, monsieur Blunt. Franchement, je ne sais pas du tout qui a pu utiliser ce papier. Les lettres étaient écrites en majuscules d'imprimerie.

— Je ne vois qu'une seule chose à faire, dit Tommy. Aller enquêter sur place.

La jeune fille parut perplexe. Après un instant de réflexion, Tommy poursuivit :

— Voici ce que je vous propose : vous allez annoncer l'arrivée de... disons M. et Mlle Van Dusen, des amis à vous. Des Américains. Vous sentez-vous capable de faire ça de façon naturelle ?

— Oh ! oui. Sans aucune difficulté. Quand viendrez-vous ? Demain ? Après-demain ?

— Demain, si vous voulez bien. Il n'y a pas de temps à perdre.

— D'accord.

La jeune fille se leva et lui tendit la main.

— Une chose encore, mademoiselle Hargreaves : personne ne doit savoir, absolument personne, que nous ne sommes pas ce que nous paraissons être.

Elle acquiesça et il la raccompagna.

— Que penses-tu de tout ça, Tuppence ? demanda-t-il ensuite.

— Ça ne me plaît pas, répondit-elle d'un ton ferme. Et ce qui me déplaît le plus, c'est que ces chocolats contiennent si peu d'arsenic.

— Qu'est-ce que tu veux dire ?

— Tu ne vois pas ? Tous ces chocolats n'ont été envoyés dans le voisinage que pour établir une fausse piste, pour accréditer l'idée qu'un maniaque sévit dans la région. Si bien que, quand la jeune fille sera réellement empoisonnée, on n'ira pas chercher plus loin. Sans ce bout d'étiquette, personne n'aurait jamais deviné que les chocolats avaient en fait été expédiés par quelqu'un de la maison.

— En effet, tu as raison. Tu penses qu'il s'agit d'une machination dirigée contre la jeune fille ?

— J'en ai peur. Je me rappelle avoir lu un article à propos du testament de la vieille Radclyffe. Cette petite a hérité d'un sacré paquet d'argent.

— Oui, et maintenant elle est majeure. Et elle a fait son testament il y a trois semaines. Cela n'est pas bon pour Dennis Radclyffe. Il a tout à gagner à la mort de Mlle Hargreaves.

Tuppence hocha la tête.

— Le pire, c'est qu'elle le pense aussi. Voilà pourquoi elle ne veut pas faire appel à la police. Elle le soupçonne déjà. Et elle doit être un peu voire très amoureuse de lui pour agir comme elle l'a fait.

— Dans ce cas, s'exclama Tommy, pensif, pourquoi

diable ne l'épouse-t-il pas ? Ce serait plus simple et moins dangereux.

Tuppence ouvrit de grands yeux.

— Tu as mis le doigt dessus ! Me voilà prête à entrer dans la peau de Mlle Van Dusen...

— Pourquoi sombrer dans le crime quand on a sous la main des moyens légaux de se satisfaire ?

Tuppence réfléchit un instant.

— J'y suis ! annonça-telle. Il a dû épouser une serveuse pendant qu'il était à Oxford. D'où sa dispute avec sa tante. Cela explique tout.

— Dans ce cas, pourquoi ne pas avoir envoyé les bonbons empoisonnés à la serveuse ? Cela aurait été beaucoup plus pratique. Si tu te dispensais de ces conclusions absurdes, cela me ferait plaisir.

— Ce sont des déductions, répliqua Tuppence, un peu vexée. Quoi qu'il en soit, c'est votre première corrida, mon ami, mais quand vous serez resté vingt minutes dans l'arène...

Tommy lui jeta un coussin à la tête.

— Tuppence, Tuppence, viens voir !

C'était l'heure du petit déjeuner, le lendemain matin. Tuppence se précipita hors de sa chambre et entra dans la salle à manger. Tommy marchait de long en large, tout en lisant un journal.

— Qu'est-ce qui se passe ?

Tommy lui tendit le journal qui avait pour une :

Mystérieux cas d'empoisonnement. Tués par des sandwichs aux figues.

Tuppence poursuivit sa lecture. Cette mystérieuse intoxication alimentaire s'était produite à Thurnly Grange. Jusqu'à présent, on déplorait la mort de Mlle Lois Hargreaves, propriétaire de la maison, et d'une femme de chambre, Esther Quant. Deux autres personnes, le capitaine Radclyffe et Mlle Logan, étaient portées gravement malades. L'origine de l'intoxication était à chercher dans une certaine pâte de figues utilisée en sandwichs, étant donné qu'une autre personne, Mlle Chilcott, qui n'en aurait pas mangé, était en bonne santé.

— Nous devons y aller immédiatement, dit Tommy. Une fille pareille ! Si épatante ! Pourquoi diable ne suis-je pas parti hier avec elle ?

— Si tu l'avais fait, tu aurais probablement mangé de cette pâte de figues à l'heure du thé et tu serais mort. Viens, partons tout de suite. D'après ce que je lis, on dit que Dennis Radclyffe serait sérieusement malade, lui aussi.

— Ce sale type ! Il simule, probablement.

Ils atteignirent le petit village de Thurnly vers midi. Une femme âgée leur ouvrit la porte de Thurnly Grange, les yeux rouges.

— Je ne suis ni journaliste ni rien de ce genre, déclara d'emblée Tommy sans lui laisser le temps de parler. Hier, Mlle Hargreaves m'a demandé de venir. Pourrais-je voir quelqu'un ?

— Le Dr Burton est là, si vous voulez lui parler, répondit la femme en hésitant. Ou Mlle Chilcott. C'est elle qui s'occupe de tout.

— Le Dr Burton, dit-il rapidement avec autorité. S'il est là, j'aimerais le voir immédiatement.

La femme les introduisit dans un petit salon. Cinq minutes après, un homme d'un certain âge, aux épaules voûtées, les rejoignit. Il avait l'air aimable, mais soucieux.

— Docteur Burton ? dit Tommy en lui montrant sa carte professionnelle. Mlle Hargreaves est venue me voir hier à propos des chocolats empoisonnés. À sa demande, je suis venu enquêter... hélas ! trop tard.

— Vous êtes monsieur Blunt ?

— Oui. Et voici mon assistante, Mlle Robinson.

Le médecin salua Tuppence et poursuivit :

— Étant donné les circonstances, je n'ai aucune

raison de vous cacher la vérité. Sans ces chocolats, j'aurais pu mettre ces morts sur le compte d'une intoxication alimentaire, mais une intoxication d'une virulence exceptionnelle, avec inflammation intestinale et hémorragie. Les faits étant ce qu'ils sont, j'ai donné la pâte de figues à analyser.

— Vous pensez à un empoisonnement à l'arsenic ?

— Non. Ce poison – si c'est bien un poison – est à la fois plus puissant et plus rapide. Plus proche d'une toxine végétale.

— Je vois. Et êtes-vous certain que le capitaine Radclyffe souffre du même type d'empoisonnement ?

— Le capitaine Radclyffe ne souffre plus d'aucun type d'empoisonnement.

— Ah ! s'écria Tommy, je...

— Il est mort ce matin à 5 heures.

Tommy fut abasourdi.

— Et Mlle Logan, l'autre victime ? demanda Tuppence alors que le médecin se préparait à partir.

— Puisqu'elle a survécu jusqu'ici, je pense qu'elle peut s'en sortir. Étant donné son âge, le poison a eu moins d'effet sur elle. Je vous tiendrai au courant du résultat des analyses, monsieur Blunt. En attendant, Mlle Chilcott se fera un plaisir de répondre à toutes vos questions.

La porte s'ouvrait justement, et une jeune fille entra. Elle était grande, avec un visage bronzé et des yeux bleus au regard franc. Le Dr Burton fit les présentations.

— Quelle horrible histoire, monsieur Blunt. Je suis heureuse que vous soyez venu, dit Mary Chilcott. Puis-je vous aider en quoi que ce soit ?

— D'où vient cette pâte de figues ?

— De Londres. C'est une marque que nous utilisons souvent. Et ce pot n'avait pas l'air différent des autres. Personne n'a rien remarqué. Je déteste les figues, ce qui explique que je sois indemne. Mais je n'arrive pas à comprendre comment Dennis, lui, a pu être affecté étant donné qu'il n'était pas là à l'heure du thé. Il en aura mangé une tartine en rentrant, sans doute.

Tommy sentit que Tuppence lui serrait le bras.

— À quelle heure est-il rentré ? demanda-t-il.

— Je ne sais pas, mais je peux me renseigner.

— Cela n'a pas d'importance. Merci, mademoiselle Chilcott. J'espère que vous ne voyez pas d'objections à ce que je pose quelques questions aux domestiques ?

— Je vous en prie, monsieur Blunt. Je suis bouleversée. Dites-moi... vous pensez à un acte criminel ? demanda-t-elle, angoissée.

— Je ne pense à rien pour l'instant. Mais nous le saurons bientôt.

— Oui. J'imagine que le Dr Burton va faire analyser la pâte de figues.

Elle sortit rapidement par la porte-fenêtre pour aller s'entretenir avec un jardinier.

— Occupe-toi des femmes de chambre, Tuppence. Moi, je vais aller voir à la cuisine, dit Tommy. En tout cas, si Mlle Chilcott se sent bouleversée, elle n'en a pas l'air.

Tuppence aquiesça.

Une demi-heure plus tard, ils se retrouvaient et confrontaient leurs résultats.

— La femme de chambre a mangé une des tartines qu'on a rapportées de la salle à manger, après le thé, c'est comme ça qu'elle a été touchée, dit Tommy. Mais la cuisinière est formelle : Dennis n'était pas encore rentré quand on a desservi. Alors, question : comment a-t-il été empoisonné ?

— Il est rentré à 18 h 45, dit Tuppence. La femme de chambre l'a vu arriver par la fenêtre. Il a pris un cocktail avant le dîner, dans la bibliothèque, et c'est après ça qu'il est tombé malade. Elle venait juste de débarrasser son verre et, par chance, j'ai pu m'en emparer avant qu'elle ne l'ait lavé.

— Bien, dit Tommy. Je vais apporter ce verre à Burton. Rien d'autre ?

— J'aimerais que tu voies Hannah, la femme de chambre. Elle est... elle est très bizarre.

— Qu'est-ce que tu entends par bizarre ?

— J'ai l'impression qu'elle a perdu la tête.

— Allons-y.

Tuppence lui montra le chemin. La femme de chambre disposait d'un petit salon au premier. Ils la trouvèrent, assise toute droite sur une chaise, une bible ouverte sur les genoux. Elle ne les regarda pas et continua sa lecture à haute voix :

— *Qu'ils soient recouverts de charbons ardents, que le feu les dévore dans le puits et qu'ils ne s'en relèvent jamais.*

— Puis-je vous parler une minute ? demanda Tommy.

Hannah l'écarta d'un geste impatient :

— Ce n'est pas le moment. Le temps presse. *Je suivrai mes ennemis, je les rattraperai et je ne m'en retournerai pas avant de les avoir tous anéantis.* C'est écrit. La voix de Dieu est descendue sur moi. Je suis le fléau de Dieu.

— Elle est cinglée, murmura Tommy.

— Elle n'arrête pas, lui chuchota Tuppence.

Un livre ouvert se trouvait à plat sur la table. Tommy le prit, jeta un coup d'œil au titre et le glissa dans sa poche.

La vieille femme se leva tout à coup et se tourna vers eux, menaçante.

— Sortez d'ici ! L'heure a sonné ! Je suis le fléau de Dieu. Comme le vent, je soufflerai la tempête. Les impies doivent périr. Cette maison est la maison du diable, je vous le dis. Prenez garde au courroux de Dieu, dont je suis la servante !

Elle se dirigea vers eux comme une forcenée. Considérant qu'il était plus sage d'obéir, Tommy et Tuppence se retirèrent. En fermant la porte, Tommy la vit reprendre sa bible.

— Je me demande si elle a toujours été comme ça, marmonna-t-il.

Il sortit de sa poche le livre qu'il avait subtilisé.

— Regarde ça. Drôle de lecture pour une femme de chambre inculte.

Tuppence prit le livre.

— *Materia Medica*, murmura-t-elle. Edward Logan, ajouta-t-elle après avoir regardé la page de garde. C'est un vieux livre. Est-ce qu'on ne pourrait pas aller voir Mlle Logan, Tommy ? Le Dr Burton dit qu'elle va mieux.

— Demandons à Mlle Chilcott.

— Non. Envoyons plutôt une femme de chambre auprès d'elle.

On leur fit bientôt savoir que Mlle Logan les attendait. Puis on les conduisit dans une grande chambre qui donnait sur la pelouse. Une vieille femme aux cheveux blancs reposait dans le lit, son visage aux traits fins altéré par la souffrance.

— J'ai été très malade, dit-elle d'une voix faible, et je ne peux pas parler longtemps. Ellen m'a dit que vous étiez des détectives. Lois est donc allée vous consulter ? Elle avait l'intention de le faire.

— Oui, mademoiselle Logan, dit Tommy. Nous ne voulons pas vous fatiguer, mais peut-être pourrez-vous répondre à quelques questions. Hannah, la femme de chambre... est-ce qu'elle a toute sa tête ?

Mlle Logan le regarda, très étonnée.

— Bien sûr que oui ! Elle est très pieuse, mais parfaitement saine d'esprit.

Tommy lui tendit le livre qu'il avait pris sur sa table.

— Est-ce qu'il est à vous, mademoiselle ?

— Oui. Il appartenait à mon père, un grand médecin, un pionnier dans le domaine des sérums, répondit-elle, la voix pleine de fierté.

— C'est ça. Je savais bien que ce nom me disait quelque chose, déclara Tommy, mentant effrontément. Et ce livre, vous l'avez prêté à Hannah ?

Mlle Logan se redressa, indignée.

— À Hannah ? Bien sûr que non. C'est beaucoup trop technique pour elle. Elle n'en comprendrait pas un traître mot.

— C'est bien ce qu'il me semblait. Et pourtant, je l'ai trouvé dans sa chambre.

— C'est scandaleux ! Les domestiques n'ont pas le droit de toucher à mes affaires.

— Où aurait-il dû se trouver ?

— Dans la bibliothèque de mon salon, ou attendez... je l'ai prêté à Mary. La chère enfant s'intéresse beaucoup aux herbes. Elle a fait quelques expériences chez moi. J'ai une petite cuisine, où je fabrique des liqueurs et des conserves selon de vieilles recettes. Cette chère Lucy – lady Radclyffe – ne jurait que par mon infusion de tanaisie, une merveille contre le rhume. Pauvre Lucy, elle était sujette aux rhumes. Dennis aussi. Cher petit, son père était mon cousin germain.

Tommy interrompit sa réflexion.

— À part vous et Mlle Chilcott, est-ce que quelqu'un d'autre se sert de votre cuisine ?

— Hannah y fait le ménage. Et elle y fait bouillir l'eau pour notre thé du matin.

— Merci, mademoiselle Logan, dit Tommy. Je n'ai pas d'autres questions pour le moment. J'espère que nous ne vous avons pas trop fatiguée.

Il descendit l'escalier, les sourcils froncés.

— Il y a là quelque chose que je ne comprends pas, cher monsieur Ricardo.

— Je déteste cette maison, dit Tuppence en frissonnant. Allons faire une grande promenade pour essayer de tirer les choses au clair.

Ils se mirent en route. Ils passèrent d'abord chez le médecin pour lui confier le verre dans lequel Dennis avait bu son cocktail, puis s'enfoncèrent dans la campagne tout en discutant de l'affaire.

— Cela facilite les choses de jouer les demeurés, remarqua Tommy. Tout ce cirque à la Hanaud. Certaines personnes pourraient penser que cela m'est égal. Mais c'est faux, je prends ça très à cœur. J'ai le sentiment que, Dieu sait comment, nous aurions pu empêcher ça.

— C'est stupide, dit Tuppence. Ce n'est pas comme si nous avions déconseillé à Lois Hargreaves de s'adresser à Scotland Yard. Rien n'aurait pu la convaincre de mêler la police à cette histoire. Si elle n'était pas venue nous chercher, elle n'aurait rien fait du tout.

— Et le résultat aurait été le même. C'est vrai, tu as raison, Tuppence. C'est idiot de se reprocher une chose à laquelle on ne peut rien. Mais maintenant, j'aimerais réparer.

— Ce qui ne sera pas facile.

— Non. Ce ne sont pas les hypothèses qui manquent, et pourtant elles paraissent toutes aussi incroyables et invraisemblables les unes que les autres. Si l'on suppose que Dennis Radclyffe a empoisonné les sandwichs, sachant qu'il ne serait pas là à l'heure du thé, cela paraît évident.

— Oui, mais le fait qu'il ait été empoisonné lui aussi semble le mettre hors de cause. Il y a une personne qu'il ne faudrait pas oublier cependant... c'est Hannah.

— Hannah ?

— Les gens mystiques font toutes sortes de choses étranges.

— Il faut dire qu'elle exagère. Tu devrais en toucher un mot au Dr Burton.

— À en croire Mlle Logan, cela a dû lui tomber dessus d'un seul coup.

— J'imagine que c'est ce qui se passe avec les mystiques, fit observer Tommy. Tu chantes des hymnes dans ta chambre à coucher pendant des années, la porte grande ouverte, et un beau jour tu bascules de l'autre côté et tu deviens violent.

— Hannah est certainement beaucoup plus suspecte que n'importe qui d'autre, remarqua Tuppence, pensive, et pourtant j'ai une idée...

Elle s'arrêta.

— Oui ? dit Tommy d'un ton encourageant.

— Ce n'est pas vraiment une idée. Ce serait plutôt un préjugé.

— Un préjugé contre quelqu'un ?

Tuppence hocha la tête.

— Mary Chilcott... est-ce qu'elle t'a plu, à toi ?

— Oui, je crois, dit-il après réflexion. Elle m'a fait l'impression d'être très compétente et très efficace – un peu trop peut-être... En tout cas c'est quelqu'un sur qui on peut compter. Tu ne trouves pas bizarre qu'elle n'ait pas eu l'air plus affectée ?

— Eh bien, dans un sens, ça joue en sa faveur. Je veux dire par là que si elle avait quelque chose à se reprocher, elle aurait surjoué.

— Sans doute, dit Tuppence. Et d'ailleurs, elle n'a guère de motif. On ne voit pas très bien ce qu'elle gagne à ces meurtres.

— Les domestiques ne sont pas suspects ?

— Il semble que non. Ils ont tous l'air de gens de confiance. Je me demande à quoi ressemblait cette Esther Quant, la femme de chambre.

— Parce que tu penses que si elle était jeune et belle, il y a des chances pour qu'elle ait été mêlée à tout ça ?

— Exactement, répondit Tuppence. C'est décourageant, ajouta-t-elle en soupirant.

— Oh, la police se débrouillera sûrement pour y voir plus clair.

— Sans doute, màis j'aurais voulu que ce soit nous. À propos, tu as remarqué les petites taches rouges que Mlle Logan a sur le bras ?

— Je ne crois pas. Qu'est-ce qu'elles ont, ces taches ?

— Elles ont l'air d'avoir été faites par une seringue hypodermique.

— Le Dr Burton lui a sans doute fait une injection quelconque.

— C'est bien possible. Mais il ne lui en aurait pas fait près de quarante !

— Droguée ? suggéra Tommy.

— J'y ai pensé, répliqua Tuppence, mais la cocaïne ou la morphine se détectent aussitôt dans le regard, et elle avait les yeux tout à fait normaux. Sans compter que ce n'est pas du tout son genre.

— C'est une vieille demoiselle respectable et qui craint Dieu, reconnut Tommy.

— Tout cela est bien compliqué, dit Tuppence. Nous avons beau parler, nous n'avançons pas d'un pouce. Bon, rentrons, sans oublier de nous arrêter chez le médecin en passant.

Un garçon dégingandé d'environ quinze ans leur ouvrit la porte.

— Le docteur est sorti, mais il a laissé un message pour vous.

Tommy le prit et l'ouvrit.

Cher monsieur Blunt,

Nous avons toutes les raisons de penser qu'on a employé comme poison le ricin, une phytotoxine particulièrement redoutable. N'en parlez à personne pour le moment.

Tommy laissa tomber le message, mais le ramassa aussitôt.

— Le ricin..., murmura-t-il. Cela te dit quelque chose, Tuppence ? Il fut un temps où tu étais très calée dans ce domaine.

— Le ricin..., répéta Tuppence, songeuse. J'imagine qu'on le tire de la même plante que l'huile de ricin...

— J'ai toujours détesté l'huile de ricin. Ce n'est pas ce qui va me la rendre plus sympathique !

— L'huile n'est pas nocive. Elle est extraite des graines de la plante. Et cette plante, il me semble bien en avoir vu ce matin dans le jardin, une espèce de grande chose aux feuilles brillantes.

— Insinuerais-tu que quelqu'un aurait extrait le poison sur place ? Tu penses qu'Hannah en est capable ?

— Ça m'étonnerait, dit-elle en secouant la tête. Elle n'en sait pas assez pour ça.

— Le livre ! Est-ce que je l'ai toujours dans ma poche ? Oui... (Il le sortit et le feuilleta fébrilement.) C'est bien ce que je pensais. Il était ouvert à cette page-là ce matin. Tu vois, Tuppence ? Ricin !

Tuppence le lui prit des mains.

— Ça n'a ni queue ni tête, non ?

— À mon avis, c'est au contraire très clair, répliqua Tuppence.

Elle continua à marcher en lisant avec avidité, accrochée au bras de Tommy et se laissant guider par lui. Comme ils approchaient de la maison, elle referma bruyamment le livre.

— Tommy, tu veux bien me laisser faire ? Pour une fois, ce sera moi le taureau qui se trouve déjà depuis plus de vingt minutes dans l'arène.

Tommy hocha la tête.

— Tu seras le capitaine du navire, répondit-il gravement. Nous devons éclaircir cette affaire.

— Avant tout, déclara Tuppence comme ils entraient

dans la maison, je dois poser encore une question à Mlle Logan.

Suivie de Tommy, elle monta l'escalier en courant, frappa vivement à la porte et entra chez la vieille demoiselle.

— C'est vous, mon enfant ? dit Mlle Logan. Vous êtes beaucoup trop jeune et jolie pour un détective. Vous avez trouvé quelque chose ?

— Oui, répondit Tuppence, j'ai trouvé quelque chose.

Mlle Logan lui lança un regard interrogateur.

— Jolie, je ne sais pas, mais pendant la guerre j'étais jeune et j'ai été amenée à travailler dans un hôpital. J'y ai appris un certain nombre de choses concernant les sérums. Entre autres que l'injection hypodermique de ricin à petites doses vous immunise contre ce poison. C'est le principe sur lequel est fondée toute la thérapeutique des sérums. Vous le saviez, Mlle Logan, et vous avez pratiqué sur vous-même des injections hypodermiques de ricin. Puis vous vous êtes laissé empoisonner comme tout le monde. Vous avez travaillé avec votre père et vous n'ignorez rien du ricin, ni des procédés qui permettent de l'extraire de la plante. Vous avez choisi le jour où Dennis Radclyffe était absent. Il ne fallait pas qu'il soit empoisonné en même temps, car il aurait pu mourir avant Lois Hargreaves. Alors que si elle mourait la première, il héritait d'elle et, à sa mort, vous héritiez de lui puisque vous étiez sa plus proche parente. Rappelez-vous, vous nous avez dit ce matin que son père était votre cousin germain.

La vieille demoiselle fixait Tuppence d'un œil noir quand une furie fit irruption dans la pièce. C'était Hannah, qui tenait à la main une torche allumée et l'agitait frénétiquement.

— La vérité a été proclamée. C'est elle, la mauvaise. Je l'ai compris parce qu'elle lisait le livre, et elle souriait... J'ai pris le livre et j'ai trouvé la page. Je n'y ai rien compris, mais j'ai entendu la voix de Dieu. Elle haïssait Madame, ma maîtresse. Elle a toujours été jalouse et envieuse. Elle haïssait ma douce petite Mlle Lois. Mais les méchants périront, Dieu les consumera par le feu !

Et elle s'élança vers le lit en agitant sa torche.

La vieille demoiselle poussa un cri :

— Arrêtez-la, arrêtez-la ! C'est vrai, mais arrêtez-la !

Tuppence se jeta sur Hannah, mais avant qu'elle ait pu lui prendre la torche des mains, celle-ci avait réussi à mettre le feu aux rideaux du lit. Tommy, qui s'était rué dans la pièce, les arracha et parvint à étouffer les flammes avec une couverture. Il se précipita ensuite au secours de Tuppence et, à eux deux, ils maîtrisèrent Hannah, à l'instant où le Dr Burton pénétrait en courant dans la chambre.

Quelques mots suffirent à le mettre au courant de la situation. Il se rendit vivement au chevet de Mlle Logan, lui prit la main et poussa une exclamation.

— Elle n'a pas supporté le choc. Elle est morte. Cela vaut sans doute mieux, étant donné les circonstances... Il y avait aussi du ricin dans le verre que vous m'avez apporté, ajouta-t-il au bout d'un moment.

— C'est ce qui pouvait arriver de mieux, dit Tommy quand il se retrouva seul avec Tuppence, après avoir remis Hannah aux bons soins du médecin. Tuppence, tu as été tout simplement admirable !

— Il n'y a pas eu beaucoup de Hanaud dans cette affaire, remarqua Tuppence.

— Elle était trop grave pour qu'on joue la comédie. Je ne peux toujours pas penser à cette fille. Je refuse d'y penser. Je le répète : tu as été admirable. À toi tous les honneurs. Comme on dit : « Être intelligent quand on n'en a pas l'air, c'est une grande force. »

— Tommy, tu es odieux !

13

UN ALIBI INATTAQUABLE

Tommy et Tuppence dépouillaient le courrier quand Tuppence poussa un cri et tendit une lettre à Tommy.

— Un nouveau client, annonça-t-elle, sentencieuse.

— Ah ! Et quelles déductions allons-nous tirer de cette lettre, mon cher Watson ? demanda Tommy. Pas grand-chose, sinon que ce M.... euh... Montgomery Jones n'est pas un champion d'orthographe, ce qui tendrait à prouver qu'il a reçu une coûteuse éducation.

— Montgomery Jones ? Voyons, il me semble que je connais un Montgomery Jones... Mais oui ! J'y suis ! C'est Janet St. Vincent qui m'en a parlé. C'est le fils de lady Aileen Montgomery, une femme revêche, très dévote, adepte d'une église avec croix dorées et le reste, et qui a épousé un homme immensément riche du nom de Jones.

— Le scénario habituel. Voyons... Pour quelle heure ce M. M.J. nous annonce-t-il sa visite ? Ah ! onze heures et demie...

À 11 h 30 pile un très grand jeune homme à l'air simple et gentil se présenta.

— Dites-moi, fit-il en s'adressant à Albert, assis à la réception, est-ce que je pourrais voir M.... euh... Blunt ?

— Vous avez rendez-vous, monsieur ?

— Je ne sais pas. J'imagine. Je veux dire que j'ai envoyé une lettre...

— Votre nom, monsieur ?

— M. Montgomery Jones.

— Je vais vous annoncer à M. Blunt.

Albert revint au bout d'un instant.

— Voulez-vous attendre quelques minutes, je vous prie ? M. Blunt est en plein rendez-vous.

— Oh ! mais oui... certainement..., répondit le visiteur.

Quand il eut le sentiment d'avoir suffisamment impressionné son client, Tommy sonna et Albert fit entrer M. Montgomery Jones dans son bureau.

Il se leva pour l'accueillir, lui serra chaleureusement la main et le fit asseoir.

— Eh bien, monsieur, que puis-je pour vous ?

M. Montgomery Jones regarda en hésitant le troisième occupant du bureau.

— Mlle Robinson, ma secrétaire particulière, dit Tommy. Vous pouvez parler librement devant elle. Il s'agit sans doute d'une délicate affaire de famille ?

— Non... pas exactement, répondit M. Montgomery Jones.

— Voilà qui m'étonne, dit Tommy. Vous n'avez pas d'ennuis personnels, j'espère ?

— Oh ! non, pas du tout !

— Bien. Alors peut-être pourriez-vous... euh... nous exposer simplement les faits ?

Hélas ! c'était justement la chose que M. Montgomery Jones semblait ne pas pouvoir faire.

— Ce que j'ai à vous demander va vous paraître extrêmement bizarre, remarqua-t-il en hésitant. Je... euh... je ne sais pas trop comment m'y prendre.

— Nous ne nous occupons pas de divorces, précisa Tommy.

— Oh ! non, il ne s'agit pas de ça. C'est juste, eh bien... une plaisanterie idiote. Rien d'autre.

— Quelqu'un vous a joué un tour que vous ne vous expliquez pas ? suggéra Tommy.

Une fois de plus, M. Montgomery Jones secoua la tête.

— Eh bien, dit Tommy, patient, prenez votre temps et racontez-nous ça à votre manière.

Un silence suivit.

— Voyez-vous, reprit enfin M. Jones, ça s'est passé pendant le dîner. J'étais assis à côté d'une fille.

— Oui ? dit Tommy, encourageant.

— Elle était... oh, je ne peux pas la décrire, mais c'était bien la fille la plus épatante que j'aie jamais rencontrée. Une Australienne qui est arrivée en Angleterre avec une amie, et elles habitent ensemble dans Clarges Street. Elle n'a peur de rien. Je ne peux pas vous expliquer l'effet qu'elle a produit sur moi.

— Nous pouvons l'imaginer, monsieur Jones, lui assura Tuppence.

Elle avait compris que, à mille lieues des manières d'homme d'affaires de M. Blunt, une touche de sympathie féminine était leur seule chance de faire parler le jeune homme.

— Cependant, reprit celui-ci, je n'aurais jamais cru qu'une fille puisse... me bouleverser à ce point. Il y en a eu une autre... en fait il y en a eu deux autres. La première était agréable, mais je n'aimais pas beaucoup son menton. Elle dansait merveilleusement, pourtant... et je la connaissais depuis l'enfance, ce qui est toujours rassurant pour un homme. Et puis il y a eu une des girls de Frivolity. Celle-là, était terriblement amusante mais, bien sûr, j'ai eu des disputes avec ma mère à son sujet et, de toute façon, je n'avais pas envie de l'épouser ; mais je pensais à des choses comme ça, et tout à coup, comme tombée du ciel, cette fille assise à côté de moi, et...

— L'univers tout entier en a été bouleversé, dit Tuppence d'un ton chargé d'émotion.

Tommy s'agita dans son fauteuil. Il commençait à en avoir assez du récit des amours de M. Montgomery Jones.

— Vous l'avez joliment dit, approuva ce dernier. C'est exactement ça. Hélas ! j'imagine qu'elle n'a pas une très haute opinion de moi. Vous ne vous en êtes peut-être pas rendu compte, mais je ne suis pas très intelligent.

— Allons ! Ne soyez pas trop modeste, répliqua Tuppence.

— Je me rends bien compte que je n'ai rien pour séduire une fille aussi merveilleuse, reprit M. Jones avec un sourire engageant. C'est pourquoi je dois résoudre ce problème. C'est ma seule chance. C'est une fille épatante, elle ne reviendra pas sur sa promesse.

— Alors, nos vœux les plus sincères vous accompagnent, dit Tuppence gentiment, mais je ne comprends pas très bien ce que vous attendez de nous.

— Seigneur ! s'écria M. Montgomery Jones. Je ne vous l'ai pas expliqué ?

— Non, dit Tommy, pas encore.

— Eh bien, voilà. Nous parlions d'histoires de détectives. Una – c'est son nom – en raffole autant que moi. Dans l'une d'elles, tout reposait sur un alibi. Alors nous avons parlé des faux alibis. Et alors j'ai dit... non, elle a dit... attendez, qui de nous deux a dit...

— Peu importe lequel, intervint Tuppence.

— J'ai dit que ça devait être vraiment difficile à fabriquer. Elle n'était pas d'accord. Elle disait qu'il fallait seulement faire un peu travailler sa cervelle. La discussion s'est animée et à la fin elle a dit : « Je vais vous fournir un alibi que personne ne pourra démonter. Que pensez-vous de ma proposition ? Vous êtes prêt à parier ? » « Tout ce que vous voudrez », j'ai répondu. Elle avait l'air très sûre de son coup. « Toutes les chances sont de mon côté », m'a-t-elle dit. « N'en soyez pas si sûre », ai-je répondu. « Supposons que vous perdiez et que j'en profite pour vous demander n'importe quoi, quelque chose qui me ferait plaisir ? » Elle s'est mise à rire et elle a dit qu'elle ne craignait rien, qu'elle venait d'une famille de joueurs.

— Et alors ? demanda Tuppence tandis que M. Jones, qui s'était interrompu, la regardait d'un air suppliant.

— Eh bien, vous ne comprenez pas ? Tout dépend de moi, maintenant. C'est ma seule chance pour qu'une fille comme ça s'intéresse à moi. Vous ne vous rendez pas compte à quel point elle est épatante. L'été dernier, sur un bateau, quelqu'un l'a mise au défi de sauter à l'eau et de nager tout habillée jusqu'à la rive, et elle l'a fait.

— Quelle étrange requête, remarqua Tommy. Je ne suis même pas sûr de l'avoir bien comprise.

— C'est très simple, dit M. Montgomery Jones. Vous devez faire ça tous les jours : vérifier des alibis et découvrir quelles sont leurs failles.

— Euh... oui, bien sûr, nous faisons ça tous les jours.

— Il faut que quelqu'un le fasse à ma place, reprit M. Jones. Je ne suis pas doué pour ce genre de choses. Il vous suffira de trouver la faille et le tour sera joué. Ce travail doit vous paraître ridicule, mais c'est très important pour moi et je suis prêt à payer... tout ce que vous estimerez nécessaire...

— C'est d'accord, dit Tuppence. Je suis sûre que M. Blunt acceptera de se charger de votre affaire.

— Certainement, certainement, dit Tommy. Une affaire rafraîchissante, très rafraîchissante en vérité.

M. Montgomery Jones poussa un soupir de soulagement, sortit un tas de papiers de sa poche et en choisit un.

— Voilà ce qu'elle dit : « Je vous envoie la preuve que je me suis trouvée en même temps dans deux endroits différents. Si l'on en croit la première histoire, j'ai dîné dans un restaurant de Soho, *Au Bon Temps*, je suis allée ensuite au Duke's Theatre, et j'ai soupé au *Savoy* avec un ami, M. Le Marchant... mais je me trouvais aussi, au même moment, au *Castel Hotel*, à Torquay, et je ne suis rentrée à Londres que le lendemain matin. À vous de trouver laquelle de ces deux histoires est la bonne et comment je me suis arrangée pour combiner l'autre. » Vous comprenez maintenant ce que j'attends de vous ?

— Un petit problème des plus rafraîchissants, répéta Tommy.

— Voici une photographie de Una, dit M. Montgomery Jones. Vous en aurez sans doute besoin.

— Quel est son nom exact ? demanda Tommy.

— Mlle Una Drake. Et elle habite 180, Clarges Street.

— Merci. Nous allons nous occuper de ça pour vous, monsieur, et j'espère que nous aurons bientôt de bonnes nouvelles à vous communiquer.

— Je vous suis infiniment reconnaissant, vous savez, répondit-il en se levant et en serrant la main de Tommy. Vous me soulagez d'un grand poids.

En revenant, après avoir raccompagné son client à la porte, Tommy trouva Tuppence devant le placard des classiques.

— L'inspecteur French, dit-elle.

— Comment ?

— L'inspecteur French, évidemment. Il est toujours confronté à des alibis. Je connais la méthode. Nous devons reprendre tous les détails, un à un, et les vérifier. Au début, ils nous paraîtront tous parfaits, mais en les examinant de plus près nous trouverons la faille.

— Cela ne sera sans doute pas très difficile, reconnut Tommy. Dans la mesure où nous savons déjà que l'un des deux alibis est fabriqué de toutes pièces, c'est même une certitude. Et c'est bien ce qui m'inquiète.

— Je ne vois rien d'inquiétant là-dedans.

— C'est la fille qui m'inquiète, dit Tommy. Elle va probablement être amenée à épouser ce jeune homme, qu'elle en ait envie ou non.

— Ne sois pas stupide, mon cher, répliqua Tuppence. Les femmes ne sont pas aussi follement joueuses qu'elles en ont l'air. Si cette fille n'était pas prête à épouser ce charmant jeune homme à la tête creuse, elle ne se serait pas laissé entraîner dans un pari de ce genre. Et crois-moi, Tommy, elle l'épousera avec beaucoup plus d'enthousiasme s'il le gagne que si elle avait été obligée de lui faciliter les choses.

— Tu sais toujours tout, n'est-ce pas ?

— Bien sûr.

— Bon, examinons les informations dont nous disposons, dit Tommy en étalant les papiers devant lui. D'abord la photographie... hum... une très jolie fille. Et une bonne photographie aussi. Claire et nette.

— Il faut que nous nous procurions d'autres photographies, remarqua Tuppence.

— Pourquoi ?

— C'est toujours comme ça qu'on procède. On en montre quatre ou cinq à des serveurs et on leur demande de choisir la bonne.

— Et tu crois qu'ils le font ? demanda Tommy. Je veux dire, tu crois qu'ils choisissent vraiment la bonne ?

— Je crois oui, en tout cas dans les livres.

— Quel dommage que la réalité soit si différente de la fiction, soupira Tommy. Bon, qu'avons-nous là ? D'abord le tas de papiers de Londres. A dîné *Au Bon Temps* à 19 h 30. Est allée au Duke's Theatre où elle a vu *Les Delphiniums bleus* – talon du billet d'entrée joint. Souper au *Savoy* avec M. Le Marchant. Nous pourrions aller interroger M. Le Marchant, par exemple.

— Cela ne donnera rien : s'il est de mèche avec elle,

il ne la trahira pas. Tout ce qu'il pourra nous dire maintenant ne sert à rien.

— Bon, alors voilà les papiers de Torquay, poursuivit Tommy. Elle a pris le train de midi à Paddington, a déjeuné au wagon-restaurant – addition jointe. A couché une nuit au *Castle Hotel*. Note à l'appui également.

— Tout cela ne me paraît pas très convaincant, dit Tuppence. N'importe qui peut acheter un billet de théâtre sans mettre les pieds dans ce théâtre. Pour moi, la fille est allée à Torquay et l'alibi de Londres est fabriqué.

— Si tel est le cas, ce sera un jeu d'enfant pour nous de le démontrer. Eh bien, allons interroger M. Le Marchant.

M. Le Marchant s'avéra être un jeune homme jovial, qui ne parut pas très surpris de leur visite.

— Una a encore manigancé quelque chose ? demanda-t-il. On ne sait jamais ce qui peut lui passer par la tête, à cette petite.

— J'ai cru comprendre que Mlle Drake avait soupé avec vous au *Savoy* mardi soir, dit Tommy.

— C'est exact, répondit M. Le Marchant. Je sais qu'on était mardi parce qu'Una me l'a fait remarquer. Elle m'a même obligé à le noter.

Non sans une certaine fierté, il leur montra son carnet où était inscrit, au crayon : *Soupé avec Una. Savoy. Mardi 19.*

— Et avant ? Savez-vous où Mlle Drake avait passé la soirée ?

— Elle avait assisté à un spectacle abominable, intitulé *Les Pivoines roses* ou quelque chose comme ça. Une pièce complètement nulle d'après elle.

— Vous êtes sûr que Mlle Drake était avec vous ce soir-là ?

M. Le Marchant le regarda avec étonnement.

— Évidemment. Je viens de vous le dire, non ?

— Ce n'est pas elle qui vous aurait demandé de nous raconter ça ? insista Tuppence.

— En fait, elle a dit quelque chose qui m'a paru vraiment bizarre. Quelque chose comme, attendez... « Vous pensez que vous êtes en train de souper ici avec moi, Jimmy, mais en réalité je suis en train de souper à trois cents kilomètres d'ici, dans le Devonshire. » Vous ne trouvez pas que c'est une réflexion plutôt étrange ? Genre corps astral et compagnie. Et le plus fort c'est que Dicky Rice prétend l'avoir vue là-bas.

— Qui est ce Dicky Rice ?

— Un ami. Il est descendu à Torquay, chez sa tante, une espèce de vieille bique qui est toujours sur le point de mourir. Dicky est donc allé là-bas faire son devoir de neveu et il m'a dit : « L'autre jour, j'ai aperçu cette fille australienne, Una ou Dieu sait comment elle s'appelle. J'ai voulu aller lui parler, mais ma tante m'a retenu pour aller faire la conversation à une autre vieille sorcière dans son fauteuil roulant. » Je lui ai demandé : « Quand ça ? » et il m'a répondu : « Oh ! mardi, à l'heure du thé. » Je lui ai dit qu'il se trompait, évidemment, mais c'est quand même bizarre, non, que Una ait justement raconté ça ce soir-là à propos du Devonshire ?

— Très bizarre, reconnut Tommy. Mais dites-moi, monsieur Le Marchant, vous ne connaissez personne qui aurait soupé à côté de vous au *Savoy* ?

— Si, à la table voisine, des gens du nom de Oglander.

— Connaissent-ils Mlle Drake ?

— Oh ! oui, mais ce ne sont pas particulièrement des amis.

— Si vous n'avez rien de plus à nous apprendre, monsieur Le Marchant, je pense que nous allons prendre congé.

Ils se retrouvèrent dans la rue.

— Ou ce type est un menteur extraordinaire, dit Tommy, ou il dit la vérité.

— Oui, reconnut Tuppence. J'ai changé d'avis. À présent, j'ai l'impression qu'Una Drake était bien au *Savoy* ce soir-là.

— Allons au *Bon Temps* maintenant, dit Tommy. N'est-ce pas tout indiqué pour des détectives affamés ? Mais d'abord, procurons-nous quelques photographies de jolies filles.

Cela se révéla plus difficile que prévu. Chez un photographe, auquel ils demandèrent un petit assortiment de clichés, on leur opposa un refus net et sans appel.

— Pourquoi est-ce que tout ce qui se passe si simplement dans les livres est tellement difficile en réalité ? gémit Tuppence. Tu as vu comme ils avaient l'air soupçonneux ? Qu'est-ce qu'ils ont cru que nous voulions faire avec ces photographies ? Nous ferions mieux d'aller opérer un raid chez Jane.

Jane se montra sympathique. Elle permit à son amie Tuppence de fouiller dans un tiroir et d'y prendre les photographies de quatre anciennes amies qu'elle avait reléguées là, loin des yeux et du cœur.

Armés de cette pléiade de beautés féminines, ils mirent le cap vers le *Bon Temps*, où de grandes dépenses et de nouvelles difficultés les attendaient. Tommy était chargé de mettre la main sur les serveurs, les uns après les autres, et de leur montrer les photographies après les avoir gratifiés d'un pourboire. Le résultat fut décevant. Au moins trois candidates furent reconnues avoir dîné là le mardi précédent. Ils retournèrent alors au bureau, et Tuppence se plongea dans l'horaire des trains :

— Paddington, midi, Torquay, 15 h 35... Si M. Sorgho, ou Tapioca, enfin l'ami de M. Le Marchant l'a vue là-bas à l'heure du thé, c'est le train qu'elle a pris.

— N'oublie pas que nous n'avons pas vérifié son histoire, remarqua Tommy. Si, comme tu l'as dit tout de suite, ce Le Marchant est un ami d'Una Drake, il peut l'avoir inventée de toutes pièces.

— Nous allons partir à la recherche de ce Rice, répondit Tuppence. Mais M. Le Marchant nous a dit la vérité, j'en suis pratiquement sûre, et, pour l'instant, j'essaye de comprendre autre chose. Una Drake quitte Londres par le train de midi, prend une chambre à l'hôtel et défait ses bagages. Puis elle rentre à Londres par un autre train, à temps pour se trouver au *Savoy*. Il y en a un à 16 h 40 qui arrive à Paddington à 21 h 10.

— Et ensuite ?

— Et ensuite... ça se complique, dit Tuppence en fronçant les sourcils. Il y a bien un train qui part de Paddington à minuit, mais c'est trop tôt, elle n'aurait pas pu l'attraper.

— Et en voiture ? suggéra Tommy

— Hum... Il y a quand même trois cents kilomètres.

— On dit que les Australiens sont des fous du volant.

— Oh ! j'imagine que ce n'est pas impossible. Elle serait arrivée là-bas vers 7 heures du matin...

— Tu voudrais me faire croire qu'elle s'est faufilée dans son lit, au *Castle Hotel*, sans que personne l'ait aperçue ? Ou qu'elle est arrivée là en expliquant qu'elle était sortie toute la nuit et qu'elle aimerait, qu'on lui prépare sa note ?

— Tommy, nous sommes idiots ! Elle n'avait pas besoin de retourner à Torquay. Il lui suffisait de trouver quelqu'un qui aille à sa place chercher ses bagages et payer sa note d'hôtel. Et c'est ainsi qu'elle s'est procuré une facture portant la date désirée.

— Eh bien, je pense que nous avons élaboré une théorie qui se tient, dans l'ensemble, dit Tommy. Il ne nous reste plus qu'à prendre le train de midi, demain, pour aller vérifier à Torquay ces hypothèses.

Le lendemain matin, avec les photographies, Tommy et Tuppence s'installaient confortablement dans un compartiment de première classe et réservaient deux places au wagon-restaurant pour le second service.

— Ce ne seront pas les mêmes serveurs, dit Tommy. Nous n'aurons pas cette chance. J'imagine que nous allons être obligés de faire l'aller et retour à Torquay pendant le reste de notre existence avant de rencontrer ceux que nous cherchons.

— Cette histoire d'alibi est fatigante, remarqua Tuppence. Dans les romans, en deux ou trois paragraphes la question est réglée : l'inspecteur Machin prit alors le train pour Torquay et interrogea les garçons du wagon-restaurant... l'histoire est finie.

Cependant, pour une fois, la chance fut de leur côté. En réponse à leur question, il s'avéra que le garçon qui leur apporta l'addition avait été de service le mardi précédent. Tommy fit entrer en action ce qu'il appelait « la faiblesse du billet de dix shillings », et Tuppence sortit les photographies.

— Je voudrais savoir si une de ces dames a déjeuné ici mardi dernier, dit Tommy.

Avec un air satisfait digne des meilleurs romans policiers, le garçon désigna aussitôt la photographie d'Una Drake.

— Oui, monsieur, je me souviens de cette dame, et je me souviens aussi qu'on était mardi parce qu'elle a attiré mon attention sur le fait que c'était le jour de la semaine qui lui était toujours le plus favorable.

— Jusqu'ici tout va bien, dit Tuppence quand ils furent de nouveau dans leur compartiment. Et nous allons sans doute découvrir qu'elle a pris aussi une chambre au *Castle Hotel.* Ce qui va être plus difficile, c'est de prouver qu'elle est retournée à Londres... Qui sait ? Nous trouverons peut-être un porteur qui se souvient d'elle à la gare ?

Mais là, ils firent chou blanc. Tommy se rendit sur le quai du train en partance pour Londres et enquêta auprès du contrôleur et de différents porteurs. Après avoir touché la demi-couronne préludant à tout interrogatoire, deux des porteurs désignèrent chacun une photographie : ils se rappelaient vaguement avoir vu quelqu'un de semblable dans le train de 16 h 40 cet après-midi-là. Mais personne ne reconnut Una Drake.

— Ça ne prouve rien, remarqua Tuppence quand ils sortirent de la gare. Elle peut très bien avoir voyagé dans ce train sans qu'on l'ait remarquée.

— Elle peut aussi être partie par l'autre gare, par Torre.

— C'est très possible. Nous pourrons le vérifier après être passés à l'hôtel.

Le *Castle Hotel* était une bâtisse imposante donnant sur la mer. Après avoir réservé une chambre pour la nuit et signé le registre, Tommy fit remarquer aimablement :

— Il me semble qu'une amie à nous a séjourné chez vous mardi dernier : Mlle Una Drake.

— Oui, je m'en souviens très bien. Une jeune femme australienne, je crois, répondit la réceptionniste avec un grand sourire.

Sur un signe de Tommy, Tuppence lui montra une photographie.

— C'est une photo d'elle très réussie, non ? dit Tuppence.

— Très jolie, en effet, très, très jolie...

— Elle est restée chez vous longtemps ? demanda Tommy.

— Une nuit seulement. Elle est rentrée à Londres le lendemain matin par l'express. C'est un peu loin pour venir passer une nuit, mais les Australiennes n'ont pas peur des distances.

— C'est une fille qui n'a pas froid aux yeux, continua Tommy, et à qui il arrive toujours quelque chose. C'est bien ainsi que ça s'est passé, n'est-ce pas ? Elle est sortie dîner avec des amis, ils sont allés faire ensuite une balade en voiture, la voiture s'est retrouvée dans le fossé et elle n'a pu rentrer qu'à l'aube...

— Oh, non ! s'exclama la réceptionniste. Mlle Drake a dîné ici à l'hôtel.

— Vraiment ? Vous en êtes sûre ? C'est-à-dire... comment le savez-vous ?

— Je l'ai vue.

— Si je vous l'ai demandé, c'est que j'avais cru comprendre qu'elle avait dîné avec des amis, à Torquay.

— Oh ! non, monsieur, elle a dîné ici, répéta la jeune femme en riant et en rougissant légèrement. Je me rappelle qu'elle avait une très jolie robe. En mousseline de soie toute fleurie, comme on les fait maintenant.

— Voilà qui flanque tout par terre ! dit Tommy quand ils se retrouvèrent dans leur chambre.

— Plutôt ! oui, reconnut Tuppence. Évidemment, la réceptionniste peut se tromper. Nous interrogerons le maître d'hôtel au dîner. À cette saison, il ne doit pas y avoir grand monde.

Cette fois, ce fut Tuppence qui posa les questions.

— Pourriez-vous me dire si une amie à moi était ici mardi dernier ? demanda-t-elle au maître d'hôtel. Mlle Una Drake. Elle portait une robe toute fleurie. Tenez, voici sa photo.

Le maître d'hôtel la reconnut aussitôt et sourit :

— Oui... oui bien sûr ! Mlle Drake, je m'en souviens très bien. Elle m'a dit qu'elle était originaire d'Australie.

— Elle a dîné ici ?

— Oui. Mardi dernier. Elle m'a demandé ce qu'elle pourrait faire en ville après.

— Et alors ?

— Je lui ai dit qu'elle pouvait aller au théâtre, au Pavilion, mais en fin de compte elle a préféré rester ici à écouter notre orchestre.

— Mince alors ! jura Tommy entre ses dents.

— Vous ne vous rappelez pas à quelle heure elle a dîné, par hasard ? demanda encore Tuppence.

— Elle est descendue un peu tard. Il devait être environ 20 heures.

— Oh non ! s'écria Tuppence quand ils quittèrent la salle à manger. Tout va de travers, Tommy. Cela paraissait pourtant si simple et si charmant !

— Nous aurions dû nous douter que ce ne serait pas facile.

— Je me demande s'il y a encore un train qu'elle aurait pu prendre après ça ?

— Aucun qui lui aurait permis d'arriver à temps au *Savoy*.

— Bon, il ne reste plus qu'un espoir : la femme de chambre. Je vais l'interroger. Una Drake était installée au même étage que nous.

Très volubile, la femme de chambre était une mine de renseignements. Oui, elle se rappelait très bien avoir vu la jeune femme. En effet, c'était bien sa photographie. Une très jolie fille, gaie et bavarde. Elle lui avait raconté un tas de choses à propos de l'Australie et des kangourous. Elle avait sonné vers 21 h 30 pour qu'on lui remplisse sa bouillotte et qu'on la mette dans son lit, et elle avait demandé aussi à ce qu'on la réveille à sept heures et demie le lendemain matin, avec du café au lieu du thé.

— Et elle était couchée quand vous lui avez apporté son café ?

La femme de chambre regarda Tuppence avec des yeux ronds.

— Bien sûr, madame !

— Oh ! je me disais qu'elle était peut-être en train

de faire de la gymnastique ou autre, répondit vivement Tuppence. Tant de gens en font aujourd'hui...

— L'alibi me paraît à toute épreuve, grommela Tommy quand la femme de chambre fut partie. Seule conclusion possible : celui de Londres doit être faux.

— Dans ce cas, M. Le Marchant est un menteur encore plus fort que nous ne le pensions.

— Nous avons un moyen de vérifier ce qu'il raconte, remarqua Tommy. Il prétend que de vagues connaissances d'Una dînaient à une table voisine. Comment s'appellent-ils déjà ?... Oglander, c'est ça. Il faut retrouver ces Oglander et enquêter aussi chez Mlle Drake, dans Clarges Street.

Ils quittèrent l'hôtel le lendemain matin et rentrèrent à Londres, plutôt décontenancés.

Grâce à l'annuaire téléphonique, il ne leur fut pas très difficile de dénicher les Oglander. Ce fut Tuppence qui prit les choses en main, cette fois. Sous les traits d'une journaliste envoyée par un nouvel hebdomadaire illustré, elle alla demander à Mme Oglander des détails à propos de cette soirée si élégante qu'ils avaient passée au *Savoy* le mardi précédent. Mme Oglander ne fut que trop heureuse de les lui fournir. Au moment de prendre congé, Tuppence ajouta d'un ton désinvolte :

— Voyons... est-ce qu'Una Drake ne se trouvait pas à la table voisine, en compagnie de M. Le Marchant ? Est-ce vrai qu'elle est fiancée au duc de Perth ? Vous la connaissez, n'est-ce pas ?

— Vaguement, répondit Mme Oglander. Une jeune fille charmante, je crois. Mes filles la connaissent mieux que moi. En effet, elle était assise à côté de nous, avec M. Le Marchant...

Clarges Street constituait l'étape suivante. Tuppence fut accueillie par Mlle Marjory Leicester, l'amie avec laquelle Mlle Drake partageait son appartement.

— Vous ne pourriez pas me dire ce qui se passe ?

demanda Mlle Leicester d'une voix plaintive. Una manigance quelque chose, mais je ne sais pas quoi. Oui, bien sûr, elle a couché ici mardi soir.

— L'avez-vous vue rentrer ?

— Non, j'étais déjà au lit. Elle a sa clé, évidemment. Elle est rentrée vers 1 heure du matin, je crois.

— Quand l'avez-vous vue ?

— Oh ! le lendemain, vers 9 ou 10 heures.

En sortant, Tuppence faillit entrer en collision avec une grande femme décharnée qui arrivait.

— Excusez... mademoiselle, dit la femme.

— Vous travaillez ici ? lui demanda Tuppence.

— Oui, mademoiselle, je viens tous les jours.

— À quelle heure arrivez-vous ?

— À 9 heures, mademoiselle.

Tuppence lui glissa vivement une demi-couronne dans la main.

— Mlle Drake était-elle là mardi dernier quand vous êtes arrivée ?

— Oh oui, mademoiselle, sûr qu'elle était là. Profondément endormie dans son lit, et elle s'est à peine réveillée quand je lui ai apporté son thé.

— Merci ! dit Tuppence, qui descendit l'escalier, inconsolable.

Elle avait rendez-vous pour déjeuner avec Tommy. Ils se retrouvèrent dans un petit restaurant de Soho et comparèrent leurs notes.

— J'ai vu ce type, ce M. Rico. Il a bien aperçu Una Drake de loin, à Torquay. C'est l'exacte vérité.

— Bon, dit Tuppence, nous avons vérifié les deux alibis. Donne-moi un bout de papier et un crayon, Tommy. Nous allons inscrire tout ça, comme font tous les détectives.

13 h 30. Una Drake a été vue au wagon-restaurant où elle déjeunait.

16 heures. Arrive au *Castle Hotel*.

17 heures. Aperçue par M. Rice.

20 heures. Vue en train de dîner à l'hôtel.

21 h 30. Demande une bouillotte.

23 h 30. Vue au *Savoy* avec M. Le Marchant.

7 h 30. Réveillée par la femme de chambre au *Castle Hotel.*

9 heures. Réveillée par la femme de ménage dans l'appartement de Clarges Street.

Ils se regardèrent.

— J'ai comme l'impression que les Fins Limiers de Blunt viennent d'essuyer une défaite, dit Tommy.

— Il n'est pas question pour nous de renoncer, dit Tuppence. Il y a forcément quelqu'un qui ment !

— C'est bien ce qui me semble le plus étrange : personne n'a l'air de mentir. Ils paraissent tous si honnêtes, si sincères...

— Et pourtant, il y a sûrement une faille. Nous savons qu'il y en a une. J'ai beau imaginer toutes sortes de possibilités, comme un avion privé par exemple, je ne suis pas plus avancée.

— Moi, je pencherais plutôt pour un corps astral...

— Bon, le mieux que nous puissions faire c'est de dormir. La nuit porte conseil.

— Hum... Si demain matin ton subconscient t'apporte la réponse à cette énigme, je le féliciterai.

Ils restèrent silencieux toute la soirée. Tuppence retournait sans cesse à ses notes. Elle écrivait sur des petits bouts de papier. Elle marmonnait. Elle consultait l'horaire des trains. Ils finirent par aller se coucher sans que la moindre lueur soit venue les éclairer.

— Très décourageant, reconnut Tommy.

— Une des plus tristes soirées de ma vie, renchérit Tuppence.

— Nous aurions dû aller au music-hall, dit Tommy. Quelques bonnes blagues à propos de belles-mères, de jumeaux et de bouteilles de bière nous auraient fait le plus grand bien.

— Non, tu vas voir qu'en fin de compte nos efforts de concentration porteront leurs fruits. Notre subconscient va avoir du travail à faire pendant les huit heures qui viennent !

Et, sur cette note d'espoir, ils se mirent au lit.

— Alors, demanda Tommy le lendemain matin, ton subconscient a bien travaillé ?

— Il m'est venu une idée.

— Une idée... De quel genre ?

— Une idée bizarre. Qui ne ressemble à rien de ce qu'on lit dans les romans policiers. D'ailleurs, c'est toi qui me l'as mise en tête, cette idée.

— Dans ce cas, elle doit être excellente, déclara Tommy. Allez, Tuppence, ne me fais pas languir.

— Non, je ne te dirai rien. Il faut d'abord que j'envoie un télégramme pour vérifier mon hypothèse. C'est une hypothèse complètement folle, mais c'est la seule qui colle avec les faits.

— Moi, dit Tommy, je vais au bureau. Je ne peux pas laisser patienter en vain une salle d'attente bondée de clients. J'abandonne cette affaire aux mains de mon subordonné.

Tuppence hocha gaiement la tête.

On ne la vit pas au bureau de la journée, et en rentrant le soir, vers 17 h 30, Tommy la trouva folle de joie.

— J'ai réussi, Tommy ! J'ai résolu le mystère de l'alibi. Nous pouvons mettre sur le compte de M. Montgomery Jones tous les billets de dix shillings que nous avons distribués et y ajouter nos honoraires. Quant à lui, il peut aller chercher son Australienne.

— La solution ?

— Très simple. Des jumelles.

— Tu veux dire... Des jumelles ?

— Tout juste. C'était la seule solution. C'est toi qui

m'as donné cette idée, hier soir, en parlant de belles-mères, de jumeaux et de bouteilles de bière. J'ai télégraphié en Australie et j'ai obtenu le renseignement que je demandais. Una a une sœur jumelle, Vera, qui est arrivée en Angleterre lundi dernier. Voilà pourquoi elle a pu parier avec autant d'assurance. Elle pensait faire une horrible farce à ce pauvre Montgomery Jones. Sa sœur est allée à Torquay et elle est restée à Londres.

— Tu crois qu'elle va être très embêtée d'avoir perdu ?

— Non, je ne pense pas, répondit Tuppence. Je t'ai déjà fait part de mon sentiment à ce sujet. Elle couvrira Montgomery Jones de lauriers. J'ai toujours pensé que la vie conjugale devait reposer sur l'estime de la femme pour le mari.

— Je suis très heureux de t'avoir inspiré ce sentiment, Tuppence.

— Ce n'est pas une solution très satisfaisante, dit Tuppence. Cela n'a rien du défaut subtil que l'inspecteur French se fait fort de détecter.

— Ridicule, répliqua Tommy. À mon avis, la manière dont j'ai montré les photographies au garçon du restaurant était exactement celle de l'inspecteur French.

— Il n'a jamais eu besoin de distribuer autant de billets de dix shillings que nous.

— Aucune importance. Nous pouvons les mettre en supplément sur le compte de M. Montgomery Jones. Il va se trouver dans un tel état de ravissement qu'il sera disposé à payer la plus extravagante des factures.

— Et c'est ce qu'il fera, dit Tuppence. Les Fins Limiers de Blunt n'ont-ils pas brillamment réussi ? Oh ! Tommy, nous sommes si extraordinairement intelligents que cela m'effraie, parfois.

— Notre prochaine affaire sera une affaire à la Roger Sheringham. Toi, Tuppence, tu seras Roger Sheringham.

— Je vais devoir beaucoup parler.

— Tu n'auras pas besoin de te forcer, répliqua Tommy. Et maintenant, je te propose de mettre à exécution le programme que j'évoquais hier soir : allons au music-hall écouter des blagues à propos de belles-mères, de bouteilles de bière, et de jumeaux.

14

LA FILLE DU PASTEUR

Tuppence allait et venait dans le bureau, l'air maussade.

— J'aimerais pouvoir venir en aide à la fille d'un pasteur, déclara-t-elle.

— Pourquoi ? demanda Tommy.

— Tu as peut-être oublié que je suis moi-même fille de pasteur. De là cet altruisme, ce respect que j'ai pour mon prochain, cette...

— Je vois que tu te prépares pour le rôle de Roger Sheringham, observa Tommy. Si je peux me permettre une remarque, tu parles autant que lui, mais pas aussi bien.

— Au contraire, répliqua Tuppence, il y a dans mes propos une certaine subtilité féminine, un je ne sais quoi hors de portée du mâle et de sa grossièreté. De plus, je suis douée de pouvoirs inconnus de mon prototype... Prototype ? Est-ce bien ce que je voulais dire ? Les mots sont des bestioles si peu fiables... Parfois, ils vous paraissent sonner très juste alors qu'ils signifient exactement l'inverse de ce qu'on croit.

— Continue, dit Tommy avec amabilité.

— Ne t'inquiète pas. Je reprenais simplement mon souffle. Donc, je souhaite aujourd'hui venir en aide à la fille d'un pasteur. Et étant donné ces pouvoirs dont je viens de parler, tu vas voir, Tommy, que la première personne qui se présentera pour demander de l'aide aux Fins Limiers de Blunt sera la fille d'un pasteur.

— Je te parie que non.

— Tope là ! répliqua Tuppence. Ouste ! À vos machines ! Oh, voilà quelqu'un.

Le bureau de M. Blunt bourdonnait d'activité quand Albert ouvrit la porte pour annoncer :

— Mlle Monica Deane.

Une jeune fille brune et mince, assez mal habillée, entra et s'arrêta, indécise. Tommy s'empressa de l'accueillir :

— Bonjour, mademoiselle Deane. Asseyez-vous et dites-nous ce que nous pouvons faire pour vous. À propos, permettez-moi de vous présenter Mlle Sheringham, ma secrétaire particulière.

— Ravie de faire votre connaissance, mademoiselle Deane, déclara Tuppence. Votre père était un homme d'Église, me semble-t-il.

— C'est exact. Mais... comment le savez-vous ?

— Nous avons nos méthodes..., répondit Tuppence. Excusez mon incessant bavardage, mais M. Blunt aime à m'entendre parler. Il prétend que cela lui donne des idées.

La jeune fille la regarda avec étonnement. Sans être belle, elle possédait un charme mélancolique incontestable. Elle avait une épaisse chevelure soyeuse et de magnifiques yeux bleu foncé, hélas cernés d'ombres noires qui trahissaient son angoisse.

— Voulez-vous nous raconter votre histoire, mademoiselle Deane ? demanda Tommy.

La jeune fille se tourna vers lui avec reconnaissance.

— C'est une histoire longue et décousue... Je m'appelle Monica Deane. Mon père était pasteur à Little Hampsley, dans le Suffolk. Il est mort il y a trois ans, nous laissant, ma mère et moi, dans une situation très difficile. Je me suis placée comme gouvernante, mais ma mère étant devenue invalide, j'ai dû rentrer à la maison pour m'occuper d'elle. Nous étions horriblement pauvres, jusqu'au jour où j'ai reçu la lettre d'un homme de loi m'annonçant qu'une tante de mon père était morte en me laissant tous ses biens. J'avais souvent entendu parler de cette tante, qui s'était brouillée avec mon père il y a de nombreuses années, et je la savais très riche. J'ai donc cru que nos ennuis allaient prendre fin. Hélas ! les choses ne se sont pas passées comme nous l'avions espéré. J'avais hérité d'une maison, mais à part un ou deux autres petits legs, la succession ne comprenait pas un penny. Ma tante avait dû tout perdre pendant la guerre, ou alors elle avait vécu sur son capital. Nous avions quand même la maison et, presque tout de suite, j'ai eu l'occasion de la vendre à un prix très avantageux. Bêtement peut-être, j'ai refusé. Nous étions petitement mais coûteusement logées, et je pensais qu'il serait beaucoup plus agréable de vivre à la Maison Rouge : ma mère y serait plus à l'aise et nous pourrions prendre des pensionnaires pour couvrir les dépenses.

» Je m'en suis tenue à cette décision, malgré une offre encore plus alléchante de la part de ces mêmes acheteurs. Nous avons donc déménagé et j'ai publié une annonce pour essayer de trouver des pensionnaires. Tout s'est bien passé pendant un certain temps, nous avons reçu plusieurs réponses à notre annonce et je me chargeais des tâches quotidiennes avec l'aide d'une vieille domestique de ma tante restée à notre service. Et puis, des choses inexplicables ont commencé à se produire...

— Quel genre de choses ?

— Des choses étranges. On aurait dit que la maison tout entière était ensorcelée. Les tableaux se décrochaient, la vaisselle volait à travers la pièce et se brisait. En descendant un matin, j'ai constaté que tous les meubles avaient changé de place... Nous avons d'abord cru que quelqu'un nous faisait une mauvaise farce, mais nous avons dû renoncer à cette explication. Parfois, alors que nous étions en bas en train de dîner, nous entendions un bruit terrifiant au-dessus de nos têtes. En montant, nous ne trouvions jamais personne, mais il y avait un meuble renversé sur le sol...

— Un esprit frappeur ! s'écria Tuppence, fascinée.

— Oui, c'est ce que dit le Dr O'Neill, mais je ne sais pas au juste ce que c'est.

— C'est une sorte d'esprit malin qui vous joue des tours, expliqua Tuppence, qui, en réalité, ignorait presque tout du sujet.

— Quoi qu'il en soit, l'effet a été désastreux. Morts de peur, nos hôtes nous ont quittées dès qu'ils l'ont pu. Nous en avons trouvé d'autres, qui se sont enfuis à leur tour. J'étais désespérée. Et pour couronner le tout, nous avons brusquement cessé de recevoir notre petite rente : la société dans laquelle le capital avait été investi a fait faillite.

— Mon pauvre petit, dit Tuppence d'un ton plein de compassion, quels mauvais moments vous avez dû passer ! Et vous voulez que M. Blunt fasse une enquête sur cette maison hantée ?

— Pas exactement. Voyez-vous, il y a trois jours, quelqu'un est venu nous voir. Un certain Dr O'Neill. Il nous a dit qu'il était membre de la Société de recherches physiques et qu'il était très intéressé par les phénomènes étranges qui se produisaient dans notre maison. À tel point qu'il était prêt à nous l'acheter pour se livrer sur place à des expériences.

— Eh bien ?

— J'ai d'abord été folle de joie, bien sûr. Cela allait nous tirer de toutes nos difficultés. Mais...

— Mais ?

— Vous allez sans doute trouver que j'ai trop d'imagination. C'est possible. Mais... Oh ! je suis sûre de ne pas me tromper. C'est le même homme !

— Le même homme que qui ?

— Que le premier, celui qui avait déjà voulu l'acheter.

— En quoi cela vous gêne-t-il ?

— Vous ne comprenez pas. Il s'agit de deux hommes complètement différents et qui ne portent pas le même nom. Le premier était jeune, brun et soigné, la trentaine. Le Dr O'Neill, lui, a cinquante ans environ, une barbe grise, des lunettes et le dos voûté. Mais il a une dent en or, qu'on ne voit que quand il rit, et il se trouve que l'autre homme avait lui aussi une dent en or, au même endroit. Alors j'ai regardé ses oreilles. J'avais remarqué celles du premier parce qu'elles avaient une drôle de forme, presque sans lobe. Celles du Dr O'Neill sont exactement pareilles. Il ne peut pas s'agir par deux fois de coïncidences. J'ai beaucoup réfléchi, et puis j'ai fini par lui écrire que je lui donnerais ma réponse dans une semaine. J'avais remarqué l'annonce de M. Blunt il y a quelque temps, dans un vieux journal qui tapissait l'intérieur d'un tiroir de la cuisine. Je l'ai découpée et je suis venue en ville.

— Vous avez très bien fait, affirma Tuppence en hochant vigoureusement la tête. Cela demande à être approfondi.

— Une affaire très intéressante, renchérit Tommy. Nous serons très heureux de nous en occuper, n'est-ce pas, mademoiselle Sheringham ?

— Certainement, répondit Tuppence. Et nous irons jusqu'au fond des choses.

— Si j'ai bien compris, mademoiselle Deane, poursuivit Tommy, la maisonnée se compose de vous-même, de votre mère et d'une domestique. Pouvez-vous me donner quelques renseignements sur cette dernière ?

— Elle s'appelle Crockett. Elle a été huit ou dix ans au service de ma tante. Une vieille femme plutôt désagréable, mais qui fait bien son travail. Elle cherche à se donner de grands airs sous prétexte que sa sœur s'est mariée au-dessus de sa condition. Et elle a un neveu qui, selon elle, est un « vrai gentleman ».

— Hum..., marmonna Tommy, ne sachant comment poursuivre.

Tuppence, qui n'avait cessé d'observer Monica d'un œil pénétrant, prit une décision :

— Il est presque 13 heures. Je propose que Mlle Deane vienne déjeuner avec moi. Elle me fournira de plus amples détails.

— Très bien, mademoiselle Sheringham. Excellente idée.

— Écoutez, dit Tuppence quand elles furent confortablement installées à une petite table, dans un restaurant voisin, je voudrais savoir si vous avez une raison particulière de vouloir clarifier de cette histoire.

Monica rougit.

— Eh bien, pour tout vous dire...

— Allons, parlez, l'encouragea Tuppence.

— Eh bien... Il y a deux hommes qui... qui désirent m'épouser.

— Le scénario habituel, j'imagine ? L'un est riche, l'autre est pauvre, et c'est le pauvre qui vous plaît !

— Comment savez-vous tout ça ? murmura la jeune fille.

— On peut appeler ça une loi de la nature, lui

expliqua Tuppence. Cela arrive à tout le monde, et cela m'est arrivé à moi aussi.

— Si je vends la maison, voyez-vous, cela ne nous rapportera pas de quoi vivre. Gerald est un amour, mais il n'a pas un sou. C'est pourtant un technicien très habile et son entreprise le prendrait comme associé s'il avait un petit capital. L'autre, M. Partridge, est un brave homme, j'en suis sûre... et comme il a de l'argent, ce serait la fin de mes ennuis. Mais...

— Je sais, dit Tuppence. Ce n'est pas du tout la même chose. Vous avez beau vous répéter qu'il est très bien, qu'il est très riche, et y ajouter encore un tas de qualités, le résultat de cette addition n'en est que plus réfrigérant.

Monica hocha la tête.

— Bon ! fit Tuppence. Nous ferions mieux d'aller étudier la question sur place. Quelle est l'adresse ?

— La Maison Rouge, à Stourton.

Tandis que Tuppence notait dans son carnet, Monica bredouilla en rougissant :

— Je ne vous ai pas demandé... pour les conditions...

— Nos honoraires sont proportionnels aux résultats, répondit Tuppence avec le plus grand sérieux. Si – comme cela paraît vraisemblable à en juger par le désir qu'on a de se l'approprier – la Maison Rouge recèle un secret de valeur, nous demanderons un petit pourcentage. Sinon... rien !

— Merci beaucoup, dit la jeune fille avec reconnaissance.

— Et maintenant, ne vous faites plus de soucis, déclara Tuppence. Tout ira bien. Profitons de ce repas et parlons d'autre chose.

15

LA MAISON ROUGE

— Bon ! dit Tommy qui regardait par la fenêtre de l'auberge *La Couronne et l'Ancre*, nous voilà à Trou-sur-Mer ou Dieu sait comment s'appelle ce maudit village.

— Faisons d'abord le point, suggéra Tuppence.

— Mais bien sûr, dit Tommy. Et pour commencer, si je peux donner mon avis en premier, je soupçonne la mère invalide.

— Pourquoi ?

— Ma chère Tuppence, si l'on suppose que cette histoire d'esprit frappeur n'est qu'un coup monté destiné à pousser la fille à vendre la maison, il a bien fallu que quelqu'un jette ces choses par terre. La fille prétend que tout le monde était présent aux repas, mais si la mère est invalide, elle devait être en haut, dans sa chambre.

— Si elle est invalide, elle a difficilement pu casser le mobilier.

— Peut-être n'est-ce pas une vraie invalide ? Elle ferait seulement semblant.

— Dans quel but ?

— Ça, je n'en sais rien, reconnut Tommy. En vérité, je me fondais sur le principe bien connu qui veut que l'on soupçonne la personne la moins vraisemblable.

— Tu ne prends jamais rien au sérieux ! répliqua sévèrement Tuppence. Il doit pourtant y avoir quelque chose pour que ces gens tiennent tellement à s'approprier la maison. Si cela t'est égal de le savoir, moi pas. Cette fille me plaît. Elle est adorable.

Tommy hocha la tête avec sérieux.

— Je suis d'accord avec toi, Tuppence, mais je ne résiste jamais au plaisir de te faire marcher. Cette maison contient quelque chose de spécial, c'est évident. Mais ce quelque chose n'est pas facile à trouver, sinon il suffirait d'un simple cambriolage. Si quelqu'un cherche à acheter la maison, cela signifie qu'il va falloir démolir les murs et les planchers, ou alors qu'il y a un puits de pétrole dans le jardin.

— J'espère que ce n'est pas un puits de pétrole. Un trésor caché, c'est beaucoup plus romanesque.

— Hum... Dans ces conditions, je vais aller rendre visite au directeur de la banque locale pour lui expliquer que je suis venu passer Noël ici avec l'intention d'acheter la Maison Rouge, et que j'aimerais ouvrir un compte...

— Mais... pourquoi ?

— Patience, tu verras.

Au bout d'une demi-heure, Tommy était de retour, l'œil brillant.

— Nous avançons, Tuppence. J'ai fait ce que je t'avais dit, et ensuite j'ai négligemment demandé au directeur de la banque si on avait déposé beaucoup d'or chez lui, comme c'est souvent le cas dans les campagnes, où les petits fermiers en ont amassé pendant la guerre. De là, nous en sommes venus tout naturellement à parler des vieilles dames et de leurs lubies. Je me suis inventé une tante qui, à la déclaration de la guerre, est allée en voiture aux magasins de l'Armée et de la Marine et en est revenue avec seize jambons. Ce qui lui a rappelé une de ses clientes qui avait voulu à tout prix retirer tout son argent – en or de préférence – jusqu'au dernier centime, et qui avait exigé également qu'on lui remette toutes ses valeurs, titres au porteur, etc. J'ai réagi, j'ai dit que c'était de la folie, et il m'a signalé en passant qu'il s'agissait justement de l'ancienne propriétaire de la Maison Rouge. Tu vois, Tuppence ? Elle a retiré tout son argent et l'a caché quelque part. Tu te rappelles ce qu'a dit Monica Deane ? Ils se sont étonnés du faible montant de l'héritage. Oui, elle l'a caché dans la maison et quelqu'un le sait. Et je devine aussi qui cela peut être.

— Qui ?

— Que penserais-tu de la dévouée Crockett ? Elle devait être au courant de toutes les excentricités de sa maîtresse.

— Et le Dr O'Neill, l'homme à la dent en or ?

— C'est son gentleman de neveu, bien sûr ! Nous y sommes. Mais où diable a-t-elle pu cacher tout ça ? Toi qui les connais mieux que moi, Tuppence, où est-ce que les vieilles dames mettent leurs économies et leurs bijoux de famille ?

— Sous leur matelas, enveloppés dans des chaussettes et des jupons.

Tommy hocha la tête.

— Tu as sans doute raison. Mais ce n'est sûrement pas le cas, sinon on les aurait trouvés en retournant toutes ses affaires. Ce qui m'inquiète, tu vois, c'est qu'une vieille dame ne peut pas soulever les parquets ou creuser des trous dans le jardin. Et pourtant, l'argent se trouve ici, quelque part, dans la maison. Crockett ne l'a pas trouvé, mais elle sait qu'il est là, et quand son neveu et elle seront en possession de la maison, ils pourront la fouiller de fond en comble jusqu'à ce qu'ils mettent la main dessus. Il faut que nous les devancions. Viens, Tuppence, allons à la Maison Rouge.

Ils furent accueillis par Monica Deane, qui les présenta à sa mère et à Crockett comme d'éventuels acheteurs, ce qui expliquait leurs allées et venues dans toute la maison. Tommy ne communiqua pas ses conclusions à Monica, mais il lui posa différentes questions. Il apprit ainsi que les effets personnels de la morte avaient été en partie donnés à Crockett, et en partie envoyés à des familles dans le besoin. Tout avait été examiné et retourné.

— Votre tante n'a pas laissé de papiers ?

— Le secrétaire en était plein, et il y en avait aussi dans un tiroir de sa chambre. Mais tous sans importance.

— Vous les avez jetés ?

— Non, ma mère répugne toujours à se débarrasser des vieux papiers. Et elle y avait trouvé des recettes de grand-mère qu'elle avait envie d'essayer.

— C'est bien, approuva Tommy.

Puis, avisant un vieil homme qui travaillait dans un parterre de fleurs, il demanda :

— Ce jardinier, c'était celui de votre tante ?

— Oui. Il venait trois fois par semaine. Il habite au village. Le pauvre, il n'est plus vraiment en mesure de faire du bon travail. Il vient débroussailler un peu, une fois par semaine. Nous n'avons pas les moyens de l'employer plus souvent.

Tommy adressa un clin d'œil à Tuppence. Il fallait qu'elle occupe Monica pendant qu'il allait parler au jardinier. Après quelques paroles aimables, il lui demanda s'il avait connu la vieille dame, puis il hasarda :

— Vous avez bien enterré une boîte pour elle un jour, non ?

— Non, monsieur. J'ai jamais rien enterré. Et pourquoi j'aurais enterré une boîte ?

Tommy secoua la tête et retourna vers la maison, les sourcils froncés. Pourvu que l'examen des papiers leur procure un fil directeur, sinon le problème ne serait pas facile à résoudre. La maison n'était pas moderne, mais pas assez ancienne non plus pour abriter une pièce cachée ou un passage secret.

Avant leur départ, Monica leur descendit une grande boîte en carton ficelée.

— J'ai rassemblé les papiers, murmura-t-elle. Ils sont tous là-dedans. J'ai pensé que vous pourriez les emmener pour avoir ainsi tout loisir de les étudier... mais je suis sûre que vous n'y trouverez rien qui explique ces phénomènes mystérieux...

Elle fut interrompue par un terrible fracas venant du premier étage. À toute allure, Tommy grimpa l'escalier. Dans une pièce, une cuvette et un broc gisaient à terre, en mille morceaux. Il n'y avait personne en vue.

« Le fantôme fait de nouveau des siennes », songea Tommy en souriant, avant de redescendre.

— Mademoiselle Deane, puis-je m'entretenir une minute avec Mlle Crockett ? demanda-t-il.

— Mais bien sûr. Je vais la chercher.

Monica alla à la cuisine et revint avec la domestique d'un certain âge qui leur avait ouvert la porte.

— Ma femme et moi envisageons d'acheter la maison et nous nous demandions si, dans ce cas, vous accepteriez de rester à notre service.

Mlle Crockett demeura impassible.

— Je remercie Monsieur. J'aimerais y réfléchir, si Monsieur le permet.

— Cette maison me plaît infiniment, mademoiselle Deane. Je crois savoir que vous avez déjà un acheteur. Je sais ce qu'il vous a offert et je suis disposé à payer cent livres de plus. C'est un bon prix, croyez-moi.

Monica murmura quelques mots anodins, et les Beresford prirent congé.

— C'est ce que je te disais, dit Tommy quand ils se retrouvèrent dehors. Mlle Crockett est dans le coup. Tu as remarqué comme elle était essoufflée ? Elle a dû descendre l'escalier à toute vitesse après avoir cassé la cuvette et le broc. Elle a certainement fait entrer son neveu en cachette à plusieurs reprises, pour qu'il joue les esprits frappeurs pendant qu'elle restait ostensiblement auprès de la famille. Tu vas voir, le Dr O'Neill va se manifester aujourd'hui même.

Effectivement, après le dîner on leur apporta un message de Monica.

« Je viens de recevoir une nouvelle offre du Dr O'Neill. Il propose cent cinquante de plus. »

— On dirait que le neveu ne manque pas de moyens, remarqua Tommy, songeur. Le trésor qu'il cherche doit en valoir vraiment la peine...

— Oh là là ! Si seulement nous pouvions le trouver !

— Eh bien, remettons-nous au travail.

Ils entreprirent de trier les papiers, ce qui n'était pas une mince affaire étant donné qu'ils avaient été entassés pêle-mêle sans ordre ni méthode. De temps à autre, ils échangeaient des remarques :

— Qu'est-ce que tu as encore trouvé, Tuppence ?

— Deux vieilles factures, trois lettres sans intérêt, une recette pour la conservation des pommes de terre nouvelles et une autre pour le flan au citron. Et toi ?

— Une facture, un poème sur le printemps, deux coupures de journaux : « Pourquoi les femmes achètent des perles – un placement sûr » et « L'homme aux quatre épouses – une extraordinaire histoire », plus une recette de lièvre en gelée.

— C'est à désespérer, se lamenta Tuppence.

Et ils se remirent au travail. Quand la boîte fut vide, ils se regardèrent.

— J'ai mis ceci de côté, dit Tommy en attrapant une demi-feuille de papier. Cela m'a paru bizarre, mais je ne pense pas qu'il y ait là un rapport avec ce que nous cherchons.

— Fais voir... Oh ! C'est un de ces trucs amusants, comment appelle-t-on ça, déjà ? Une anagramme, ou une charade, quelque chose de ce genre.

Elle lut :

« À une branche est suspendu mon premier
À ceux qui ont de la branche mon deuxième est attaché
De mon troisième se nourrissent les branches

Et de mon tout se nourrissent toutes les branches de la société. »

— Hum... piètre poème, à mon avis, déclara Tommy.

— Je ne vois pas pourquoi tu dis ça. Il y a cinquante ans, tout le monde en possédait des recueils pour les soirées d'hiver au coin du feu.

— Je ne pensais pas au poème lui-même. C'est ce qui est écrit dessous qui m'a frappé.

— « Saint Luc XI, 9 »… C'est un passage de la Bible.

— Oui. Ça ne te paraît pas bizarre ? Pourquoi est-ce qu'une vieille femme pieuse évoquerait un passage de la Bible au bas d'une charade ?

— C'est bizarre, en effet, reconnut Tuppence.

— En bonne fille de pasteur, j'imagine que tu as ta Bible avec toi ?

— Eh bien oui, justement. Ha ! Tu ne t'attendais pas à ça, hein ? Une seconde...

Tuppence se précipita sur sa valise et en sortit un petit volume rouge qu'elle feuilleta rapidement .

— Nous y voilà. Luc, chapitre XI, verset 9. Oh ! Tommy, regarde...

Ce dernier se pencha pour lire ce que Tuppence lui montrait du doigt : *Cherche et tu trouveras.*

— C'est ça ! s'écria Tuppence. Nous le tenons ! Décryptons le cryptogramme et le trésor est à nous... ou plutôt à Monica.

— Bon, alors attaquons-nous à ce cryptogramme, comme tu l'appelles. « À une branche est suspendu mon premier. » Ça peut être n'importe quoi. Et puis, « À ceux qui ont de la branche mon deuxième est attaché »... C'est du charabia.

— Mais non, c'est très simple, répliqua gentiment Tuppence. Il suffit de trouver le truc. Laisse-moi faire.

Tommy ne se fit pas prier. Quant à Tuppence, elle se cala dans un fauteuil et se mit à marmonner, les sourcils froncés.

— C'est très simple, murmura Tommy au bout d'une demi-heure.

— Oh ! il n'y a pas de quoi triompher ! Nous ne faisons pas partie de la bonne génération, c'est tout. Si je rentre en ville demain et que je le montre à une vieille dame, elle le déchiffrera sans doute en un clin d'œil. Il s'agit simplement de trouver le truc.

— En attendant, essayons encore une fois...

— « De mon troisième se nourrissent les branches »... De quoi se nourrissent les branches ?

— Du sol ? On dit bien « le sol nourricier »...

— Mais ce sol, de quoi est-il fait ? De terre, remarqua Tuppence.

— Sol, ou terre... Je ne vois pas comment nous allons trouver un mot en commençant par la fin.

Ils furent interrompus par une domestique qui venait leur annoncer que le dîner allait être servi.

— Mme Lumley voudrait savoir si vous préférez les pommes de terre frites ou en robe des champs.

— En robe des champs, répondit aussitôt Tuppence. J'adore les pommes de terre...

Elle s'arrêta brusquement, la bouche ouverte.

— Qu'est-ce qui t'arrive, Tuppence ? On dirait que tu as vu un fantôme.

— Tommy ! s'écria-t-elle, tu ne comprends pas ? C'est ça ! C'est le mot ! *Pomme de terre !* « À une branche est suspendu mon premier », c'est la *pomme.* « À ceux qui ont de la branche mon deuxième est attaché », c'est *de*, la particule nobiliaire. Et mon troisième... c'était bien *terre. Pomme de terre !*

— Tu as peut-être raison, Tuppence. Mais dans ce cas, je crains que nous n'ayons perdu notre temps. Il n'y a rien de commun entre une pomme de terre et un trésor. Ah !... minute. Tout à l'heure, quand nous étions en train de trier les papiers, tu n'as pas mentionné une recette concernant les pommes de terre nouvelles ? Il y a peut-être quelque chose à glaner là-dedans...

Il fouilla fébrilement la pile des recettes :

— La voilà. « Conservation des pommes de terre nouvelles. Mettez-les dans des boîtes en métal et enterrez-les dans le jardin. Même en plein hiver, elles auront le goût de pommes de terre fraîchement récoltées. »

— C'est ça ! cria Tuppence. C'est bien ça ! Le trésor est enterré dans le jardin, dans une boîte en fer !

— Mais j'ai interrogé le jardinier ! Il m'a assuré qu'il n'avait rien enterré.

— Je sais, mais c'est parce que les gens ne répondent jamais à ce que vous leur demandez, ils répondent à ce qu'ils pensent que vous voulez leur demander. Il a pensé que la question faisait allusion à quelque chose sortant de l'ordinaire, et il savait bien qu'il n'avait rien enterré de tel. Nous irons lui demander demain où il a enfoui les pommes de terre.

Le lendemain était veille de Noël. À force de questions, ils finirent par trouver la maison du jardinier et, après quelques minutes de conversation, Tuppence aborda son sujet.

— Dommage qu'il n'y ait pas de pommes de terre nouvelles à Noël, remarqua-t-elle. Ce serait bon avec la dinde, non ? On ne les enterre pas dans des boîtes en fer, ici ? J'ai entendu dire que c'était un bon moyen de les conserver.

— Sûr qu'ils le font, répondit le jardinier. À la Maison Rouge, la vieille Mlle Deane en enterrait bien trois boîtes tous les étés, même qu'après elle oubliait le plus souvent de les déterrer.

— Dans le parterre qui est près de la maison, sans doute ?

— Non, le long du mur, à côté du sapin.

Ayant obtenu le renseignement qu'ils cherchaient, ils prirent rapidement congé du jardinier en lui laissant cinq shillings pour ses étrennes.

— Et maintenant, chez Monica ! lança Tommy.

— Tommy ! Tu n'as aucun sens de la mise en scènc. Laisse-moi faire. J'ai un plan sensationnel. Tu te sens capable d'emprunter une bêche, ou de la voler ?

Sans qu'on sût très bien comment, une bêche fit son apparition et, cette nuit-là, on put apercevoir deux silhouettes qui se glissaient dans les jardins de la Maison Rouge. L'endroit que leur avait indiqué le jardinier ne fut pas difficile à trouver, et Tommy se mit à l'œuvre. Sa bêche heurta bientôt du métal, et quelques secondes plus tard il déterrait une grande boîte à biscuits. Elle était hermétiquement fermée avec du ruban adhésif. Tuppence l'ouvrit à l'aide du couteau de Tommy, mais elle poussa un grognement de dépit : la boîte était pleine de pommes de terre. Elle la vida complètement : elle ne contenait rien d'autre.

— Continue à creuser, Tommy.

Il lui fallut un certain temps pour en découvrir une deuxième que Tuppence ouvrit aussi.

— Alors ? demanda Tommy.

— Encore des pommes de terre !

— Nom de Dieu ! s'écria Tommy en se remettant à l'ouvrage.

— La troisième fois sera la bonne, soupira Tuppence en guise de consolation.

— J'ai bien peur que cette histoire ne soit qu'un serpent de mer, gémit Tommy tout en continuant à creuser.

Une troisième boîte fut enfin mise au jour.

— De nouveau des pommes de... Oh ! Tommy, ça y est ! Les pommes de terre sont seulement sur le dessus. Regarde !

Elle brandit un grand sac en velours ancien.

— Rentrons en vitesse ! lui cria Tommy, il fait un

froid de canard. Emporte le sac. Il faut que je remette la terre en place. Mais ne t'avise pas de l'ouvrir avant mon retour !

— Je serai *fair play*. Oh là là ! Je suis frigorifiée !

Elle battit promptement en retraite. Elle n'eut pas longtemps à attendre à l'auberge. Tommy arriva sur ses talons, tout en transpiration à force d'avoir creusé, puis rebouché, puis couru pour rentrer.

— Allons-y, maintenant, dit-il. Les détectives privés ont réussi leur coup ! Montrez-nous le butin, madame Beresford.

Le sac contenait un paquet enveloppé de toile cirée et une bourse épaisse en peau de chamois, qu'ils ouvrirent en premier. Elle était pleine de pièces d'or.

— Deux cents livres, compta Tommy. C'est tout ce qu'on lui a donné à la banque, je suppose. Ouvre le paquet...

Il était rempli de billets soigneusement pliés. Leur total s'élevait à la somme de vingt mille livres !

— Fichtre ! s'exclama Tommy. Elle en a de la chance, Monica, que nous soyons tous les deux riches et honnêtes ! Et qu'est-ce qu'il y a là, dans ce papier de soie ?

Tuppence ouvrit le petit paquet et en sortit un magnifique collier de perles.

— Je n'y connais pas grand-chose, dit Tommy, mais je suis sûr qu'elles valent au moins cinq mille livres. Des perles aussi grosses... Je comprends maintenant pourquoi la vieille dame avait gardé cette coupure de presse expliquant que les perles étaient un bon investissement. Elle a dû vendre toutes ses valeurs pour les remplacer par des billets de banque et des bijoux.

— Oh ! Tommy... C'est merveilleux ! Cette chère Monica va pouvoir épouser son charmant jeune homme et vivre heureuse désormais, comme moi !

— C'est gentil de ta part, Tuppence. Ainsi, tu es heureuse avec moi ?

— Ma foi oui, je le suis. Mais ce n'est pas ce que je voulais dire. Ça m'a échappé. Voilà ce que c'est d'être excitée, et puis c'est la veille de Noel, et tout et tout.

— Si tu m'aimes vraiment, tu dois pouvoir répondre à une question.

— Je déteste ce genre de chantage. Enfin, bon, vas-y !

— Comment as-tu deviné que Monica était fille de pasteur ?

— Bah ! J'ai un peu triché, répondit Tuppence allègrement. J'avais ouvert la lettre où elle nous demandait un rendez-vous. Et comme mon père avait eu autrefois un vicaire qui s'appelait Deane, lequel avait une petite fille de quatre ou cinq ans plus jeune que moi qui s'appelait Monica, il ne me restait plus qu'à additionner deux et deux...

— Tu n'es qu'une créature sans vergogne ! s'écria Tommy. Hé ! Il me semble que j'entends sonner les douze coups de minuit. Joyeux Noël, Tuppence !

— Joyeux Noël, Tommy ! Cela va être un joyeux Noël aussi pour Monica, grâce à nous. J'en suis ravie. La pauvre petite, elle était si malheureuse... Tu sais, Tommy, j'en ai la gorge qui se serre quand j'y pense.

— Ma chère Tuppence, dit Tommy.

— Mon cher Tommy, dit Tuppence. Nous devenons affreusement sentimentaux...

— Noël n'arrive qu'une fois par an, déclara solennellement Tommy. C'est ce que disaient nos grand-mères et je suppose qu'il y a du vrai là-dedans.

16

LES CHAUSSURES DE L'AMBASSADEUR

— Mon très cher ami ! s'exclama Tuppence en agitant un muffin généreusement beurré.

Tommy la dévisagea pendant quelques instants, puis il eut un grand sourire.

— Nous devons nous montrer très, très prudents, murmura-t-il.

— Tout juste, approuva Tuppence, enchantée. Tu as deviné. Je suis le fameux Dr Fortune et tu es le superintendant Bell.

— Pourquoi choisir Reginald Fortune ?

— Ma foi, parce que j'ai très envie de beurre fondu.

— Ça, c'est le bon côté du rôle, remarqua Tommy. Mais tu vas aussi devoir examiner d'horribles visages écrabouillés et des cadavres en décomposition.

Pour toute réponse, Tuppence poussa une lettre dans sa direction. Tommy leva les sourcils, étonné.

— Randolph Wilmott, l'ambassadeur des États-Unis ? Je me demande ce qu'il veut.

— Nous le saurons demain à 11 heures.

À l'heure dite, on introduisait M. Randolph Wilmott, ambassadeur des États-Unis à la cour de St. James, dans le bureau de M. Blunt. Il s'éclaircit la voix et commença posément :

— Je suis venu vous voir, monsieur Blunt... Au fait, c'est bien à M. Blunt que j'ai le plaisir de parler, n'est-ce pas ?

— Certainement, répondit Tommy. Theodore Blunt, directeur de l'agence.

— Je préfère toujours avoir affaire aux chefs de

service, c'est plus satisfaisant à tous points de vue. Donc, monsieur Blunt, comme j'allais vous le dire, cette histoire me tape sur les nerfs. Elle ne mérite pas qu'on dérange Scotland Yard : je n'ai pas été lésé d'un sou et il s'agit probablement d'une simple erreur. Mais quand même, je ne comprends pas comment cette erreur a pu se produire. Il n'y a rien de criminel là-dedans, mais j'aimerais y voir clair. Cela me rend fou de ne pas saisir les tenants et les aboutissants de quelque chose.

— Parfaitement, dit Tommy.

M. Wilmott poursuivit. Il parlait lentement, s'attachant aux détails. Tommy arriva enfin à placer un mot :

— La situation se résume donc ainsi, dit-il. Vous êtes arrivé il y a une semaine par le paquebot de ligne *Nomadic.* Votre sac de voyage a été confondu avec celui d'un certain M. Ralph Westerham, dont les initiales sont les mêmes que les vôtres. Vous avez pris le sien et il a pris le vôtre. M. Westerham s'est immédiatement aperçu de la méprise, a renvoyé votre sac à l'ambassade et a récupéré le sien. C'est bien cela ?

— Exactement. Comme les deux sacs étaient identiques et les initiales aussi, l'erreur n'est pas surprenante. Moi-même je n'avais rien remarqué, c'est mon valet de chambre qui m'en a informé et qui m'a raconté que M. Westerham – un sénateur pour lequel j'ai la plus grande admiration – avait fait prendre son sac et m'avait renvoyé le mien.

— Dans ce cas, je ne vois pas...

— Attendez, ce n'est que le début. Hier, je rencontre par hasard le sénateur Westerham et je fais allusion à l'incident. À ma stupeur, il n'a pas eu l'air de comprendre de quoi je parlais. Et après que je lui eus fourni les explications nécessaires, il a récusé toute l'histoire. Il n'a jamais pris mon sac par erreur en descendant du bateau et n'a d'ailleurs jamais possédé de sac de ce genre.

— Quelle histoire extraordinaire !

— C'est effectivement une histoire extraordinaire, monsieur Blunt. Si quelqu'un voulait voler mon sac, il pouvait le faire sans toutes ces complications. Quoi qu'il en soit, il n'a pas été volé puisqu'on me l'a rendu. D'un autre côté, s'il a été pris par erreur, pourquoi y mêler le nom du sénateur Westerham ? C'est une histoire sans queue ni tête et, par simple curiosité, j'aimerais en connaître le fin mot. J'espère qu'elle ne vous paraîtra pas trop insignifiante et que vous ne refuserez pas de vous en occuper ?

— Mais non ! C'est un mystère fort intrigant qui doit avoir, comme vous le dites, une explication très simple, mais qui, à première vue, est déconcertant. Avant tout, quelle pourrait bien être la raison de cette substitution, si substitution il y a eu ? Vous affirmez que rien ne manquait dans votre sac quand vous êtes rentré en sa possession ?

— C'est ce que m'a dit mon valet de chambre. Il est bien placé pour le savoir.

— Puis-je vous demander ce qu'il contenait ?

— Surtout des chaussures.

— Des chaussures..., répéta Tommy, déçu.

— Oui, des chaussures, répéta M. Wilmott. C'est bizarre, vous ne trouvez pas ?

— Pardonnez-moi de vous poser cette question, mais... vous ne transportiez pas de papiers confidentiels ou quelque chose du même genre, cousus dans une doublure ou enroulés dans un faux talon ?

La question parut amuser l'ambassadeur.

— J'espère bien que la diplomatie n'en est pas encore arrivée là...

— Seulement dans les romans, répondit Tommy avec un petit sourire d'excuse. Et pourtant, il faut bien qu'il y ait une explication à cette histoire. Qui est venu chercher le sac ? Je veux dire, l'autre sac ?

— Un domestique de Westerham, soi-disant. D'après ce que j'ai compris, un personnage tout à fait quelconque. Mon valet de chambre ne lui a rien trouvé de suspect.

— Est-ce que le sac avait été défait ?

— Je l'ignore. Je ne pense pas. Mais peut-être désirez-vous interroger mon valet de chambre ? Il pourra vous en dire plus que moi.

— Cela me paraît une excellente idée, monsieur Wilmott.

L'ambassadeur griffonna quelques mots sur une carte qu'il tendit à Tommy :

— Je présume que vous préférez vous rendre à l'ambassade pour effectuer votre enquête ? Dans le cas contraire, je peux envoyer chercher Richard – c'est ainsi qu'il s'appelle, à propos.

— Merci, monsieur Wilmott, mais je préfère en effet me rendre à l'ambassade.

L'ambassadeur jeta un coup d'œil à sa montre et se leva.

— Mon Dieu ! je vais être en retard à mon rendez-vous. Eh bien, au revoir, monsieur Blunt. Je m'en remets à vous.

Il partit précipitamment. Tommy se tourna vers Tuppence qui, vivante incarnation de Mlle Robinson, l'efficace secrétaire, avait passé son temps à griffonner discrètement dans son carnet.

— Alors, ma vieille ? Comme l'a si bien vu notre oiseau, cette histoire n'a ni rime ni raison, hein ?

— En effet, répondit gaiement Tuppence.

— Eh bien, c'est au moins un début ! Cela montre que quelque chose se cache derrière tout ça.

— Tu crois ?

— C'est l'hypothèse généralement admise. Rappelle-toi Sherlock Holmes et à quelle profondeur le beurre avait sombré dans le persil... enfin l'inverse. J'ai toujours eu une folle envie de connaître le fin mot de cette affaire. Peut-être Watson se décidera-t-il un jour à l'exhumer de son carnet de notes ? Alors je pourrai mourir tranquille. Allons, au travail !

— D'accord, dit Tuppence. Ce n'est pas un rapide, notre estimable Wilmott, mais il a l'air de savoir ce qu'il veut.

— Elle connaît les hommes, approuva Tommy. Ou dois-je dire *il* connaît les hommes ? Ça m'embrouille quand tu prends les traits d'un détective masculin.

— Oh ! mon cher ami !

— Un peu plus d'action et un peu moins de répétition, tu veux bien, Tuppence ?

— On ne répète jamais trop ses classiques, répliqua dignement Tuppence.

— Prends un muffin, dit gentiment Tommy.

— Non merci, pas à 11 heures du matin. Quelle histoire ridicule ! Des chaussures, vraiment... Pourquoi des chaussures ?

— Ma foi... pourquoi pas des chaussures ?

— Ça ne colle pas. Des chaussures, répéta-t-elle en secouant la tête. Ça ne va pas. Qui pourrait vouloir des chaussures de quelqu'un d'autre ? Ça ne tient pas debout.

— Ils se sont peut-être trompés de sac ? suggéra Tommy.

— Peut-être. Mais s'ils cherchaient des papiers, une serviette aurait été plus vraisemblable. Quand il s'agit d'un ambassadeur, on pense tout de suite à des papiers.

— Les chaussures évoquent des empreintes de pas, remarqua Tommy, songeur. Tu penses qu'ils auraient pu vouloir semer les empreintes de pas de Wilmott quelque part ?

Abandonnant un instant son rôle, Tuppence envisagea cette possibilité, puis secoua la tête.

— Cela paraît hautement invraisemblable, trancha-t-elle. Non. Je pense que nous devons nous résigner : les chaussures n'ont rien à voir avec l'affaire.

— Bon, fit Tommy en soupirant. Prochaine étape : l'interrogatoire de notre ami Richard. Il pourra peut-être nous éclairer sur ce mystère.

Sur présentation de la carte qu'il lui avait donnée, Tommy fut admis chez l'ambassadeur. Un jeune homme pâle, l'air soumis et plein de déférence, vint de lui-même subir son interrogatoire.

— Je m'appelle Richard, monsieur, je suis le valet de chambre de M. Wilmott. J'ai cru comprendre que vous désiriez me voir ?

— Oui, Richard. J'ai reçu la visite de M. Wilmott ce matin, et il m'a suggéré de venir vous poser quelques questions. C'est à propos de ce sac de voyage.

— Je sais, monsieur, que M. Wilmott a été très troublé par cette histoire. Je ne comprends pas très bien pourquoi puisque tout est rentré dans l'ordre.

— Celui qui est venu chercher l'autre sac, quel genre d'homme était-ce ?

— Âge moyen, cheveux gris, distingué... très convenable à mon avis. J'ai cru comprendre qu'il était le valet de chambre du sénateur Westerham. Il a rapporté le sac de M. Wilmott et emporté l'autre

— Est-ce qu'il avait été défait ?

— Lequel, monsieur ?

— Eh bien, je pensais à celui que vous avez rapporté du bateau. Mais celui de M. Wilmott m'intéresse aussi. Diriez-vous qu'il avait été défait ?

— Non, monsieur. La courroie intérieure était exactement dans l'état où je l'avais fixée. Le gentleman, quel qu'il soit, qui a ouvert le sac, a dû s'apercevoir que ce n'était pas le sien et le refermer aussitôt.

— Il ne manquait rien ? Pas la moindre petite chose ?

— Je ne crois pas, monsieur. En vérité, j'en suis même sûr.

— L'autre, maintenant : aviez-vous commencé à le vider ?

— En fait, monsieur, j'allais justement l'ouvrir quand l'envoyé du sénateur Westerham est arrivé. J'avais simplement dénoué la courroie.

— L'avez-vous ouvert en fin de compte ?

— Nous l'avons fait ensemble, monsieur, pour nous assurer qu'il n'y avait pas d'erreur cette fois. Le messager a déclaré que c'était bien le bon sac, il l'a refermé et l'a emporté.

— Que contenait-il ? Également des chaussures ?

— Non, monsieur. Surtout des affaires de toilette, il me semble. En tout cas j'ai aperçu une boîte de sels de bain.

Tommy abandonna cette piste.

— Sur le bateau, vous n'avez jamais surpris quelqu'un en train de mettre le nez dans les affaires de votre maître ?

— Oh ! non, monsieur !

— Rien, jamais, ne vous a paru suspect ?

Je me demande bien ce que j'entends par là, songea-t-il, se moquant de lui-même. Rien de suspect... ça ne veut rien dire !

— Maintenant que j'y pense..., fit l'homme, hésitant.

— Oui ? Quoi ? demanda vivement Tommy.

— Cela n'a sans doute aucun rapport avec cette histoire, mais il y a eu une jeune femme...

— Ah oui ? Une jeune femme, dites-vous ? Et qu'a-t-elle fait ?

— Elle s'est trouvée mal, monsieur. Eileen O'Hara, une charmante jeune femme, fine et délicate, pas très grande, avec des cheveux noirs. Et un petit air exotique.

— Oui ? l'encouragea Tommy, de plus en plus impatient.

— Comme je vous le disais, elle s'est sentie mal, juste devant la cabine de M. Wilmott. Elle m'a demandé d'aller chercher le médecin. Je l'ai installée sur le divan et j'y suis allé. J'ai mis un certain temps à le trouver et quand enfin j'ai réussi à le ramener, la jeune femme se sentait beaucoup mieux.

— Tiens, tiens ! fit Tommy.

— Vous ne pensez pas, monsieur...

— Il est bien difficile de savoir ce qu'il faut penser, répondit Tommy sans se compromettre. Cette Mlle O'Hara, elle voyageait seule ?

— Oui, monsieur, je crois.

— Depuis que vous avez accosté, vous ne l'avez plus revue ?

— Non, monsieur.

— Bon, dit Tommy après un instant de réflexion. Je pense que ce sera tout. Merci, Richard.

— C'est vous qu'il faut remercier, monsieur.

De retour dans son bureau, Tommy fit part à Tuppence de sa conversation avec Richard. Celle-ci l'écouta attentivement.

— Que penses-tu de tout ça, Tuppence ?

— Oh, mon cher ami ! Nous nous méfions toujours, nous les médecins, des évanouissements soudains. C'est tellement commode ! Quant à Eileen accouplé à O'Hara... Vous ne trouvez pas ça plus irlandais que nature ?

— En tout cas, c'est un point de départ. Tu sais ce que je vais faire, Tuppence ? Je vais faire paraître une annonce pour rechercher cette dame.

— Quoi ?

— Oui. Cherche tous renseignements concernant une Mlle Eileen O'Hara, ayant voyagé sur tel et tel bateau, à telles et telles dates. Si elle est bien ce qu'elle prétend être, elle répondra elle-même. Sinon, quelqu'un se présentera peut-être avec une information quelconque. C'est notre seul espoir.

— Tu risques de la mettre sur ses gardes.

— Ma foi, il faut bien prendre des risques.

— Je n'arrive toujours pas à trouver un sens à tout ça, déplora Tuppence. Quel intérêt aurait une bande d'escrocs à s'emparer du sac de l'ambassadeur et à le renvoyer au bout d'une heure ou deux ? À moins qu'il ne contienne des papiers qu'ils désirent copier, mais M. Wilmott jure qu'il ne s'y trouvait rien de pareil.

Tommy la regarda, brusquement songeur.

— Tu as très bien défini le problème, Tuppence, dit-il enfin. Tu m'as donné une idée.

Deux jours plus tard, seul dans l'austère bureau de Theodore Blunt – Tuppence étant sortie déjeuner –, Tommy s'aiguisait l'esprit au contact du plus récent des romans policiers à sensation quand la porte s'ouvrit. Albert entra.

— Une jeune femme demande à vous voir, monsieur. Mlle Cicely March. Elle dit qu'elle vient à la suite d'une petite annonce.

— Fais-la entrer ! s'écria Tommy en jetant son livre dans le premier tiroir venu.

Presque aussitôt, Albert introduisit la jeune femme. Tommy eut à peine le temps de remarquer qu'elle était blonde et très jolie, car il se produisit alors un incident stupéfiant.

La porte par laquelle Albert venait de se retirer s'ouvrit brutalement et, sur le seuil, un personnage pittoresque apparut : un homme grand et très brun, d'allure espagnole, portant une cravate d'un rouge flamboyant. Il avait les traits déformés par la rage et un pistolet brillait dans sa main.

— C'est donc là le bureau de M. Blunt le Fouineur,

asséna-t-il d'une voix basse et venimeuse, mais dans un anglais parfait. Les mains en l'air, ou je tire !

La menace paraissait sérieuse. Obéissant, Tommy leva les bras. Plaquée contre le mur, la jeune femme étouffa un cri de terreur.

— Cette jeune dame va venir avec moi, annonça l'homme. Oui, vous allez me suivre, ma chère. Vous ne savez pas qui je suis, mais c'est sans importance. Je ne peux pas voir tous mes plans échouer à cause d'une gamine comme vous. Il me semble bien que vous avez fait la traversée sur le *Nomadic*. Vous avez dû mettre votre nez dans ce qui ne vous regardait pas, et je n'ai pas l'intention de vous laisser tout raconter à M. Blunt. Très astucieux, monsieur Blunt, cette idée d'annonce. Mais il se trouve que je garde toujours un œil sur ces pages-là. C'est comme ça que j'ai pigé votre petit jeu.

— Vous m'intéressez beaucoup, déclara Tommy. Il y a une suite, j'espère ?

— Ce n'est pas le culot qui vous sauvera, monsieur Blunt. Dorénavant, vous êtes dans notre collimateur. Abandonnez cette enquête et nous vous ficherons la paix. Sinon... que Dieu vous vienne en aide ! La mort guette ceux qui contrarient nos plans...

Tommy ne répondit pas. Il regardait par-dessus l'épaule de l'intrus, comme s'il avait aperçu un fantôme.

En fait, il voyait quelque chose qui l'effrayait plus que n'importe quel fantôme. Jusqu'à présent, il n'avait pas songé un instant qu'Albert pût entrer dans le jeu, convaincu que le mystérieux étranger avait déjà dû se charger de lui. S'il lui avait accordé une pensée, c'était pour l'imaginer étendu raide sur le tapis de l'entrée.

Force lui était maintenant de constater qu'Albert avait miraculeusement échappé à l'attention de l'étranger. Mais au lieu d'aller chercher en vitesse un policier, en véritable Anglais doté d'un solide bon sens, il avait préféré faire cavalier seul. La porte s'était ouverte sans bruit et Albert se tenait sur le seuil, enroulé dans une corde.

Tommy poussa un cri pour l'arrêter, mais trop tard : mû par son enthousiasme, Albert envoya un nœud coulant par-dessus la tête de l'intrus, qui perdit l'équilibre.

L'inévitable se produisit : le pistolet partit dans un grondement de tonnerre. Une balle alla se ficher dans le mur, derrière Tommy, non sans lui avoir brûlé l'oreille en passant.

— Je l'ai eu, monsieur ! s'écria Albert, rouge et triomphant. Je l'ai pris au lasso ! Je m'exerce à ce sport pendant mon temps libre, monsieur. Pouvez-vous me donner un coup de main ? Il est très violent...

Tommy se précipita au secours de son fidèle écuyer, déterminé à ne jamais plus lui laisser de temps libre.

— Triple idiot ! s'écria-t-il. Pourquoi n'es-tu pas allé chercher un policier ? Avec ton petit jeu stupide, j'ai failli me retrouver avec une balle dans la tête. Fichtre ! Je n'avais jamais frôlé la mort d'aussi près !

— Je l'ai ficelé juste à temps, non ? répliqua Albert, dont l'ardeur n'avait pas faibli. C'est merveilleux ce que ces types arrivent à faire dans la prairie, monsieur.

— Sans doute, concéda Tommy. Mais nous ne sommes pas dans la prairie. Il se trouve que nous habitons une ville civilisée. Et maintenant, qu'allons-nous faire de vous, cher monsieur ? demanda-il à son ennemi prostré.

Pour toute réponse, il eut droit à un torrent d'injures proférées en langue étrangère.

— Silence ! Je ne comprends pas un mot de ce que vous dites, mais j'ai la vague impression que ce n'est pas le genre de langage à employer devant une dame. Vous voudrez bien l'excuser, mademoiselle... savez-vous que, dans l'émotion, j'ai complètement oublié votre nom ?

— March, dit la jeune fille.

Encore pâle et bouleversée, elle s'approcha néanmoins de Tommy et regarda, gisant à ses pieds, l'inconnu défait.

— Qu'allez-vous faire de lui ?

— Je pourrais aller prévenir la police, maintenant ? proposa Albert.

Mais, voyant le léger signe de dénégation que lui adressait la jeune fille, Tommy lui emboîta le pas :

— Laissons-le filer pour cette fois. Cependant, je vais m'offrir le plaisir de l'expédier moi-même en bas de l'escalier, ne serait-ce que pour lui apprendre à se conduire avec les dames.

Il défit la corde, remit la victime sur ses pieds et la propulsa hors du bureau.

On entendit une série de cris aigus, puis un bruit sourd. Tommy réapparut, rouge mais souriant. La jeune fille le regarda, les yeux écarquillés.

— Vous... vous lui avez fait mal ?

— J'espère que oui, répondit Tommy. Mais ces étrangers ont tellement l'habitude de crier avant même qu'on les ait touchés que je n'en suis pas sûr. Si nous allions reprendre notre conversation dans mon bureau, mademoiselle March ? À mon avis, on ne viendra plus nous interrompre.

— De toute façon, j'aurai mon lasso à portée de main, déclara Albert, toujours serviable.

— Range-le ! lui ordonna Tommy avec sévérité.

Il suivit la jeune fille et alla s'asseoir derrière son bureau tandis qu'elle prenait place en face de lui.

— Je ne sais pas trop par quoi commencer, dit-elle. J'étais en effet sur le *Nomadic*, ainsi que Mlle O'Hara, la femme que vous recherchez.

— Ça, nous le savons déjà, dit Tommy. Mais vous devez être au courant d'autre chose, de ce qu'elle faisait sur ce bateau, sinon ce pittoresque gentleman n'aurait pas été si pressé d'intervenir.

— Je vous dirai tout ce que je sais. L'ambassadeur des États-Unis était également à bord. Un jour, en passant, j'ai aperçu cette femme dans sa cabine. Elle était en train de faire quelque chose de si extraordinaire que je me suis arrêtée pour regarder. Elle tenait une chaussure d'homme à la main...

— Une chaussure ? s'écria Tommy, surexcité. Excusez-moi, mademoiselle March, continuez.

— À l'aide de petits ciseaux, elle décousait la doublure. Puis il m'a semblé qu'elle introduisait quelque chose en dessous. Mais juste à ce moment-là, le médecin est passé par là avec un autre passager et elle s'est aussitôt allongée sur la couchette en gémissant. D'après les paroles qu'ils ont échangées, j'ai compris qu'elle faisait semblant de s'être trouvée mal. Je dis « faisait semblant » parce que rien ne le laissait présager quand je l'avais aperçue.

Tommy hocha la tête.

— Et alors ?

— Cela m'ennuie beaucoup de vous raconter la suite... J'étais... curieuse et j'avais lu un tas de livres ridicules. Je me demandais si elle avait mis une bombe ou une aiguille empoisonnée dans la chaussure de M. Wilmott. Je sais bien que c'est absurde, mais c'était l'idée que j'avais. Quoi qu'il en soit, dès que je suis passée devant et que j'ai trouvé la cabine vide, je suis entrée pour examiner la chaussure. Mais juste au moment où je sortais un morceau de papier de la doublure, j'ai entendu arriver le steward et je me suis sauvée. Avec le morceau de papier dans la main. Je l'ai examiné dans ma cabine, M. Blunt, mais il n'y avait là que quelques versets de la Bible.

— Des versets de la Bible ? répéta Tommy, de plus en plus intrigué.

— C'est du moins ce que j'ai cru alors. Je n'y comprenais rien, mais j'ai pensé que c'était peut-être l'œuvre d'un fanatique religieux. De toute façon, cela ne valait pas la peine de prendre le risque d'aller le remettre à sa place. Je l'ai donc gardé sans y prêter grande attention, mais hier je m'en suis servie pour fabriquer un bateau, pour que mon neveu puisse jouer dans son bain. Dès que le papier a été mouillé, il s'est couvert de drôles de dessins. Je l'ai vite sorti du bain et je l'ai étalé. L'eau avait fait apparaître un message caché. Une espèce de calque représentant quelque chose qui ressemblait à l'embouchure d'un port. Et c'est tout de suite après que j'ai remarqué votre annonce.

Tommy bondit de son fauteuil.

— C'est d'une importance capitale ! Je comprends tout maintenant. Il s'agit sans doute du plan des fortifications d'un grand port que cette femme a volé. Craignant d'être découverte et n'osant pas le dissimuler dans ses propres affaires, elle a imaginé cette cachette. Plus tard, quand elle est entrée en possession du sac où se trouvait la chaussure, elle a découvert que le papier avait disparu. Dites-moi, mademoiselle March, avez-vous apporté ce papier avec vous ?

La jeune fille secoua la tête.

— Je l'ai laissé dans le salon de beauté que je dirige, dans Bond Street. Je suis le représentant des produits Cyclamen de New York. C'est pourquoi j'avais fait ce voyage. J'ai pensé que ce papier était peut-être important et je l'ai enfermé dans mon coffre-fort avant de sortir. Vous ne pensez pas qu'il faudrait avertir Scotland Yard ?

— Si, bien sûr.

— Alors allons tout de suite le chercher et le leur apporter.

— Je suis très occupé cet après-midi, répliqua Tommy de son ton le plus professionnel en consultant sa montre. L'évêque de Londres veut me charger d'une affaire... Très curieux problème, en vérité, qui concerne quelques vêtements sacerdotaux et deux vicaires...

— Dans ce cas, j'irai seule, déclara Mlle March en se levant.

Tommy eut un geste de protestation.

— Comme j'allais vous le dire, l'évêque attendra. Je laisserai la commission à Albert. Tant que ce papier ne sera pas en sécurité dans les mains de Scotland Yard, je suis convaincu que vous courez un réel danger.

— Vous pensez ? demanda la jeune fille, sceptique.

— Je ne pense pas, j'en suis sûr. Excusez-moi un instant, dit-il en griffonnant quelques mots sur un carnet.

Il arracha la feuille, la plia, saisit son chapeau et sa canne, et fit signe à la jeune fille qu'il était prêt à l'accompagner. En sortant, il tendit la feuille à Albert d'un air plein d'importance.

— Je suis obligé de m'absenter pour une affaire urgente. Expliquez-le à Monseigneur s'il arrive avant moi, et transmettez ces notes à Mlle Robinson.

— Très bien, monsieur, dit Albert en entrant dans le jeu. Et pour les perles de la duchesse ?

— Cela attendra aussi, rétorqua Tommy avec un geste d'impatience.

Il se dépêcha de sortir, suivi par Mlle March. Dans l'escalier, il croisa Tuppence qui remontait. Tommy lui lança brutalement :

— Encore en retard, mademoiselle Robinson ! Je suis appelé pour une affaire très importante.

Tuppence resta immobile, tout en les suivant des yeux. Puis, les sourcils levés, elle continua son chemin jusqu'au bureau.

Un taxi passait au moment où ils atteignaient la rue. Tommy se préparait à le héler, mais changea d'avis.

— Si nous partions à pied, mademoiselle March ? proposa-t-il.

— Pourquoi ? Nous irions plus vite avec ce taxi...

— Vous ne l'avez sans doute pas remarqué, mais son chauffeur vient de refuser un client, un peu plus bas dans la rue. Il nous attendait. Vos ennemis sont en chasse. Si vous vous en sentez capable, nous ferions mieux de marcher jusqu'à Bond Street. Dans ces rues pleines de monde, ils ne pourront pas tenter grand-chose.

— Très bien, dit la jeune fille, incrédule.

Ils se dirigèrent vers l'ouest. Les rues étaient en effet très encombrées et ils progressaient avec peine. Tommy était sur ses gardes. Par moments, il tirait vivement la jeune fille de côté, alors que celle-ci n'avait rien remarqué de suspect.

Soudain, après lui avoir jeté un coup d'œil, il fut pris de compassion pour elle.

— Dites-moi, vous avez l'air épuisée. Le choc, sans doute. Entrons ici et prenons une bonne tasse de café très fort. Je pense que vous ne voudrez pas entendre parler d'un petit verre de cognac ?

La jeune fille secoua la tête et esquissa un sourire.

— Va pour un café, alors, dit Tommy. Je ne pense pas que nous risquions de le trouver empoisonné.

Ils s'attardèrent sur leur café et se remirent finalement en route d'un pas plus vif.

— À mon avis, nous les avons semés, dit Tommy en jetant un coup d'œil derrière eux.

Cyclamen Ltd était une petite boutique de Bond Street aux rideaux de taffetas rose pâle, avec quelques pots de crème pour le visage et un morceau de savon dans la vitrine.

Cicely March entra, suivie de Tommy. L'endroit était minuscule. À gauche, sur un comptoir en verre, des produits de beauté et, derrière le comptoir, une femme entre deux âges aux cheveux gris et au teint délicat adressa un petit signe de tête à Cicely tout en continuant à converser avec une cliente. Petite et brune, celle-ci leur tournait le dos ils ne pouvaient donc pas voir son visage. Elle parlait l'anglais avec lenteur et difficulté.

À droite se trouvaient un divan, deux fauteuils et, sur une petite table, quelques magazines. Deux hommes avaient pris place, sans doute des maris qui s'ennuyaient en attendant leurs femmes.

Cicely March se dirigea droit vers la porte du fond qu'elle maintint ouverte pour laisser passer Tommy. À cet instant, la cliente s'exclama :

— Ah ! Mais c'est *un amico* !

Et elle se précipita à leur suite, glissant son pied dans l'entrebâillement de la porte pour l'empêcher de se refermer.

Les deux hommes se levèrent. L'un d'eux suivit la femme, l'autre se dirigea vers la vendeuse et lui plaqua la main sur la bouche pour étouffer son cri.

Entre-temps, de l'autre côté de la porte, les choses se précipitaient. Il n'était pas plus tôt entré qu'un chiffon s'abattit sur la tête de Tommy et qu'une odeur écœurante l'assaillit. Presque aussitôt pourtant, on le lui retira, et un cri de femme retentit.

Tout en découvrant la scène qui se déroulait sous ses yeux, Tommy cligna des yeux et toussa. À sa droite se trouvait le mystérieux étranger dont il avait reçu la visite quelques heures auparavant, et un des hommes qui s'ennuyaient dans le salon d'attente était en train de lui passer les menottes. Devant lui, Cicely March se débattait vainement pour échapper à la cliente du magasin, laquelle la tenait solidement prisonnière. Comme cette dernière tournait la tête, sa voilette se détacha et tomba, révélant les traits bien connus de Tuppence.

— Bien joué, Tuppence, dit Tommy en approchant. Laisse-moi te prêter main-forte. Je me tiendrais tranquille si j'étais vous, mademoiselle O'Hara... ou préférez-vous qu'on vous appelle Mlle March ?

— Je te présente l'inspecteur Grace, Tommy. Dès que j'ai pris connaissance du message que tu m'avais laissé, j'ai appelé Scotland Yard, et nous nous sommes donné rendez-vous ici.

— Ravi d'avoir pu mettre la main sur ce gentleman, dit l'inspecteur en désignant le prisonnier. Il est activement recherché. Mais nous n'aurions jamais pensé à cet endroit. Nous étions convaincus qu'il s'agissait d'une véritable parfumerie.

— On n'est jamais assez méfiant, comme vous voyez, expliqua gentiment Tommy. Pour quelle raison quelqu'un pouvait-il vouloir entrer en possession du sac de l'ambassadeur pendant une heure ou deux ? J'ai retourné la question. Supposons que ce soit l'autre sac qui soit important. Quelqu'un voulait que ce sac soit en la possession de l'ambassadeur pendant une heure ou deux. Voilà qui éclairait les choses d'un jour nouveau ! Les bagages diplomatiques ne subissent pas l'affront d'un examen douanier. Il s'agissait donc de contrebande. Mais contrebande de quoi ? Rien d'encombrant. J'ai tout de suite pensé à la drogue. Puis j'ai assisté à l'intéressante comédie qui s'est jouée dans mon bureau. Ils avaient vu ma petite annonce et voulaient se débarrasser de moi d'une manière quelconque. L'attaque de l'inconnu avait pour but de renforcer ma confiance en cette charmante jeune femme. Mais j'ai surpris une expression de consternation dans son regard quand Albert a exécuté son numéro de lasso, ce qui ne concordait guère avec le personnage qu'elle était censée incarner. J'ai joué jusqu'au bout le détective crédule, avalant son invraisemblable histoire, et je me suis laissé conduire ici, en ayant pris soin de laisser des instructions derrière moi. J'ai retardé notre arrivée sous des prétextes divers, pour vous laisser le temps de vous organiser.

Cicely March le regardait d'un air impassible.

— Vous êtes fou ! Qu'est-ce que vous espérez trouver ici ?

— Puisque Richard a aperçu une boîte de sels de bain, que diriez-vous de commencer par là, inspecteur ?

— Très bonne idée, monsieur.

Il attrapa une des petites boîtes roses et la vida sur la table. La jeune femme se mit à rire.

— De vrais cristaux, hein ? dit Tommy. Rien de plus dangereux que du carbonate de sodium ?

— Essayez le coffre-fort, suggéra Tuppence.

Il y avait un petit coffre dans le mur, avec une clé sur la serrure. Tommy l'ouvrit tout grand et poussa un cri de joie : le fond du coffre ouvrait sur un renfoncement du mur, et ce renfoncement était rempli des mêmes ravissantes boîtes de sels de bain. Il y en avait des rangées et des rangées. Il sortit une boîte et souleva le couvercle. Sur le dessus, il y trouva les mêmes petits cristaux roses. Mais, dessous, une fine poudre blanche...

— Vous avez tapé dans le mille, monsieur ! s'exclama l'inspecteur. Je parie à dix contre un que cette boîte est pleine de cocaïne pure. Nous savions qu'il y avait un centre de distribution par ici, dans le West End, mais nous n'avions pas réussi à le localiser. Vous avez réussi là un beau coup, monsieur.

— Un triomphe pour les Fins Limiers de Blunt, lança Tommy quand il se retrouva dans la rue avec Tuppence. L'état d'homme marié est un immense avantage. Grâce à tes éternelles remarques, je reconnais à présent sans me tromper les effets de l'eau oxygénée. Pour m'avoir, il me faut d'authentiques cheveux blonds. Nous allons concocter une lettre très officielle à l'ambassadeur pour l'informer que son problème a trouvé une conclusion satisfaisante. Et maintenant, mon très cher ami, que diriez-vous d'un thé accompagné d'un grand nombre de muffins chauds et beurrés ?

17

LE NUMÉRO 16

Tommy et Tuppence étaient enfermés avec le chef dans son cabinet privé. Il les avait félicités avec chaleur :

— Vous avez effectué un travail remarquable. Grâce à vous, nous avons mis la main sur au moins cinq individus très intéressants, qui nous ont fourni de précieuses informations. Entre-temps, j'ai appris que Moscou s'inquiétait de ne pas recevoir de rapports de ses agents. Malgré toutes les précautions prises, je pense qu'ils commencent à soupçonner que tout ne va pas comme il le faudrait dans ce que j'appellerai le centre de distribution – le bureau de M. Theodore Blunt, l'Agence internationale de détectives.

— Ma foi, dit Tommy, cela devait arriver un jour ou l'autre.

— Comme vous dites, il fallait s'y attendre. Mais je suis un peu inquiet... pour Mme Beresford.

— Je suis capable de prendre soin d'elle, répliqua Tommy, au moment exact où Tuppence disait : « Je suis capable de prendre soin de moi-même. »

— Hum ! fit M. Carter. Vous avez toujours eu une excessive confiance en vous, tous les deux. Pour l'instant, je ne sais pas si vous devez la vie à votre intelligence surhumaine, ou si un petit pourcentage de chance n'y est pas aussi pour quelque chose. Mais la chance peut tourner, vous savez. Quoi qu'il en soit, je n'ai pas l'intention d'en discuter. Mais d'après ce que je sais de Mme Beresford – et je la connais bien –, il est tout à fait inutile de lui demander de rester à l'écart des feux de la rampe pendant une semaine ou deux ?

Tuppence secoua la tête avec détermination.

— Alors tout ce que je peux faire, c'est vous communiquer les renseignements que je possède. Nous avons des raisons de croire que Moscou a dépêché ici un agent spécial. Nous ne savons ni sous quel nom il voyage ni quand il arrivera. Mais nous n'ignorons pas tout de lui. C'est quelqu'un qui nous a causé beaucoup d'ennuis pendant la guerre, un type qui a le don d'ubiquité, que nous retrouvions toujours sur notre chemin là où nous avions le moins besoin de lui. Il est d'origine russe, mais c'est un véritable polyglotte et il peut passer pour un natif d'une demi-douzaine de pays, y compris le nôtre. Il est également passé maître dans l'art du déguisement. Et il a de la cervelle. C'est lui qui a ourdi le code n° 16.

» Quand et de quelle façon fera-t-il son apparition, je n'en sais rien. Mais je suis à peu près sûr que nous allons le voir apparaître. Et ce que nous savons, c'est qu'il ne connaît pas personnellement le vrai Theodore Blunt. Je pense qu'il se présentera à votre bureau sous prétexte de vous confier une affaire, et il essaiera sur vous les mots de passe. Le premier, c'est le chiffre 16, auquel il faudra répondre par une phrase contenant le même chiffre. Le second, que nous venons d'apprendre, est une question : on vous demandera si vous avez déjà traversé la Manche. La réponse devra être : « J'étais à Berlin le 13 du mois dernier. » Pour autant que je sache, c'est tout. Je vous conseille de répondre correctement pour gagner sa confiance. Entretenez-le dans l'erreur si c'est possible. Mais même s'il vous paraît totalement berné, restez sur vos gardes. Notre ami est très astucieux et peut jouer un double jeu aussi bien, sinon mieux que vous. Dans tous les cas, j'espère mettre la main sur lui grâce à vous. J'ai pris des mesures spéciales qui courent à partir d'aujourd'hui. Hier soir, on a posé un microphone dans votre bureau afin qu'un de mes hommes, installé à l'étage en dessous, puisse entendre ce qui s'y passe. De cette façon, si quelque chose se produit, j'en serai immédiatement informé et je pourrai prendre les mesures nécessaires à votre sécurité et à celle de votre femme, tout en m'assurant de l'homme que je cherche.

Après avoir reçu quelques instructions supplémentaires et discuté différentes tactiques, les deux jeunes gens se mirent en route pour regagner au plus vite le bureau des Fins Limiers de Blunt.

— Il est tard, remarqua Tommy après avoir jeté un coup d'œil à sa montre. Presque midi. Nous sommes restés longtemps avec le chef. J'espère que cela ne nous a pas fait rater une affaire croustillante.

— Dans l'ensemble, nous ne nous sommes pas trop mal débrouillés, dit Tuppence. J'ai fait un petit bilan l'autre jour. Nous avons résolu quatre affaires de meurtre mystérieuses, pris dans nos filets un gang de faux-monnayeurs, et même un gang de fraudeurs...

— C'est vrai, deux gangs, intervint Tommy. Voilà qui me plaît. « Gang », cela a une résonance tellement professionnelle !

Tuppence continua, en comptant sur ses doigts :

— Un vol de bijoux éclairci, deux morts violentes évitées, une femme disparue retrouvée en cure d'amaigrissement, une jeune fille secourue, un alibi réduit à néant et, hélas !, un cas où nous nous sommes couverts de ridicule. Pas mal, dans l'ensemble ! Je pense que nous sommes très doués.

— Cela ne m'étonne pas, tu l'as toujours pensé, remarqua Tommy. Mais j'ai la vague impression que la chance nous a aidés une ou deux fois.

— Ridicule ! répliqua Tuppence. Tout est à mettre sur le compte des petites cellules grises.

— Eh bien ! j'ai quand même eu de la veine le jour où Albert a fait son numéro de lasso ! Mais tu parles comme si tout était fini, Tuppence ?

— Eh oui... C'est notre dernière affaire, dit-elle en

baissant la voix de façon très sensible. Quand ils ont attrapé le super-espion par les pieds, les grands détectives sont censés se retirer à la campagne pour élever des abeilles ou planter des choux, ou plutôt des courges. C'est toujours comme ça.

— Tu en as assez, n'est-ce pas ?

— Oui, je crois. Et puis nous avons tellement bien réussi jusqu'à présent... la chance pourrait tourner...

— Qui parle de chance, maintenant ? s'exclama triomphalement Tommy.

Comme ils pénétraient dans l'immeuble qui abritait les bureaux de l'Agence internationale de détectives, Tuppence ne répondit pas.

À son poste dans l'entrée, Albert occupait son temps à faire tenir en équilibre, ou à essayer de faire tenir en équilibre, une règle sur son nez.

Avec une grimace de réprobation, le grand M. Blunt rejoignit son bureau. Il se débarrassa de son manteau et de son chapeau et ouvrit le placard où reposaient tous les classiques de la littérature consacrée aux détectives célèbres.

— Le choix se rétrécit, murmura Tommy. Qui vais-je prendre pour modèle, aujourd'hui ?

Tuppence l'interpella d'un ton si inhabituel qu'il se retourna brusquement.

— Tommy, quel jour du mois sommes-nous ?

— Voyons... Le 11, pourquoi ?

— Regarde le calendrier.

Il y avait au mur un de ces calendriers auxquels on arrache une feuille tous les jours : Il indiquait « dimanche 16 ». Or, on était lundi.

— Tiens, voilà qui est curieux ! Albert a dû arracher plusieurs feuilles à la fois, ce vaurien !

— Cela m'étonnerait, mais nous allons le lui demander.

Convoqué et questionné, Albert parut très surpris. Il

jura n'avoir arraché qu'une seule feuille, celle de la veille. Ils en eurent la confirmation car ils la trouvèrent froissée dans la cheminée, alors que la suivante fut découverte reposant proprement dans la corbeille à papier.

— Un criminel soigneux et méthodique, remarqua Tommy. Quelqu'un est venu ce matin, Albert ? Un client, par exemple ?

— Juste un, monsieur.

— À quoi ressemblait-il ?

— C'était une femme. Une infirmière. Elle avait l'air bouleversée et très désireuse de vous voir. Elle voulait attendre votre retour. Je l'ai installée dans le bureau des « Employés » parce qu'il y fait plus chaud.

— Et de là, elle pouvait entrer dans cette pièce sans que vous la voyiez, bien sûr. Depuis combien de temps est-elle partie ?

— Environ une demi-heure, monsieur. Elle m'a dit qu'elle reviendrait dans l'après-midi. Un être charmant, très maternel.

— Très maternel... Oh ! Albert, hors d'ici, que je ne te voie plus !

Albert se retira, visiblement vexé.

— Étrange entrée en matière, remarqua Tommy. J'en saisis mal le but. Cela ne peut que nous mettre en éveil... J'espère qu'on n'a pas caché une bombe ou une chose du même acabit dans la cheminée.

Après s'être assuré qu'il n'en était rien, il alla s'asseoir à son bureau et apostropha Tuppence.

— Ma chère amie, commença-t-il, nous voici confrontés à un problème particulièrement grave. Vous vous rappelez, n'est-ce pas, le numéro 4, l'homme que j'ai écrasé comme une coquille d'œuf dans les Dolomites - avec l'aide de puissants explosifs, cela va sans dire. Eh bien ! il n'était pas vraiment mort. Ah ! ces super-criminels ! Ils ne meurent jamais vraiment. Donc, non seulement il est notre homme, mais il l'est encore plus, si j'ose dire. Il est aujourd'hui le numéro 4 au carré, en d'autres termes, le numéro 16. Vous me suivez, chère amie ?

— Parfaitement, répondit Tuppence. Vous êtes le grand Hercule Poirot.

— Exactement. Sans moustaches, mais avec des myriades de cellules grises.

— J'ai le sentiment que cette nouvelle histoire pourra s'intituler : « Le Triomphe de Hastings. »

— Pas question, répliqua Tommy. Rien à faire. L'ami stupide demeure à jamais l'ami stupide. Il existe des règles dans ce domaine. À propos, mon bon ami, ne pourriez-vous pas vous tracer la raie au milieu plutôt que sur le côté ? Cela produit un effet de dissymétrie tout à fait déplorable.

Une sonnerie stridente retentit sur son bureau. Tommy retourna son signal à Albert, qui apparut aussitôt avec une carte.

— Prince Vladirovski, lut Tommy à voix basse. Je me demande... Fais-le entrer, Albert.

L'homme était de taille moyenne et vêtu avec élégance. Il arborait une barbe blonde et paraissait environ trente-cinq ans.

— Monsieur Blunt ? Vous m'avez été chaudement recommandé. Accepteriez-vous de vous charger d'une affaire pour moi ? demanda-t-il dans un anglais parfait.

— Si vous voulez bien m'expliquer...

— Bien sûr. Il s'agit de la fille d'un de mes amis, une gamine de seize ans. Nous voudrions éviter le scandale, vous comprenez ?

— Cette agence, cher monsieur, fonctionne avec succès depuis seize ans, grâce au respect tout particulier que nous portons, justement, à ce principe.

Tommy eut l'impression de voir une lueur soudaine

jaillir dans l'œil de son interlocuteur. Quoi qu'il en soit, elle disparut avec la même vivacité.

— Vous avez des filiales, je suppose, de l'autre côté de la Manche ?

— Bien entendu ! En fait, dit-il en appuyant sur les mots, j'étais moi-même à Berlin le 13 du mois dernier.

— Dans ce cas, je ne vois pas la nécessité de prolonger la fiction, rétorqua l'inconnu. Écartons donc la fille de mon ami. Vous savez qui je suis – du moins avez-vous été prévenu de mon arrivée.

Il fit un signe de tête en direction du calendrier mural.

— En effet, répondit Tommy.

— Je suis venu aux nouvelles, mes amis. Alors, que s'est-il passé ?

— Nous avons été trahis, annonça Tuppence, incapable de se contenter plus longtemps d'un rôle passif.

Le Russe tourna la tête vers elle et leva les sourcils.

— Ah ! Je m'en doutais. S'agit-il de Sergius ?

— C'est ce que nous pensons, répondit Tommy sans rougir.

— Cela ne m'étonnerait pas. Mais vous-mêmes, personne ne vous soupçonne ?

— Je ne pense pas. Nous nous occupons aussi d'un bon nombre d'affaires policières pures et simples, expliqua Tommy.

Le Russe hocha la tête.

— C'est la sagesse même. Quoi qu'il en soit, j'ai tout intérêt à ne pas revenir ici. Je suis descendu au *Blitz*. J'emmènerai Marise – vous êtes bien Marise, n'est-ce pas ?

Tuppence hocha la tête.

— Sous quel nom est-elle connue ici ?

— Mlle Robinson.

— Très bien, mademoiselle Robinson. Vous allez venir déjeuner avec moi au *Blitz*. Et nous nous retrouverons tous au quartier général à 17 heures. Est-ce bien clair ?

— Parfaitement clair, répliqua Tommy tout en se demandant où diable pouvait bien se trouver ce quartier général.

Mais il était prêt à parier que c'était justement l'endroit que M. Carter était si désireux de découvrir.

Tuppence se leva et enfila son long manteau noir au col de léopard. Puis, sagement, elle se déclara prête à accompagner le Prince.

Ils sortirent, laissant Tommy en proie aux sentiments les plus contradictoires. Et si, pour une raison quelconque, le microphone ne marchait pas ? Et si cette mystérieuse infirmière l'avait découvert et rendu inutilisable ?

Il saisit le téléphone et appela un numéro. Au bout d'un instant, une voix bien connue se fit entendre.

— C'est parfait. Rendez-vous au *Blitz* immédiatement.

Cinq minutes plus tard, Tommy et M. Carter se retrouvaient dans le salon de thé du *Blitz*. M. Carter était tendu mais rassurant.

— Vous vous êtes conduits à merveille. Le prince et la petite dame sont en train de déjeuner au restaurant. J'ai placé deux de mes hommes parmi les serveurs. Qu'il se méfie ou non – et je suis à peu près sûr qu'il ne se doute de rien –, nous le tenons. J'ai posté deux hommes là-haut, pour surveiller son appartement, et j'en ai d'autres dehors, prêts à le suivre n'importe où. Ne craignez rien pour votre femme. Nous ne la perdrons pas de vue. Nous ne prendrons aucun risque.

De temps à autre, un homme des services secrets venait le tenir au courant de la situation. La première fois, ce fut sous le déguisement d'un serveur venu prendre sa commande, la seconde, sous les traits d'un jeune homme élégant au visage dénué d'expression.

— Ils sortent, annonça M. Carter. Nous allons nous replier derrière cette colonne pour le cas où ils viendraient ici, mais je crois plutôt qu'il va l'emmener là-haut, dans son appartement. Ah ! oui, c'est bien ce que je pensais...

De son poste d'observation, Tommy aperçut le Russe et Tuppence qui se dirigeaient vers l'ascenseur, dans le hall.

Les minutes passèrent. Tommy commença à s'agiter.

— Songez, monsieur, qu'elle est seule avec lui dans cet appartement...

— Un de mes hommes y est aussi, caché derrière le divan. Haut les cœurs, camarade !

Un serveur traversa le hall et s'approcha de M. Carter.

— Nous avons reçu le signal annonçant qu'ils montaient, monsieur, mais ils ne sont pas arrivés. Est-ce normal ?

— Quoi ? s'écria M. Carter. Mais je les ai vus prendre l'ascenseur ! Il y a exactement... quatre minutes et demie, ajouta-t-il après avoir consulté sa montre. Et ils ne seraient pas arrivés...

Il se rua sur l'ascenseur, qui venait de redescendre, et s'adressa au préposé en uniforme.

— Vous avez conduit un gentleman à la barbe blonde et une jeune femme au deuxième, il y a quelques minutes ?

— Non, pas au deuxième. Ce monsieur a demandé le troisième étage.

— Oh ! s'écria le chef en entrant dans la cabine et en entraînant Tommy à sa suite. Au troisième, s'il vous plaît !... Je n'y comprends rien, murmura-t-il à Tommy, mais ne nous affolons pas. Toutes les issues de l'hôtel sont gardées, et j'ai aussi quelqu'un au troisième étage – à tous les étages, en fait. Je ne voulais prendre aucun risque.

Au troisième, ils se ruèrent hors de la cabine. Un

homme en tenue de valet de chambre les rejoignit au milieu du couloir.

— Tout va bien, chef. Ils sont au numéro 318.

Carter poussa un soupir de soulagement.

— Parfait. Il n'y a pas d'autre sortie ?

— C'est une suite, mais avec deux portes seulement, donnant sur ce couloir. Pour sortir et atteindre l'escalier ou l'ascenseur, il faut obligatoirement passer devant nous.

— Dans ce cas, tout est pour le mieux. Appelez la réception et demandez-leur qui est censé habiter cette suite.

Le valet de chambre revint au bout de quelques minutes :

— Mme Cortlandt Van Snyder, de Detroit.

— Je me demande maintenant..., dit M. Carter, à présent songeur. Cette Mme Van Snyder, est-elle une complice ou...

Il n'acheva pas sa phrase.

— Vous entendez quelque chose ? demanda-t-il brusquement.

— Absolument rien. Mais les portes sont épaisses. Elles ne doivent pas laisser passer grand-chose.

Tout à coup, M. Carter prit une décision.

— Tout cela ne me plaît pas. Nous allons entrer. Vous avez un passe ?

— Bien sûr, monsieur.

— Appelez Evans et Clydesly.

Avec la clé et les deux hommes en renfort, ils s'avancèrent vers la porte. Celle-ci céda sans bruit, et ils se retrouvèrent dans un petit vestibule. À leur droite, la porte de la salle de bains était ouverte et, devant eux, se trouvait le salon. À leur gauche, une porte fermée derrière laquelle on entendait un vague son semblable à la respiration d'un chien asthmatique. M. Carter poussa cette porte et pénétra dans une chambre à coucher comportant un grand lit, recouvert d'un tissu surchargé rose et or. Et sur ce lit, pieds et poings liés, bâillonnée et les yeux lui sortant de la tête de douleur et de rage, reposait une femme élégante, entre deux âges.

Sur un ordre de M. Carter, les hommes avaient envahi le reste de l'appartement. Seuls Tommy et lui étaient entrés dans la chambre à coucher. Tout en s'appliquant, penché sur le lit, à dénouer les liens de la prisonnière, Carter lançait autour de lui des regards perplexes. À l'exception d'une impressionnante quantité de bagages, la pièce était vide. Sans aucune trace du Russe ni de Tuppence.

Une minute plus tard, le valet de chambre vint précipitamment révéler que les autres pièces étaient également vides. Tommy alla à la fenêtre mais recula aussitôt et secoua la tête : il n'y avait rien, pas de balcon, juste un à-pic sur la rue.

— Vous êtes sûr que c'est ici qu'ils sont entrés ? demanda Carter d'un ton impérieux.

— Sûr et certain. D'ailleurs..., ajouta le valet de chambre en désignant la femme couchée sur le lit.

À l'aide d'un canif, Carter la délivra de l'écharpe qui l'étouffait à moitié. Il apparut aussitôt avec évidence que, quelles que soient les souffrances endurées, elles n'avaient en rien privé Mme Cortlandt Van Snyder de l'usage de sa langue.

Quand elle eut épuisé sa première vague d'indignation, M. Carter lui demanda gentiment :

— Pourriez-vous me raconter ce qui s'est passé depuis le début ?

— C'est un scandale ! Et j'ai bien l'intention d'attaquer l'hôtel en justice ! J'étais en train de chercher ma bouteille de « Tue-Grippe » quand un homme m'a sauté dessus par-derrière. Il a cassé une fiole sous mon nez et, avant d'avoir pu reprendre ma respiration, j'avais perdu connaissance. Quand je suis revenue à moi, j'étais allongée ici, ligotée, et Dieu sait ce qui est arrivé à mes bijoux. Il a tout emporté, j'imagine.

— Vos bijoux sont en sécurité, je crois, dit M. Carter avec un petit sourire.

Il se retourna et ramassa quelque chose par terre.

— C'est bien là que vous vous trouviez quand on vous a attaquée ?

— Exactement, confirma Mme Van Snyder.

M. Carter renifla le petit éclat de verre qu'il avait ramassé et le tendit à Tommy.

— Chlorure d'éthyle, murmura-t-il. Anesthésique instantané, mais qui n'agit qu'un bref instant. Cet homme était sûrement encore dans la chambre quand vous êtes revenue à vous, madame Van Snyder ?

— Je vous l'ai déjà dit, non ? Oh ! Ça m'a rendue folle de le voir partir sans pouvoir rien faire !

— Partir ? releva vivement M. Carter. Par où ?

— Par là, répondit Mme Snyder en montrant la porte qui lui faisait face. Il était avec une... une femme, mais elle n'avait pas l'air de tenir debout ; elle paraissait droguée, elle aussi.

Carter lança un regard interrogateur à son acolyte.

— Elle mène dans l'appartement voisin, monsieur. Mais il y en a deux, qui sont en principe verrouillées des deux côtés.

M. Carter examina soigneusement la porte.

— Madame Van Snyder, reprit-il calmement, vous affirmez toujours que l'homme est parti par là ?

— Certainement ! Et pourquoi pas ?

— Parce qu'il se trouve que cette porte est verrouillée de ce côté, répliqua M. Carter en agitant la poignée.

Le visage de Mme Van Snyder exprima le plus parfait ahurissement.

— À moins que quelqu'un ait poussé le verrou derrière lui, il n'a pas pu partir par là.

Il se tourna vers Evans, qui venait juste d'entrer.

— Vous êtes sûr qu'ils ne sont pas dans l'appartement ? Y a-t-il une autre porte de communication ?

— Non, monsieur. J'en suis sûr et certain.

Carter examina toute la chambre. Il ouvrit la penderie, regarda sous le lit, sur la cheminée et derrière les rideaux. Finalement, comme frappé par une idée et sans tenir compte des protestations bruyantes de Mme Van Snyder, il fourragea à l'intérieur de sa grande malle.

Tout à coup, Tommy, qui étudiait la porte, poussa une exclamation.

— Venez voir, monsieur ! Ils sont bien partis par là !

Le verrou avait de toute évidence été limé, mais si près de la gâche que la jointure était à peine perceptible.

— Si la porte ne s'ouvre pas, c'est parce qu'elle est verrouillée de l'autre côté, expliqua Tommy.

À la seconde même, ils retournèrent dans le couloir. Le valet de chambre leur ouvrit la porte de l'appartement voisin avec son passe-partout. C'était une suite inoccupée. En examinant la porte de communication, ils constatèrent qu'on avait adopté la même technique : le verrou avait été limé. Puis la porte avait été fermée à clé et la clé retirée. Mais il n'y avait pas trace de Tuppence ou du Russe à la barbe blonde. Et, à part celle qui donnait sur le couloir, il n'y avait pas non plus d'autre porte de communication.

— S'ils étaient sortis, je les aurais vus ! soutenait le valet de chambre. Je n'aurais pas pu ne pas les voir ! Je suis prêt à jurer qu'ils ne sont pas sortis !

— Bon Dieu de bon Dieu ! s'écria Tommy, ils ne peuvent pas s'être volatilisés !

Carter avait retrouvé son calme et faisait travailler ses méninges.

— Téléphonez à la réception. Je veux savoir quand cette suite a été occupée pour la dernière fois, et par qui.

Evans obéit, laissant l'autre appartement sous la

surveillance de Clydesly. Il écarta le combiné de son oreille.

— Un Français invalide, M. Paul de Varèze. Avec son infirmière. Ils sont partis ce matin.

L'autre homme des services secrets, le valet de chambre, poussa une exclamation. Il était devenu mortellement pâle.

— L'invalide... L'infirmière..., balbutia-t-il. Ils... je les ai croisés dans le couloir. Je n'aurais jamais pensé... Je les avais vus si souvent...

— Vous êtes sûr que c'étaient les mêmes ? s'écria M. Carter. Vous en êtes vraiment sûr ? Vous les avez bien vus ?

L'homme secoua la tête.

— Je les ai à peine regardés. Vous comprenez, j'étais sur le pied de guerre, j'attendais les autres, l'homme à la barbe blonde et la fille...

— Évidemment, grogna M. Carter. C'est bien là-dessus qu'ils comptaient.

Tout à coup, Tommy poussa une exclamation. Il se baissa et ramassa quelque chose sous le divan : un ballot, enroulé dans quelque chose de noir. Tommy le déroula. C'était le manteau noir de Tuppence, dans lequel était enveloppés sa robe, son chapeau et une longue barbe blonde.

— C'est clair comme le jour, maintenant, se lamenta-t-il. Ils ont enlevé Tuppence... Ce diable de Russe nous a filé entre les doigts. Le Français et l'infirmière étaient ses complices. Ils ont séjourné quelque temps à l'hôtel pour qu'on s'habitue à leur présence. Au cours du déjeuner, le Russe a dû comprendre qu'il était pris au piège, et il a décidé de mettre son plan à exécution. Il pensait sans doute qu'il trouverait la chambre voisine vide, comme quand il avait limé les verrous. Quoi qu'il en soit, il s'est arrangé pour réduire les deux femmes au silence. Il a amené Tuppence ici, l'a habillée en homme, s'est transformé lui-même et, avec un culot monstre, il est sorti. Les vêtements devaient être cachés quelque part. Mais ce que je n'arrive pas à comprendre, c'est de quelle façon il a obtenu le consentement de Tuppence.

— Moi, je le comprends, dit M. Carter en ramassant sur le tapis un petit bout de métal brillant. C'est un fragment d'aiguille hypodermique. Il l'a droguée.

— Mon Dieu ! gémit Tommy. Et il a disparu...

— Nous n'en savons rien, riposta Carter. Rappelez-vous que toutes les issues sont gardées.

— On cherche un homme et une femme, pas une infirmière et un invalide. Ils ont déjà dû quitter l'hôtel.

Ce qui, enquête faite, s'avéra être le cas. L'infirmière et son malade étaient partis en taxi environ cinq minutes plus tôt.

— Écoutez, Beresford, dit M. Carter, pour l'amour du ciel, reprenez-vous ! Je suis déterminé à retourner chaque pouce de terrain pour retrouver votre femme, vous le savez très bien. Je rentre à mon bureau, et, dans cinq minutes, tout le service sera entré en action. Nous les aurons.

— Vous croyez, monsieur ? Ce Russe est un vrai démon. Voyez de quelle astuce il a fait preuve ! Oh ! je sais que vous ferez de votre mieux ! Seulement... prions Dieu qu'il ne soit pas trop tard... Ils ne nous feront pas de cadeau.

Il sortit du *Blitz* et se mit à marcher dans la rue sans but, en aveugle. Il se sentait totalement impuissant. Où chercher ? Que faire ?

Il entra dans Green Park et se laissa tomber sur un banc. Quelqu'un s'assit à l'autre bout mais il le remarqua à peine, si bien qu'il sursauta lorsqu'il entendit une voix familière.

— S'il vous plaît, monsieur, si je peux me permettre...

Tommy leva les yeux.

— Salut Albert, dit-il tristement.

— Je sais tout, monsieur. Mais ne vous en faites pas comme ça.

— Ne vous en faites pas... Facile à dire, non ? répondit-il avec un petit rire.

— Pensez donc, monsieur, les Fins Limiers de Blunt ! Jamais battus. Ne m'en veuillez pas, monsieur, mais je vous ai entendu blaguer avec madame ce matin, à propos de M. Poirot et de ses petites cellules grises. Ma foi, monsieur, pourquoi n'utilisez-vous pas vos petites cellules grises ?

— Elles sont plus faciles à utiliser dans les livres que dans la réalité, mon garçon.

— Si vous voulez mon avis, reprit Albert d'un ton catégorique, je ne crois pas que quiconque puisse venir à bout de madame. Vous savez comment elle est, monsieur, comme ces os en caoutchouc qu'on donne aux petits chiens – garantis indestructibles.

— Merci, Albert, dit Tommy, tu me remontes le moral.

— Alors pourquoi vous n'utilisez pas vos petites cellules grises, monsieur ?

— Tu as de la suite dans les idées, mon petit gars. Bah ! Faire les idiots ne nous a pas si mal réussi jusqu'à présent. Essayons encore une fois... Examinons les faits soigneusement, avec méthode. À 16 h 10 exactement, notre gibier entre dans l'ascenseur. Cinq minutes plus tard, nous parlons au liftier et, étant donné ce qu'il nous rapporte, nous montons nous aussi au troisième étage. À... disons 16 h 19, nous entrons dans la suite de Mme Van Snyder. Y a-t-il là un fait significatif qui devrait nous interpeller ?

Un silence suivit, aucun fait significatif ne venant interpeller l'un ou l'autre.

— Est-ce qu'il y avait quelque chose qui ressemblait

à une malle, dans cette chambre ? demanda Albert, une étincelle dans les yeux.

— Mon bon ami, on voit bien que tu ignores tout de la psychologie d'une Américaine qui revient de Paris. Dans cette chambre il y avait... je dirais environ dix-neuf malles.

— Ce que je veux dire, c'est qu'une malle est bien pratique quand on veut se débarrasser d'un cadavre – ce n'est pas au sien que je pense, non, pas une seconde.

— Nous avons fouillé les deux seules qui paraissaient assez grandes pour renfermer un cadavre. Si l'on suit l'ordre chronologique, quel est le fait suivant ?

— Vous en avez oublié un... c'est quand madame et le type habillé en infirmière ont croisé le valet de chambre, dans le couloir.

— Cela a dû se passer juste avant que nous sortions de l'ascenseur, remarqua Tommy. Ils nous ont sans doute évités de justesse. Ils ont dû faire rudement vite. Je...

Il s'arrêta.

— Qu'est-ce qu'il y a, monsieur ?

— Silence, mon bon ami. Il m'est venu le genre de petite idée – colossale, sensationnelle – qui vient tôt ou tard à l'esprit d'Hercule Poirot. Mais alors, si c'est bien ça... Oh ! Seigneur, j'espère qu'il n'est pas trop tard !

Il sortit du parc en courant, Albert sur ses talons. Hors d'haleine, celui-ci lui demanda, tout en continuant à courir :

— Qu'est-ce qui se passe, monsieur ? Je ne comprends pas !

— C'est parfait ! Tu n'es pas censé comprendre. Hastings ne comprend jamais. Si tes cellules grises n'étaient pas d'une qualité très inférieure aux miennes, où serait le plaisir ? Oh là là ! Je ne dis que des bêtises, mais je ne peux pas m'en empêcher ! Tu es un bon garçon, Albert. Tu sais ce que vaut Tuppence... une douzaine d'individus comme toi et moi.

Et c'est ainsi que, parlant et courant à la fois, hors d'haleine, Tommy repassa les portes du *Blitz*. Apercevant Evans, il l'attira grâce à quelques mots rapides et monta avec lui dans l'ascenseur, toujours suivi d'Albert.

— Troisième étage, ordonna-t-il.

Ils s'arrêtèrent devant la porte nº 318. Evans avait un passe qu'il utilisa sur-le-champ. Sans un mot d'avertissement, ils entrèrent directement dans la chambre à coucher de Mme Van Snyder. Celle-ci était toujours allongée sur son lit, mais parée cette fois d'un élégant déshabillé. Elle les regarda avec stupeur.

— Excusez-moi d'entrer ainsi sans frapper, déclara aimablement Tommy, mais je veux ma femme. Auriez-vous la bonté de vous lever ?

— Ma parole, vous êtes complètement fou ! s'écria Mme Van Snyder.

Tommy l'examina d'un air pensif, la tête penchée.

— Beaucoup de talent, déclara-t-il, mais ça ne marchera pas. Nous avons regardé *sous* le lit, pas *dans* le lit. Quand j'étais petit, je me suis souvent servi de cette cachette : couché en travers du lit, sous le traversin. Et cette jolie malle, là-bas, devait emporter le corps un peu plus tard. Mais nous avons été un peu trop rapides pour vous. Vous avez eu le temps de droguer Tuppence, de la fourrer sous le traversin, de vous faire ligoter et bâillonner par vos complices de la chambre voisine, et je dois reconnaître que, jusqu'à présent, nous avions gobé votre histoire. Mais si on réfléchit avec ordre et méthode, on s'aperçoit qu'il est impossible de droguer une femme, de l'habiller en homme, de ligoter et bâillonner une autre femme, de changer de plus sa propre apparence, tout cela en cinq minutes. C'est une impossibilité physique. L'infirmière et l'invalide étaient un leurre. Ils avaient été mis là pour que nous suivions leur piste. Quant à Mme Van Snyder, elle devait jouer la malheureuse victime. Voulez-vous aider cette dame à se lever du lit, Evans ? Vous avez un revolver ? C'est bien.

Malgré ses cris stridents, on arracha Mme Van Snyder à sa couche. Tommy souleva la couverture et le traversin...

Étendue en travers de la tête du lit, Tuppence reposait, les yeux clos, le teint cireux. Tommy fut pris d'une terreur soudaine, jusqu'au moment où il constata que la poitrine de sa femme se soulevait et s'abaissait légèrement. Elle n'était pas morte, simplement droguée.

Il se tourna vers Albert et Evans.

— Et maintenant, messieurs, déclara-t-il de façon théâtrale, le bouquet final !

D'un geste vif et inattendu, il attrapa Mme Snyder par sa coiffure élaborée. Laquelle lui resta dans la main.

— C'est bien ce que je pensais, dit Tommy. Voici le numéro 16 !

Un médecin et Tommy étaient penchés sur Tuppence quand elle ouvrit les yeux, environ une demi-heure plus tard. Tirons un voile pudique sur le quart d'heure qui suivit, après quoi le médecin s'en alla avec l'assurance que tout allait maintenant pour le mieux.

— Hastings, mon cher ami, dit Tommy affectueusement, comme je me réjouis que vous soyez encore en vie !

— Avons-nous eu le numéro 16 ?

— Une fois de plus, je l'ai écrasé comme une coquille d'œuf – en d'autres termes, il est entre les mains de Carter. Ah ! les petites cellules grises ! À propos, j'ai décidé d'augmenter les gages d'Albert.

— Raconte-moi tout.

Tommy lui fit un récit plein de verve, avec cependant quelques omissions.

— Tu as dû être fou d'inquiétude.

— Pas particulièrement. Il faut toujours garder son sang-froid, tu sais.

— Menteur ! Tu as l'air encore tout chamboulé.

— Ma foi, j'ai peut-être été un peu inquiet. Mais c'est fini maintenant, nous abandonnons tout, n'est-ce pas ?

— Et comment !

Tommy poussa un soupir de soulagement.

— J'espérais bien que tu serais raisonnable. Après un pareil choc...

— Ce n'est pas le choc. Tu sais bien que les chocs ne me font pas peur, mais...

— Un os en caoutchouc... garanti indestructible, murmura Tommy.

— ... mais j'ai quelque chose de mieux à faire, quelque chose de beaucoup plus excitant. Quelque chose que je n'ai encore jamais fait.

Tommy la regarda avec la plus vive appréhension et déclara :

— Je te l'interdis, Tuppence.

— Tu ne peux pas. C'est une loi de la nature.

— Mais de quoi parles-tu donc ?

— Je parle de Notre Bébé, répondit Tuppence. Les femmes n'ont plus besoin de chuchoter, aujourd'hui. Elles peuvent crier. NOTRE BÉBÉ ! Est-ce que ce n'est pas merveilleux, Tommy ?

PAPIER CERTIFIÉ

Composition réalisée par PCA

Achevé d'imprimer en octobre 2023 en Espagne par
LIBERDUPLEX
N° d'impression : 112038
Dépôt légal 1re publication : octobre 2023
LIBRAIRIE GÉNÉRALE FRANÇAISE
21, rue du Montparnasse – 75298 Paris Cedex 06

28/4647/8